肉體證據

Body of Evidence

女法醫史卡佩塔 Kay Scarpetta 2

Partricia Cornwell

派翠西亞・康薇爾——著 溫怡惠——譯

女法醫史卡佩塔系列 02
肉體證據　Body of Evidence

作　　者	派翠西亞・康薇爾 Patricia Cornwell
譯　　者	溫怡惠
封面設計	莊謹銘
行銷企劃	陳彩玉、林詩玟
業　　務	李再星、李振東、林佩瑜
發 行 人	凃玉雲
總 編 輯	謝至平
編輯總監	劉麗真
出　　版	臉譜出版 城邦文化事業股份有限公司 台北市民生東路二段141號5樓 電話：886-2-25007696　傳真：886-2-25001952
發　　行	英屬蓋曼群島商家庭傳媒股份有限公司城邦分公司 台北市中山區民生東路141號11樓 客服專線：02-25007718；25007719 24小時傳真專線：02-25001990；25001991 服務時間：週一至週五上午09:30-12:00；下午13:30-17:00 劃撥帳號：19863813　戶名：書虫股份有限公司 讀者服務信箱：service@readingclub.com.tw 城邦網址：http://www.cite.com.tw
香港發行	城邦（香港）出版集團有限公司 香港九龍九龍城土瓜灣道86號順聯工業大廈6樓A室 電話：852-25086231　傳真：852-25789337 電子信箱：hkcite@biznetvigator.com
馬新發行	城邦(馬新)出版集團 Cité(M) Sdn. Bhd.(458372 U) 41, Jalan Radin Anum, Bandar Baru Seri Petaling, 57000 Kuala Lumpur, Malaysia. 電話：603-90563833　傳真：603-90576622 電子信箱： services@cite.my
初版一刷	2001年1月
四版一刷	2024年2月

城邦讀書花園
www.cite.com.tw

ISBN 978-626-315-439-1

定價420元（本書如有缺頁、破損、倒裝，請寄回本社更換）

國家圖書館出版品預行編目資料

肉體證據 / 派翠西亞・康薇爾 (Patricia Cornwell) 著；溫怡惠 譯.--四版. --臺北市：臉譜出版：城邦文化事業股份有限公司出版：英屬蓋曼群島商家庭傳媒股份有限公司城邦分公司發行, 2024.02
面； 公分. -- (女法醫史卡佩塔系列;2)
譯自：Postmortem
ISBN 978-626-315-439-1 (平裝)
874.57　　112019684

導讀

死亡的翻譯人

唐諾

日前，我個人在Discovery頻道上看過一支有關法醫和刑案的影片。因爲豐碩的法醫知識和經驗而成爲眞實世界神探的李昌鈺博士也在片子裡露了一手，他示範了人體血液從無力滴落到沛然噴灑所造成的不同現場血跡狀態，並由此可重建致死的原因、方式和眞確位置，這個絕技他拿來應用在一名警員車內殺妻卻謊稱車外車禍致死的駭人刑案。李昌鈺從噴灑在車前座、儀表板以及車窗上的血跡（該警員宣稱血跡是車禍之後，他把妻子抱入車內所造成的），證實死者當時係坐在駕駛座旁，血液噴灑的出處也全部來自同一個點，相當於死者頭部的高度，而且只有鈍器的用力重擊才足以造成如此大量且強勁的血液噴灑——和我們絕大多數的推理小說結局一樣：他漂漂亮亮的破案了。

該影片一開頭爲我們鏗鏘留下這麼兩句話：每具屍體都有一個故事，它只存在法醫的檔案簿裡。

談到這個，我們得再提一下E. M.佛斯特，這位著名的英籍小說家以爲，人的一生是從一個他已然忘記的經驗開始（出生），到一個他必須參與卻不能了解的經驗結束（死亡），我們只能在這兩個黑暗之間走動，而兩個有助於我們開啓生死之謎的東西，嬰兒和屍體，並不能告訴我們什麼，「只因爲他們傳達經驗的器官和我們的接收器官無法配合。」

我們當然了解，佛斯特所說的生死之謎是大哉問的文學哲學思辯之事，但他「訊息」和「接收」兩造之間無法配合的俏皮話，卻爲我們留下一個滿好玩的遊戲線索來：是不是其間失落了一個轉換的環節呢？是不是少了一個俗稱「翻譯」的東西呢？

在人類漫長的歷史裡，其實這個翻譯人的角色一直是有的。

至少，我們曉得的就有這麼兩個職位，其中較爲古老的一種是靈媒。靈媒不僅較古老，翻譯的野心也較大，他試圖把佛斯特所言「結束那一端的黑暗」裡的一切譯成我們人間的語言，但也許正因爲他宣稱的管轄範疇實在太遼闊了，太無所不能了，因此反而變得可疑，讓人愈來愈不敢相信他譯文的「信達雅」。

另一個歷史稍短的我們今天則稱之爲法醫或驗屍官（但這也不完全是現代的產物，很久、很久之前我們中國人曾叫他「仵作」）。相形之下，這個翻譯人就謙卑踏實多了，原則上他不去瞻量眞正的死後世界種種，他也不強做解人，他關心的只是死亡前的事，尤其是進入死亡那一瞬間的方式和原因，但他是信而有徵的，經得住驗證。

從文學、法醫到警務

派翠西亞·康薇爾所一手創造出來的凱·史卡佩塔便是這麼一位可堪我們信任的死亡翻譯人，維吉尼亞州的女性首席法醫，這組推理系列小說的靈魂人物。

凱·史卡佩塔的可信任，從結果論來看，充分表現在她從質到量的驚人成功上頭，舉例言之，一九九〇年她的登場之作《屍體會說話》，一口氣囊括了當年的愛倫坡獎、約翰·克雷西獎、安東尼獎、麥卡維帝獎以及法國Roman d'Aventures大獎；而又比方說六年之後的一九九六年三月一日，這個系列的六部著作同時高懸《今日美國》的前二十五名暢銷排行之內，分別是第一、第二、第八、第十四、第十五和第廿四。

事情會到這種地步，想來不會是偶然的，必有理由。

我個人的看法是，在這裡，康薇爾成功寫出了一個專業、強悍、實戰派而且禁得住科學挑剔的罪案工作者。身為一個實際上和一具一具屍體拚搏的法醫，而不是抽著板煙夸夸其談的安樂椅神探，這樣的小說基本上有著一翻兩瞪眼的透明性，因為她的揭示工作，不能仰仗語言的煙霧，乃至於「弄鬆」到用人生哲理、人性幽微或那些「扯哪裡去了」的語言自圓其說，檢驗她的不是高度唯心不確定的語言論述，而是冰冷無情、說一是一的一具顯微鏡，這種無所遁逃的特質，使得如此書寫的推理小說只有兩種極端的結果：一是再不聰明的讀者都能一眼瞧出的假充內行失敗之作，另一則是結實可信的真正耀眼之作。

可想而知，這樣的小說也就不是可躲在書房，光靠聰明想像來完成的。

說來，康薇爾的真實生涯，好像便為著創造出凱·史卡佩塔而準備的，她原本是記者，而且前夫還是英國文學的教授，然而，她奇特的轉入維吉尼亞州的法醫部門工作，從最基層的停屍處檢驗記錄人員幹到電腦分析人員，最後，在她寫作之路大開，成為專業小說作家之前，她又轉入了警務工作——就這樣，文學、法醫到警務，三點構成一個堅實的平面，缺一不可。

人的存在

屍體會說話？這是眞的嗎？

我們回過頭來再一次問這個問題，是爲了清理一下某種實證主義的廉價迷思，就像我們經常在生活中聽到，甚至偶然也方便引用脫口而出，數字會說話、資料會說話、事實會說話……云云。這裡，隱藏著某種虛假的客觀，說多了，甚至好像連人都可以不存在似的。

一具屍體，乃至於萬事萬物的存在，的確都不是當下那一刻的冰涼實體而已，它或彰或隱保留了自身在時間裡的記憶刻痕（最形而下比方說某次闌尾炎手術的疤痕或體內的某個器官病變受損），這都可以被轉換理解成某種訊息，可堪被人解讀出來，因此，我們遂俏皮的說，儘管它並不眞正出聲，卻仍然像跟我們說著話一樣——這原本可以是積極的提醒，讓人們在實證的路上更積極更深化，主動去尋求並解讀事物隱藏的訊息，叫出它的記憶。

然而，問題在於：這是怎麼樣的訊息？向誰而發？由誰來傾聽？

從法醫的例子到佛斯特「訊息」到「接收」的說法，我們由此很容易看得出來，這個訊息說的並不是我們人間的普通語言，在通常的狀態之下我們是聽不懂的，我們得仰賴一個中介者，一個能解讀兩種不同語言的專業翻譯人。就像一具客觀實存的屍體擺在我們面前，我們大概只能駭怕的發現，它是死亡的，頂多稍稍猜得出它可能是暴烈或安然死亡而已，然而，在李昌鈺博士或我們的凱·史卡佩塔首席女法醫的操弄解讀之下，這具屍體卻可以像花朵在我們眼前綻開一般，神奇的讓我們看到它的死因、它的死亡細節和眞正關鍵，看到我們並不參與的生前遭遇和記憶，以及其他。

神奇但又可驗證，這樣的事最叫人心折。

這個中介者或翻譯者，必定得是人，一種專業的人——這個「專業」，指的不是他的職業，而是他的知識和經驗，並由此堆疊出來的洞見之力。從這裡我們知道，實證主義的進展，最終並非走向一種人的取消，相反的，它在最根深柢固之處，會接上能動的、思維的人。

所謂強悍

也因著這樣，我個人會更喜歡凱·史卡佩塔多一點，就像我也喜歡當前美國冷硬推理小說的兩位奇特私探，分別是蘇·葛拉芙頓筆下的肯西·梅爾紅和莎拉·派瑞斯基的維艾·華沙斯基一樣，只因爲她們都是女性。

這極可能是我的偏見，但我的想法是，在男女平權尙未完成的現在，女性的專業人員，尤其是存在著粗魯暴力的男性主體犯罪世界之中，不管做爲私探或者法醫，她們都得承受較多的不利和風險，包括先天生物構造的脆弱和後天社會體制形塑的另一種脆弱，但意識到這樣的脆弱在小說的思維裡是好的，就像大導演費里尼所說，「害怕的感覺隱藏著一種精微的快樂。」我們會看到凱在面對屍體的溫柔和面對罪犯的心情跌宕起伏，正如我們會看到梅爾紅和華沙斯基在放單面對並不得不緝捕男性罪犯時的狼狽和必然的害怕，這個確實存在的脆弱之感，引領著小說的思維走向一種精微的、豐饒的層次，而不是那種打不退、打不死、像坦克車一樣又強力、又沒腦袋的無趣英雄。

我個人多少覺得海明威筆下那種提著槍出門找尋個人戰鬥如找尋獵物的男性沙文英雄，以及當代波士頓冷硬大師羅勃．派克筆下的硬漢史賓塞看成是可笑的；對於海明威我寧可喜歡和他同期同名、深鬱細緻的福克納；至於羅勃．派克，他一向以雷蒙．錢德勒的繼承人自居，但老實說，他那位打拳練舉重、一雙鐵拳一枝快槍幾乎打遍天下無敵手的史賓塞，較之於高貴、幽默、若有所思的元祖冷硬私探菲力普．馬羅，實在只是個賣肌肉的莽漢而已。

我稱凱．史卡佩塔是專業且「強悍」的女法醫，正如我們大家仍都同意梅爾紅和華沙斯基仍隸屬於所謂「冷硬」私探一般，我相信，在這裡，強悍冷硬的意義是訴諸於一種專業的知識層面、一種強韌的心智層面和一種精緻的思維層面，在這些方面，並不存在著肉體的強弱和性別的差異，要比的，只是如何更專業，更強韌以及更精緻而已。

讓我們帶著這樣的心情，進入這位專業女法醫所為我們揭示的神奇死亡世界，聽她跟我們翻譯一個個死亡的有趣故事吧。

人物介紹

凱・史卡佩塔	法醫病理學家
彼得・馬里諾	里奇蒙警局凶殺組警探
班頓・衛斯禮	聯邦調查局嫌犯人格分析專家
馬克・詹姆斯	律師，史卡佩塔的前男友
岱斯納	芝加哥首席法醫
吉姆・雷德	里奇蒙警局警員
波堤	里奇蒙刑警隊警探
湯馬士・愛斯瑞吉五世	維吉尼亞州檢察長
費爾丁	法醫辦公室副主任
瓊妮・哈姆	法醫室化驗人員
蘿絲	史卡佩塔的祕書
瓦茲大夫	執業醫師、特約法醫
伊斯梅爾大夫	霍普金斯醫學院腫瘤科醫生

貝蘿．絲卓登．邁德森	才華洋溢的年輕女作家
PJ	貝蘿在基韋斯特島認識的朋友
華特	貝蘿在基韋斯特島認識的朋友
蓋利．哈博	知名作家，曾得過普立茲文學獎
思德琳．哈博	蓋利．哈博的姊姊
勞伯．史巴拉辛諾	貝蘿的出版經紀人
杰普．布萊斯	擅闖法醫室偷拍屍體照片的入侵者
喬瑟夫．麥克提格	營造商人
麥克提格太太	喬瑟夫．麥克提格的妻子
約翰．帕丁	國會參議員
司考特．帕丁	國會參議員的兒子
艾爾．杭特	洗車場老闆的兒子
法蘭奇	艾爾的朋友
華納．麥斯特森	瓦哈拉療養院的醫生
吉姆．包尼斯	瓦哈拉療養院的社工
潔妮．山普	瓦哈拉療養院的心理治療師

肉體
證據
Body
of
Evidence

前言

八月十三日，基韋斯特島

親愛的M：

三十天就在陽光與風的固定變化中過去。我想得太多，就是沒有做夢。

多數的午后，我都待在路易小館的陽台上寫點東西，望著外面的海。寶石綠的海水拍打著層層的沙，越深的地方越藍。天空無盡的延伸，白雲總像煙一樣的輕輕移動。不曾停止的微風吹淡了海邊遊客的嬉戲聲和礁岩後的船笛聲。陽台搭了棚子，當午後的暴風雨突然來襲，我可以繼續坐在桌前，聞著雨的味道，看著海水像逆向梳毛般翻騰。有時候雨和陽光會同時灑下。

沒人打擾我。現在，我已成為這家餐廳固定的一份子，如同那隻愛追飛盤的黑色大狗祖魯，和那些安安靜靜等待剩食的流浪貓，路易小館的這幾隻四腳警衛吃得比人還好。看到世界如此善待身處其中的動物，令人欣慰。我對這兒的生活，滿意極了。

但我總是害怕夜晚。

當我的思緒鑽進了黑暗深淵，編織起恐怖之網時，我就把自己丟到熱鬧的老街上，沒入嘈雜的酒吧，像飛蛾撲火一般。華特與PJ幫助將我夜行習慣精鍊成一種藝術。華特總在黃昏時分第一個回到公寓，這是因為他在馬妻里廣場的銀飾店到晚上就沒生意，只好打烊。我們會一面喝著啤酒，一面等待PJ回來。然後一起出門，一個酒吧接一個酒吧的喝，最後通常會以「邋遢喬」酒吧作為我們的終點。我們三人已經分不開了，我希望他們兩個永遠不分開。在我看來，他們的愛不再平凡。這裡沒有一樣東西是平凡的，除了死亡。

男人們個個消瘦衰弱，臉色蒼白。從他們的眼眶中，我看到受盡折磨的靈魂。愛滋病正瘋狂地吞噬著這個小島。然而，在這種自我放逐與死亡的氛圍中，我卻感到自在。恐怕就是因為如此，我才得以生存。夜裡，每當我清醒的躺在床上，耳邊響著風扇的旋轉聲時，我的腦海就會浮現最終將要發生的情景。

每當我聽到電話鈴響，我就會想起來。每當我聽到有人走在我身後，我就會回頭。一到晚上，我就會查看我的衣櫥、窗簾後面、床底下，然後拿一張椅子架在門後面。

天啊！我不想回家。

貝蘿

九月三十日，基韋斯特島

親愛的M：

昨天在路易小館，布藍特走到陽台來說有我的電話。我進去接時，心臟狂跳不已，但是電話的另一端只傳來長途電話的雜訊聲，然後就斷線了。

想想我的感受！我告訴自己太神經質了。要真是他，他會講話，也會很樂於聽到我害怕的聲音。但是他不可能知道我在哪裡，不可能追蹤到我。這裡有個叫史都的侍者，他在北方和一位朋友分手，剛搬到這裡來。也許是他的朋友打電話找他，在通訊不佳的情況下，他們把「史都」聽成「絲卓」了。所以對方一聽到我的聲音，就把電話掛了。

我真希望不曾告訴任何人我的綽號。我是貝蘿，我是絲卓，我很恐懼。

書尚未完成，可是我的錢幾乎用光了，氣候也開始變了。今天早上一片陰沉，颳起颶風。我一直待在房裡，如果到路易小館寫作，紙一定會被吹入海裡。街燈明滅不定，棕櫚樹在風中掙扎，葉子像被吹翻的雨傘了一樣。世界正受傷似地在窗外狂吼，雨點打在窗上，擊出軍隊行進的聲音。基韋斯特島遭受襲擊了。

我必須盡快離開。我會想念這個小島，我會想念PJ跟華特，他們讓我覺得安全，覺得自己受到照顧。我不知道回到里奇蒙以後要做什麼。或許，我該立刻搬家，可是我不知道要去哪裡。

貝蘿

1

我將基韋斯特島的信裝回牛皮紙袋後，將一包手術用手套塞進黑色的醫用公事包裡，搭電梯到下一層的太平間。

走廊的瓷磚因爲剛拖過地，還有些潮溼。驗屍室的門已經上鎖，電梯的斜對角就是不鏽鋼冷凍櫃。打開沉重的大門，撲鼻而來的是一股熟悉而冰冷的臭味。我不用看掛牌，就能辨識出要找的屍體，因爲覆蓋在白床單下面的那一雙腳特別纖細。我對貝蘿．邁德森的每一寸肌膚都已經瞭若指掌。

她微張的眼皮下，瞪著無神的灰藍色眼珠。臉已呈現鬆弛，被許多蒼白的刀傷給毀了。傷口多數在左半邊，喉部整個被劃開到後邊的脊椎部位，頸部肌肉全遭割斷。左胸膛有九個密集的刀孔，像九顆紅色的釦眼，幾乎成一直線排開。這些傷口是在極快的速度下連續造成，威力非常大，連皮膚上都有刀柄的痕跡。胳臂和手上的傷痕從四分之一吋到四吋半不等，加上背後的兩刀，不算胸部與喉部的刀傷，一共有二十七個刀傷。這些傷都是爲了要抵擋一把來勢洶洶、既粗重又銳利的刀。

我不需要任何照片或圖片的提醒，只要閉上眼睛就能看到貝蘿．邁德森的臉，甚至能看到整個施暴過程。她的左肺有四個穿孔，頸動脈幾乎全斷，主動脈弓、肺動脈、心臟、心包囊都有刺傷。從種種跡象看來，她被斬首時便當場死亡。

我一直想找出事情的邏輯。有人威脅要殺她，她背負著極度的恐懼逃到基韋斯特島，她不想死。然而，她一回到里奇蒙的那晚悲劇就發生了。

她爲什麼讓他進門？究竟爲什麼？

我把床單重新蓋好，將鐵櫃推進冷凍箱，跟其他躺有屍體的鐵櫃排在一起。明天此時，她就會被火化了，骨灰將在運往加州的途中。貝蘿．邁德森下個月就滿三十六歲了。她在這世上似乎沒有親戚，除了一個有二分之一相同血源、住在福瑞思諾的姊姊。沉重的大門關上了。

走到法醫辦公室後面的停車場，腳下的柏油很暖，令我不禁感到一絲安慰。這是個不該出太陽的季節，我卻聞到附近鐵路枕木在驕陽的燒烤下，所蒸發出的木餾油味。今天是萬聖節。

大樓側門開著，我的驗屍助手正朝著外面的水泥地灑水。他開玩笑的將水射成弧形，故意讓水落地時幾乎濺到我，我的腳踝能夠感受到那股水氣。

「嘿！史卡佩塔醫師，你開始趕銀行啦？」他叫道。

現在才剛過四點半，我很少在六點前離開。

「要不要我載你一程？」他問。

「已經有人來接我了，謝謝！」我答道。

我出生於邁阿密。對於貝蘿夏天的藏身地點相當熟悉。只要一閉上眼睛，我就能看到基韋斯特島的各種顏色。我看到碧綠的海、藍藍的天，以及只有上帝不會被震懾的日落美景。貝蘿．邁德森不應該回家的。

一輛像塊黑玻璃似的全新福特LTD維多利亞皇冠轎車，緩緩駛進停車場。我以爲來的會是那輛破普里茅斯，所以當新車的車窗降下時，我完全愣住了。「你在等公車嗎？」反光玻璃窗反射了我錯愕的表情。彼德．馬里諾副隊長「卡啦」一聲將電子門鎖打開，還盡量表現出稀鬆平常的表情。

「我很驚訝。」我說道，身體陷入厚軟的座椅裡。

「升官的好處。」他空踩油門。「不賴吧？」

馬里諾騎了好幾年虛弱的老馬，現在終於換了一匹種馬。

我掏出香菸，突然發現面板上的點菸器不見了，只剩下一個洞。「你是用來插燈泡還是電動刮鬍刀？」

「哦！去他的，」他怨道：「一個混帳把我的點菸器幹走了，就在洗車場。我拿到車的第一天就碰上這種鳥事，你能相信嗎？那時我正忙著別的事，電動洗車刷突然就把天線弄斷了，我把洗車場的工人狠狠罵一頓……」

有時候馬里諾會讓我想起我媽。

「……後來我才發現點菸器不見了。」他頓了一下，手伸進口袋，我也同時在口袋裡找著火柴。

「呦，長官，我以爲你戒菸了，」他諷刺的說，順便丟了個Bic打火機在我腿上。

「是要戒了，」我含糊答道：「明天。」

貝蘿．邁德森遇害的那天晚上，我耐著性子看完一場超大型的歌劇，隨後到一家擁擠的英國酒吧喝酒。跟我一起去的是一名已經退休的法官，夜越深法官也變得越沒尊嚴。我沒帶呼叫器，警方找不到我，於是找了副主任費爾丁前往現場。今天是我第一次到這名被害作家的家裡。

溫莎農莊一點也不像會發生這種可怕事件的社區。這裡的房子都很大，每一棟都離街道有一段距離，前院還有精緻的園藝設計。多數的房子都有保全系統，全部都是中央空調，讓屋主可以不必開窗。錢不能買到永恆，卻可以買到某種程度的安全。我從來沒受理過發生在溫莎農莊的謀殺案。

「顯然她頗爲富有。」我觀察道。馬里諾在停止號誌前暫停一下。

一名頭髮雪白的婦人正蹓著她雪白色的馬爾濟斯狗。婦人斜眼看我們，而她的狗正嗅著一堆草，接下來就幹了那不可避免的事。

「沒用的毛傢伙，」他一面說，一面以輕蔑的眼光看著那名婦人和她的狗。「我討厭那種東西，只會隨便亂吠和隨地小便。如果要養狗，當然要養一隻牙尖嘴利的。」

「有些人只是想要個伴。」我說道。

「也對。」他微頓，然後又繼續我們剛才的話題。「貝蘿．邁德森是有錢，她生來是個富家女。不過不管她有多少錢，顯然都花在那個同性戀島上了。我們還在整理這方面的資料。」

「整理出什麼結果沒有？」

「還沒，」他回答：「可是我們發現她也是個成功的作家——以她的收入來衡量的話。她有幾個不同的筆名，艾蝶．威爾得、愛瑪麗．絲卓登、艾蒂思．蒙太古。」他又將遮陽板放下來。

這些名字我都沒聽過，除了絲卓登，我說道：「她的中間名字是絲卓登。」

「也許她的小名絲卓就是這麼來的。」

「或許也跟她金髮（譯註：絲卓有「稻草」之意）有關。」我提到。貝蘿的頭髮是呈蜂蜜黃，晒得到太陽的地方則是金黃色的。她的身材嬌小，五官細緻。如果還活著，應該相當美麗動人。不過這也很難講，畢竟她生前的照片我只看過在駕駛執照上的那一張。

「我跟她同父異母的姊姊談過，」馬里諾解釋著，「我發現只有親近的人才叫她絲卓。而且我覺得，在基韋斯特島與她通信的那個人知道她的小名。」他調了調太陽眼鏡。「我不懂她爲什麼會影印那些信，眞的搞不懂。世上有幾個人會像她一樣，影印私人信件？」

「你是在說，她有紀錄收藏癖？」

「對，可是這也困擾我。那個傢伙已經威脅她好幾個月了，他做過什麼？說過什麼？我們一概不知，因爲她沒有電話錄音，也不曾寫下任何記錄。她會影印私人信件，卻對威脅她生命的人不留任何紀錄。我眞的搞不懂。」

「不是每個人的想法都跟我們一樣。」

「有些人不像我們這麼想，是因爲他們陷入某種狀況，卻又不想讓別人知道。」他爭論道。

他轉進一條車道，然後將車停在車庫門口。草坪的草都過長了，中間還夾雜著蒲公英花隨風搖擺。靠近信箱的地方，插了一個「出售」的牌子。灰色的門前還圍著一圈警示凶案現場的黃帶子。

「她的車還在車庫裡，」馬里諾說道，同時我們步出車外。「是一輛很棒的本田雅哥。車上有些東西，你應該會感興趣。」

我們站在車道上，四處看了看。斜射的陽光溫暖了我的脖子和肩膀。空氣很涼，秋蟲的鳴叫是唯一聽得到的聲音。我緩緩做了個深呼吸，突然間湧上一股疲累感。

她的房子很新潮，現代風格且十分簡單，正面是一排大窗子，由一樓的角柱支撐，讓人聯想到一艘船，而且船艙是透明的。房子是用大石塊和漆成灰色的木頭建造，通常這樣的房子會屬於一對富有的年輕夫婦——寬敞的房間，高高的屋頂，還有很多沒有利用到的空間。威因漢大道在她房前終止，這大概就是沒有人聽到或看到任何事情發生的原因。房子被兩旁的橡樹和松樹孤立起來，茂密的樹葉形成貝蘿與最近鄰居之間的簾幕。後院的下方就是峽谷，斜坡上布滿的草叢與岩石，延伸到一片一望無際的森林裡。

「媽的，我敢打賭她可以看到野鹿。」當我們繞到屋子後方時，馬里諾說道：「夠美吧！從窗子看出去，你會覺得整個世界是屬於你的。我想下雪的時候，風景一定更棒。眞希望我也有這麼一個地方，冬天生起爐火，倒杯威士忌站在窗邊，光是看著外面的森林就滿足了。有錢的日子眞不錯。」

「特別是能活著享受。」

「這倒是眞的。」他說。

秋天的落葉在我們的腳下發出清脆的碎裂聲，我們從西側繞回正門。正門與陽台齊高，我注意到門上有個窺視孔，像個空洞的小眼睛瞪著我。馬里諾將菸蒂一彈，飛進草地裡，然後把手伸進藍長褲的口袋裡。他沒穿夾克，大大的肚子上掛著皮帶，白色的短袖襯衫領口敞開，肩膀部分被槍套壓皺了。

他拿出一把掛有黃色牌子的鑰匙。我看著他開門，很驚訝的發現他的手竟是那麼大，黝黑又粗糙，像一對棒球手套，這樣的手讓他註定無法成爲一名音樂家或牙醫。他已經五十多歲了，灰色的頭髮正日益稀少，面容就跟他的外套一樣老且皺。他的塊頭足以令多數人望而生畏，像他這樣高大的警察很少與人發生衝突，那些宵小只要看他一眼，就不敢作威作福了。

我們進入玄關，立刻置身於一塊四方形的陽光中。我們分別戴上手套。房子裡有一種腐敗和灰塵的混合氣味，是房子塵封一陣子不用的典型味道。里奇蒙警局的鑑識組已經仔細搜查過現場，但是一切原封不動，馬里諾向我保證這房子就跟兩夜前貝蘿的屍體被發現時的情況一樣。他關上門，打開燈。

「從你現在看到的就可以說明一點，」他的聲音有回音，「一定是她主動開門讓凶手進來的。沒有破門而入的痕跡，而且這房子有三層防盜設備。」他將我的注意力引到門邊的一排按鈕上，並說道：「現在保全已經解除了。不過在我們抵達時一切仍是正常的，警鈴響個不停，這也是我們能很快發現屍體的原因。」

他進一步告訴我當初報案的原因不是謀殺，而是有人聽見警鈴。晚上十一點剛過，警鈴已經響了近三十分鐘，貝蘿的鄰居終於打了九一一。巡邏警察接到通知後趕赴現場，發現大門是微開的。幾分鐘後，他以無線電尋求支援。

客廳一片凌亂，茶几被甩到一旁。雜誌、水晶菸灰缸、幾個裝飾藝術碗和一個花瓶散落在地毯上。淡藍色的皮椅翻了個身，旁邊有個同色的沙發靠枕。門左方通往走廊的白牆上濺滿了已經乾涸的血跡。

「她的警鈴會不會延遲作響？」我問道。

「哦！會的。打開門以後十五秒才會響，這樣你才有時間鍵入密碼，解除警報。」

「所以她一定是開了門，解除警報，讓凶手進入。當凶手還在屋內時，她又重新設定保全。否則，警鈴不可能在凶手離開時作響。嗯……很有趣。」

「對，」馬里諾答道：「有趣個鬼！」

我們在客廳內，站在翻倒的茶几旁，茶几上蒙了一層黑灰。地上的雜誌不是新聞就是文學方面的，都是幾個月前的舊雜誌了。

「有沒有找到最近的報紙或雜誌？」我問：「如果她在附近買過報紙，或許會提供重要的線索。她下飛機後所到過的地方都值得一查。」

我看到他的顎部肌肉抽動了一下。馬里諾最討厭我教他怎麼做。

他說道：「樓上她放手提箱跟行李的臥房有兩樣東西，一個是《邁阿密前鋒報》，另一個是叫什麼《放眼基韋斯特島》的刊物，上面都是基韋斯特島上的房地產廣告。也許她原本想要搬到那裡去？兩份報紙都是星期一出的，一定是她回程時在機場買的。」

「我想知道她的房產經紀人說了什麼……」

「沒說什麼。」他打斷道：「他不知道貝蘿去哪裡。貝蘿外出期間，他只帶人看過一次房子，是一對年輕夫婦，他們覺得房價太高，貝蘿開價三十萬。」他四處看了一下，假裝無動於衷的說：「現在有人可以撿到好價錢了。」

「那一晚貝蘿是搭計程車從機場回家。」我繼續追蹤細節。

他拿出一根菸，菸頭指著玄關。「我們在門邊小桌上找到了計程車收據，也找到了計程車司機，是個名叫伍卓．漢諾的傢伙，傻得跟木頭似的。他說他在機場乘車處排班，她向他招手。當時接近八點鐘，雨下得很大。大約四十分鐘後，他戴她回到這裡，幫她把兩件行李搬到門口後就走了。計程車資是二十六塊錢，包括小費。大約三十分鐘後，他回到機場，又做了另一趟生意。」

「你確定這些都是事實，還只是聽他說而已？」

「確定到不能再確定了。」他把菸抵在指關節敲了敲，又將濾嘴處捏緊一些。「我們查過他的供詞，漢諾所說的都是眞的。他沒碰她，時間上不符合。」

我順著他的眼光看向走廊的黑色濺跡。凶手的衣服上一定也沾滿了血。一個穿著血衣的計程車司機的確不可能立刻搭載下一名乘客的。

「她回來沒多久就遇害了，」我說道：「回到家的時候大約是九點，鄰居在十一點時報案，那時候警鈴已經響了半個鐘頭，所以說，凶手是在十點半左右離開現場的。」

「對，」他答道；「這就是最難解釋的部分。根據那些信件，我們知道她早就嚇死了。然後她偷偷回來，將自己鎖在家裡，甚至把槍放在廚房櫃檯上，一會兒我再帶你去看。接下來又發生什麼事？是門鈴響了嗎？她讓他進來以後，又重新設定了保全。我看凶手一定是她認識的人。」

「我不會因此排除陌生人的可能，」我說：「如果那個人很圓滑，看起來可信任，她有可能讓他進來。」

「在那樣的時間？」他的眼睛掃著四周，看到我的時候，不可思議的眨著眼。「晚上十點來推銷雜誌嗎？」

我沒有回答，因爲我不知道答案。

我們通過一道敞開的門走進長廊。「這裡是血跡剛開始的地方。」馬里諾望著牆上已經乾掉的濺血。「她在這裡被刺第一刀。我猜她一定拼命逃，他也一路亂砍過去。」

我的腦海出現貝蘿臉上、胳臂上與手上的刀傷。

「我猜想，」他繼續推論，「他是在這裡刺了她的左臂或背部或臉，牆上這部分的血跡是從刀上反濺上去的。他至少已經砍了她一次，刀上沾滿了血，當他再度揮刀時，血滴飛濺出去，噴到牆上。」

這裡的濺血呈橢圓形，直徑約六釐米，越到後面的形狀拉得越長，到門框左方的時候，已經成了弧形，長度約有十呎。凶手用的力道像是一個拼了全力的回力球員。我感受得到案發時的猛烈程度，那不是憤怒，那是比憤怒更強烈的心態。她究竟為什麼讓他進門。

「從這塊血跡的位置，我推斷他們站在這裡，」馬里諾說道，所站位置是在門後幾碼靠左的地方。「他又動手砍了她。刀子反覆揮動，血也不停濺到牆上。你看，這一連串的濺血動作是從這裡開始的。」他指著最上方的血跡，幾乎在他頭頂的地方。「然後向下散布，一直到離地面幾吋的地方才停止。」他微頓，以挑戰的眼神看著我。「你檢驗過她，你認為呢？凶手是右撇子還是左撇子？」

警察們總喜歡問這個問題。儘管我一再告訴他們這是無法判斷的事情，他們照樣問。

「光從這些血跡得不到答案，」我的嘴感到乾燥，有一種灰塵的味道。「完全要看他們兩人所處的位置。至於她胸部的刀傷，是稍微從左而右的方向。凶手可能是左撇子，不過還是那句話，完全要看他們兩人所處的關係位置而定。」

「我認為很有趣的一點是，她所有的自衛刀傷都集中在身體左半部。你想想，她在跑，他從左邊砍過來，而不是從右邊攻擊，使我不禁懷疑他是左撇子。」

「一切都要看受害者跟凶手所處的位置。」我不耐煩的重複指出。

長廊所鋪的是硬木地板，上面的血跡一路延續到離我們左方十呎外的樓梯上，也已經用粉筆標了出來。可見貝蘿是沿著這裡逃到樓上，她的驚嚇遠超過她的疼痛。左面的牆上每隔一步就出現糊狀的血跡，是她受傷的指頭伸手扶牆穩住腳步所留下的。

黑色的污漬布滿地上、牆上、天花板上。貝蘿逃到了樓上走廊的盡頭，暫時陷入死角。這個死角全是血。當她逃出了死角，往臥室衝的時候，雙方的追逐重新開始。她跳上了那張雙人床，凶手則是繞了一圈。在這裡，她可能將公事包丟向凶手，不過更有可能的是，原來就在床上的公事包被撞下了床。警方看到的時候，公事包是在地板上，像個帳篷似的打開著並翻了過來，紙張散落各處，包括她在基韋斯特島上寫的信的拷貝。

「你在這還找到什麼文件？」我問。

「收據、幾張遊客指南，其中一份夾了一張市區地圖。」馬里諾答道：「我可以印一份給你，如果你要的話。」

「麻煩你。」我說。

「我們還在化妝檯上找到一疊打字文件。」他指出，「大概是她在基韋斯特島寫的東西，空白處用鉛筆做了一些隨手筆記。沒有什麼可疑的指印，只有一些她留下的污點。」

她的床只剩下床墊了。被血沾污的床墊和床單都已送到了化驗室。她慢下來了，已經無法自主行動，整個人變得衰弱。她踉蹌的回到走廊，跌入那張東方式的祈禱毯上，我在檔案照片上看過那張地毯。地板上拖著長長的血跡和手印。貝蘿爬進浴室後面的客房，就在這個位置，她終於斷氣了。

「在我看，」馬里諾道：「凶手追她純粹是爲了好玩。他明明可以在客廳裡當場抓到她，殺了她，但是那樣就太枯燥了。他的臉可能從頭到尾都帶著微笑，她的流血、她的尖叫、她的乞求都能帶給他快樂。當她爬到這裡，倒下的時候，遊戲結束了，他也收手了。」

這個房間很冷，黃色使這個房間蒼白得像正月的陽光。單人床邊的地板是黑色的，白色的牆上有黑色的血紋與血斑。檔案照片上的貝蘿躺在地上，雙腿張著，雙臂放在頭邊，臉朝窗，全身赤裸。我初次觀察這些照片的時候，簡直辨認不出她的長相，甚至連她頭髮的顏色也看不出來。我所看到的只是一片血紅。警方在她身邊找到一條沾滿血的卡其褲，她的襯衫和內褲都不見了。

「你提到的計程車司機，那個叫漢諾什麼的，記不記得貝蘿從機場搭車的時候，身上穿什麼衣服？」我問道。

「那時天色已晚，」馬里諾答道：「他不是很確定，只依稀記得她穿了褲子和外套。我們知道當她遭到攻擊的時候，身上穿著的是我們找到的這條卡其褲，她臥房的椅子上有一件同質料的外套。我不認爲她進門以後換過衣服，她只脫了外套，丟在椅子上。不知道她裡面穿了什麼，總之凶手將它們帶走了。」

「紀念品。」我將心裡的想法說了出來。

馬里諾盯著陳屍的黑色地板。

他說：「照我看來，他在這裡脫了她的衣服，強姦了她，或是意圖強姦她。然後又砍了她，幾乎將她的頭切下來。可惜她的PERK沒有提供任何線索。」他所指的PERK是屍體化驗證據，檢查結果並沒有精子存在。「我們別想靠DNA破案了。」

「除非血跡中有部分是他的血。」我答道：「否則，你說得沒錯，別想靠DNA了。」

「也沒有找到毛髮。」他說。

「有幾根，不過是她的。」

房子裡空空蕩蕩的，我們的交談顯得格外大聲。不論我轉向哪裡，都會看到醜陋的血跡。我的腦海又出現那些影像：刺傷、砍傷，還有脖子上那個看起來像打呵欠張大嘴的刀口。我走出房間來到走廊，這裡的灰塵讓我的肺不舒服，覺得呼吸困難。

我說：「帶我到發現槍的地方。」

警方到達的那天晚上，在廚房櫃檯上，靠近微波爐的地方，找到了貝蘿的點三八自動手槍。槍已經上了膛，保險開著。槍上所留下的部分指紋，經化驗比對確定都是她的。

「她把子彈留在床頭櫃裡，」馬里諾道：「大概也把槍放在同一個地方。我猜她將行李提到了樓上，將大部分的衣服倒入浴室洗衣籃，然後把行李收到臥室衣櫥。在這之間，她取出了手槍。她一定緊張得要命。我敢打賭她帶著槍檢查了每個房間之後，才稍微喘口氣。」

「如果是我的話，我也會這麼做。」我做了註解。

他看了看廚房四周。「可能她想進來這裡吃點心。」

「她可能想到過，但是她沒有吃。」我答道：「她胃裡約有五十毫升的暗褐色液體，也就是不到兩盎斯的食物。不管她吃了什麼，在她死的時候，或是說在她遭到攻擊的時候，都已經完全消化。一個人在極度的壓力或恐懼下，消化功能會自動停止。如果凶手動手前，她才剛吃完點心，她的胃裡會是另一個樣子。」

「也沒什麼東西好吃的。」他打開冰箱後說道，好像這是個重點似的。

冰箱內有一個乾巴巴的檸檬，兩條奶油，一塊發霉的乳酪，一些佐料和一瓶奎寧水（譯註：一種加了奎寧的苦味汽水）。冷凍庫比較豐富一點，不過也沒多少東西。有幾袋雞胸肉、冷凍餐跟瘦牛絞肉。顯然貝蘿不熱衷於烹飪，對她來說，做菜只是爲了裹腹而已。我了解，因爲我的廚房差不多就是這個樣子。水槽上的百葉窗掛著絲絲灰塵，水槽裡空無一物，完全是乾的。家電用品十分現代化，但看起來都沒用過。

「她可能進來喝過酒。」馬里諾懷疑。

「她的血液中沒有酒精反應。」我說。

「那不代表她沒想到過。」

他打開洗手台上的櫃子，三層夾板上沒有一點空間，全塞滿了傑克丹尼、起瓦士威士忌等烈酒。有一樣東西引起我的注意。在法國白蘭地前面有一瓶海地萊姆酒，酒齡有十五年，和純蘇格蘭威士忌一樣昂貴。

我戴著手套將它拿出櫃子。瓶上沒有貼進口紙條，金色瓶口旁的塑膠套仍然完好沒打開過。

「我覺得這瓶不是在這裡買的，」我告訴馬里諾，「我猜這瓶酒是在邁阿密的基韋斯特島買的。」

「你是說她是從佛羅里達帶回來的？」

「有可能。顯然她是個賞酒專家，這種酒好喝極了。」

「我猜以後我要稱你爲賞酒大夫了。」

這瓶酒沒有灰塵，其他的酒上則有灰塵。

「這瓶酒可以解釋她爲何進來廚房，」我繼續說道：「很可能她下樓來將酒擺進櫃子裡。她可能考慮晚上品嚐幾口，然後有人來訪了。」

「但是你無法解釋爲什麼她去開門的時候，沒把槍一起帶去。她應該很害怕，不是嗎？我覺得她已經知道有人會來找她，她一定認識他。她有這麼一堆好酒，難道她老是獨享嗎？不可能。比較可能的是她偶爾會有一些輕鬆時光，讓某個男人陪她。嘿！或許就是她在基韋斯特島所寫的那個叫M的傢伙。或許她遇害的當晚，就是在等那個人。」

「你在暗示M就是兇手。」我說道。

「難道你不會這麼想？」

他變得有些不客氣，玩弄那根未點燃香菸的動作令我感到困擾。

「我不排除任何可能，」我答覆道：「但是，她可能並不是在等人，只是進廚房把酒放好，或者她想給自己倒杯酒。她很緊張，手槍始終放在離自己不遠的廚台上。突然，門鈴響了，或是有人敲門，令她十分震驚……」

「要是如你所說，」他打斷道：「她很震驚，防禦心極強，那麼她應門時，爲什麼會把槍留在廚房？」

「她練習過嗎？」

「練習？」他望著我問：「練習什麼？」

「射擊？」

「媽的……我怎麼知道……」

「如果她沒練過，那麼她不會習慣性的以武器防衛自己。婦女經常在手提包裡放噴霧器，但是遭受攻擊時，根本忘了要使用它，直到事後才想起來。用武器自我保護並非她們的反射動作。」

「我不確定……」

我確定。我有一把魯格點三八手槍，上的是銀頂（Silvertips）子彈，這是金錢所能買到破壞力最強的武器。我認爲它可以保護我，是因爲我會帶著它到射擊場去練習，一個月練習幾次。所以，當我獨自在家時，我會對有槍這件事感到習慣些。

還有一件事。我想到客廳的火爐旁有一排銅製工具立在那兒，當貝蘿遭到凶手攻擊時，竟然沒想到用那裡的鏟子或火鉗抵抗。自我保護不是她的反射動作，她的反射動作是逃跑，不管是跑到樓上還是基韋斯特島。

我繼續說明：「她可能對槍感到陌生，馬里諾。門鈴一響，她突然感到困惑、焦躁，她走到客廳，從門孔裡看了一眼。不管來者是誰，顯然她信任他，所以開了門。槍，早就被遺忘了。」

「她仍有可能在等她的訪客，」他再度說道。

「當然有可能，也就是說有人知道她回來了。」

「也許『他』知道。」

「也許他就是M先生。」我說出他想聽到的話，將酒放回櫃子。

「對極了，這樣就說得通了，不是嗎？」

我關上櫃子的門。「她遭到威脅，幾個月來驚慌失措。馬里諾，我很難相信若是這整件事是個親密朋友幹的，貝蘿竟然一點都沒懷疑。」

他顯得有些介意，看了看手錶，從口袋裡拿出另一把鑰匙。貝蘿的確不可能幫陌生人開門，但是更難相信的是她會被信任的人所殺。她爲什麼讓他進來？這個問題始終縈繞著我。

一條林蔭小道通往車庫，陽光從樹蔭間灑下來。

「先告訴你，」馬里諾邊說邊用鑰匙打開了車庫門，「我是在打電話給你以前才進來的。她遇害那晚，我們沒辦法把門打開，也沒必要硬闖進來。」他聳聳肩，那雙肩膀滿是肌肉，好像是在告訴我，如果他願意，他可以舉起一扇門、一棵樹，或是一整輛卡車。「她去佛羅里達後就沒進來過這裡。我們花了不少時間才找到這把鑰匙。」

這是我所見過唯一在四周鑲了牆板的車庫，地板鋪的是昂貴的義大利紅色瓷磚，有一條龍形的美麗花紋。

「這裡原先眞的是設計來當車庫的嗎？」我問道。

「這不正是車庫門嗎？」他又掏出幾把鑰匙。「眞是個豪華的車庫，對吧！」

車庫非常不通風，有股灰塵的味道，可是卻相當乾淨。除了角落的掃把和耙子，沒有其他該有的東西，像是除草機或是什麼常見的工具。這裡看起來比較像賣車的展示場，黑色的本田停在正中央，閃閃發亮，一塵不染，簡直像一輛沒開過的新車。

馬里諾插入鑰匙打開車門。

「請進，別客氣。」他說道。

一會兒，我已經靠在柔軟的象牙色皮座椅上，望著擋風板外的牆板。

他退了一步說：「就坐在那兒，靜下來看看這四周，告訴我你的感覺。」

「要不要我發動車子？」

他交給我鑰匙。

「請你把車庫門打開，我們才不會被廢氣嗆死。」我提議道。

他皺著眉四處找著，終於看到按鈕，門開了。

車子一發就啓動了，引擎聲音掉了幾個音階，沉沉作響。收音機和冷氣都是開著的，油還剩四分之一，里程表上的數字不到七千哩，天窗開了一部分。儀表板上有一張乾洗衣服的單據，日期是七月十一日星期四，貝蘿送洗的是一件裙子和一件外套，顯然她沒去領回這些衣物。旁邊的座位上有一張超市收據，日期是七月十二日，時間是上午十點四十分，她買了萵苣、番茄、黃瓜、絞牛肉、乳酪、橙汁、薄荷糖，總計是九元十三分，她付了十元。

收據旁邊有一個白色銀行信封，裡面沒有東西。再旁邊有一個土黃色的雷朋牌太陽眼鏡盒，裡面也是空的。

後座上有一枝溫布頓網球拍以及一條皺了的白毛巾。我伸手去拿，厚絨布的角上印了幾個藍色小字：維斯伍俱樂部。我記得這個名字曾經出現在貝蘿樓上衣櫥裡的一個塑膠提袋上。

馬里諾故意這麼安排。我知道他已經看過了這些東西，他只是要看我有什麼反應。這些都不是證物，凶手沒進過車庫，馬里諾在釣我胃口。從我們踏進這個房子，他就在釣我胃口。他這個嗜好，讓我厭煩到了頂點。

我關了引擎，步出車外，使勁關上門。

他望著我，想知道我的想法。

「兩個問題。」我說道。

「放馬過來。」

「維斯伍是採會員制的私人俱樂部。她是會員嗎？」

點頭。

「有沒有查過她上次訂球場的時間？」

「星期五，七月十二號，早上九點。她跟一個職業球員學球，每個星期一堂課，此外她很少練習。」

「就我記得，她是在七月十三號週六上午離開里奇蒙，中午過後不久抵達邁阿密的。」

再度點頭。

「所以她上了課，直接到超市買東西，之後她可能去過銀行。不知道出於什麼原因，總之，她買了東西之後，突然決定離開這裡。如果她早就預備隔天出發的話，絕不會去超市購物。她沒有時間吃所買的食物，也沒把東西冰起來。顯然她把東西都扔了，除了那包絞牛肉、乳酪，或許還有那條薄荷糖。」

「聽起來很合理。」他輕描淡寫的說。

「她把眼鏡和這些單據留在椅子上，」我繼續分析道：「收音機和冷氣沒關，天窗也還開著。感覺上，她將車駛入車庫，關上引擎後便衝入房裡，臉上還戴著太陽眼鏡。讓我不禁懷疑她從網球場和市場，到她回家這段路上，是否發生過什麼事……」

「有事發生，我確定。你繞過去到另一頭，好好看看另一扇門。」

我照做了。

我所看到的讓我驚悸，門把下面被刮了一個心型，裡面寫了貝蘿二字。

「是不是讓人感到毛骨悚然？」他說。

「如果他是趁車子停在俱樂部或市場的時候幹的，」我一面想著，「應該會有人看到。」

「也有可能是在更早的時候做的。」他頓了一下，細看刮痕。「你上次看你的右側車門是什麼時候？」

或許是幾天前，也可能是一個星期。

「她到市場買東西，」他終於點燃那根該死的香菸，「沒買多少東西。」他飢餓的深吸一口氣，「應該能放在一袋裡，對吧！要是我太太只買一、兩袋東西，她一定把東西放在前座。這時貝蘿看到了刮痕。也許她知道那是當天刮的，也許她不知道，那不重要，總之一定把她嚇壞了。她直接趕回家，也許到銀行領錢，然後立刻訂了下班飛往佛羅里達的飛機。」

我跟著他走出車庫，回到他的車。夜晚就要降臨，空氣中帶著寒氣。他發動引擎，我則靜靜的望著貝蘿家的側窗。銳利的窗影已經褪落，窗裡完全漆黑。忽然間，陽台和客廳的燈亮了。

「天啊！」馬里諾叫道：「鬧鬼了。」

「計時器。」我說。

「沒錯。」

2

我駕車順著長長的路回家，里奇蒙的天空裡有個滿月。路邊有一些趁著萬聖節要糖果的孩子還不屈不撓的走著，車燈照亮了他們猙獰的面具和小小的身影。不知道我家門鈴被按了幾次了。孩子們特別喜歡到我家討糖，因爲我非常大方，畢竟我沒有自己的孩子可以寵溺。錯過了這些孩子，明早我的同事可以分到四大袋未拆封的巧克力。

上樓的時候，電話響了。在答錄機回應前，我及時拿起話筒。對方的聲音乍聽起來很陌生，但當我認出這個聲音時心跳不禁加快。

「凱？我是馬克，感謝上帝你到家了……」

馬克·詹姆斯好像是藏在油桶裡和我說話，我可以聽見旁邊有車子往來的聲音。

「你在哪？」我終於冷靜下來問他，但我知道自己的聲音顯得很焦躁。

「在九十五號高速公路上，大約在里奇蒙北方五十哩的地方。」

我在床沿上坐了下來。

「我打的是公共電話。」他解釋著，「告訴我怎麼到你家。」又是一陣車聲後，他補充道：

「我要見你，凱。我在華盛頓特區待了一個星期，從下午開始就一直在找你，最後決定冒險租車直接過來，可以嗎？」

我不知該說什麼。

「我們可以小喝一杯，敘敘舊。」這個曾經傷透我心的人如此說道：「我在市區的萊帝森飯店訂了房間。明天一大早，有一班飛機從里奇蒙飛到芝加哥。我只是想……說眞的，有件事我想和你談談。」

我無法想像我和馬克之間還有什麼好談的。

「可以嗎？」他又問了一次。

不可以！但我說的卻是：「當然，馬克，能見到你眞好。」

我給了他地址，然後到浴室整理儀容。想來那已經是許久以前的事了。十五多年前，我們一起念法律系，那之後已經很久很久沒見面了。我的頭髮顏色已經變深，不復當年的金黃，眼珠也從澄藍轉爲灰藍。完全公正的鏡子讓我看清自己三十九歲的樣子，並提醒我有一種叫做拉皮的手術。在我的記憶裡，馬克還是二十四歲，他是我的熱情、我的依靠，是讓我陷入落魄和絕望的人。和他分手以後，我什麼都沒做，只有工作。

他仍然愛開快車，喜歡好車。不到四十五分鐘，我就看著他從租來的史德菱（Sterling）汽車走出來。他還是我記得的馬克，身材依然瘦長，踏著自信的步伐，一面走上石階，一面淺笑。我們很快的擁抱，有些不自在的走進玄關，說不出一句像樣的話。

「還喝威士忌嗎？」我終於問。

「仍然沒變。」他隨我走進廚房。

我從酒吧上拿出酒瓶，很自然的用多年前的方式替他調了一杯：雙份酒，加冰塊和一些汽泡礦泉水。他的眼光跟著我在廚房移動，並將酒放在桌上。他啜了一口，盯著杯子，搖晃冰塊，這是他緊張時的習慣動作。我好好的看了他，望著他細緻的五官，高高的頰骨，清澈的灰眼，暗色的鬢髮已經變淺了。

我將注意力移到他杯中轉動的冰塊。「我猜你在芝加哥的律師事務所做事？」

他靠入椅背，抬頭說：「我只負責上訴的工作，很少出庭。有時我會碰到岱斯納，所以才知道你在里奇蒙。」

岱斯納是芝加哥的首席法醫。我們有時在會議上碰面，還一起出席過幾個委員會。我從來不知道他認識馬克・詹姆斯，至於他是怎麼知道我認識馬克，更是一個謎。

「我不該告訴他我跟你是同學，他時常用你來刺激我。」他解釋著，似乎明白我的疑慮。這點我可以了解。岱斯納是個粗魯的人，對辯護律師都不怎麼友善，他在法庭上的表現常成為受人議論的傳奇故事。

馬克說：「就像多數法醫學者一樣，他贊成起訴判刑。我幫一個殺人犯辯護以後，他就認定我也是壞人了。岱斯納常常故意找我，然後順帶提到你在新近雜誌上發表的文章，或是告訴我妳正在處理的案子。史卡佩塔醫生，知名法醫。」他笑道，但他的眼睛沒動。

「我不認為你所說的是對的，並非所有法醫都贊成起訴判刑。」我回答：「你會這麼想，是因為證據大多是對被告有利，許多案子往往無法起訴，根本上不了法庭。」

「凱，我對程序太熟悉了。」他的語氣中帶有我所熟悉的不耐意味。「我明白妳的角度，如果我是妳，我也會希望所有的惡棍都受到懲罰。」

「對，你老是明白我的角度，馬克。」我反擊道，還是一樣的爭執。我簡直不敢相信，他才進來十五分鐘不到，我們又回到過去留下的問題上。過去發生過最嚴重的幾次爭吵都和這有關。馬克和我認識的時候，我已經是個醫生，正在喬治城大學修法律。我已經見識過恐怖、殘暴和無理的悲劇，我的手套已經碰過許多痛苦和死亡所留下的腐物。馬克是傑出的長春藤學生，腦中所謂的重罪就是有人在他的捷豹上刮了一道。他之所以會念法律，是因爲他的祖父和爸爸都是律師。我是天主教徒，他是新教徒；我是義大利裔，他是和查理王子一樣純的安格魯裔；我在貧窮的環境裡長大，而他則生長於波士頓最高級的地區。我曾經認爲我們會是天造地設的一對。

「妳一點也沒變，凱，」他說：「只是多了一股犀利的氣息。我猜妳在法庭上一定很難纏。」

「我不希望自己變得犀利。」

「我不是在批評妳，我只是想說妳看起來好極了，」他看了看廚房各處。「而且十分成功。妳快樂嗎？」

「我喜歡維吉尼亞州。」我回答，沒看著他。「唯一不滿意的是這裡的冬天，不過我想在這方面，你住的地方比我更糟。你如何能忍受芝加哥有半年是冬天？」

「我從沒習慣過。妳絕對會討厭那兒。像妳這種邁阿密的溫室花朵到那裡，肯定都撐不過一個月。」他喝了一口酒。「沒結婚？」

「結過。」

「嗯……」他皺眉想著，「那個叫東尼什麼的。我記得妳和東尼……班尼迪提是吧？你們是在我們分手之後的第三年底開始交往的。」

我沒想到馬克留意到這件事，更沒料到他會記得。「總之我跟他離婚了，已經很久了。」我說道。

「很遺憾。」他輕聲說。

我伸手拿酒。

「有沒有認識好的人？」他問。

「好或不好的，都不認識。」

馬克不再像從前那樣愛笑了。他順便提到了自己：「兩年前，我幾乎要結婚了，但是沒結成。也許我應該老實告訴妳，是我在最後一刻退出了。」

我很難相信他一直沒結婚，他一定又知道我在想什麼了。

「那是在珍妮過世以後，」他遲疑道：「我結過婚。」

「珍妮？」

他又晃動冰塊了。「從喬治城大學畢業後，在匹茲堡認識她的。她是公司的稅務律師。」

我仔細望著他，忽然感到很困惑。馬克是變了，過去他吸引我的強烈力量已經改變。我不敢再往下想，或許原因很複雜。

「一場車禍，」他說道：「在一個週末夜晚，我們計畫晚點睡，看一場好電影。她出門買爆米花，一個酒醉駕車的人衝到她的車道，連車燈都沒開。」

「天啊！馬克，我很遺憾。」我說：「太不幸了！」

「已經八年了。」

「沒有孩子？」我聲音很小。

他搖頭。

我們之間一陣沉默。

「我的事務所要在華盛頓特區設立辦公室。」他望著我說。

我沒作反應。

「我可能會被調到特區。事務所發展得很快，在紐約、亞特蘭大、休士頓有一百多個律師跟辦公室。」

「你什麼時候搬？」我非常平靜的問。

「也許年初就可以了。」

「真的要搬？」

「我已經很厭惡芝加哥了，我需要改變。我想讓妳知道，這就是我來此的原因，至少是主要原因。我不希望搬來特區後才偶然碰到妳。我將住在維吉尼亞州北部，妳在那裡有個辦公室，我們很有可能在餐廳或戲院碰到。我不希望那樣。」

我想像自己坐在甘迺迪機場內，發現馬克坐在三排座椅之外的地方，對著身旁美麗年輕的女友耳語。想到這裡，我又感受到當年的痛苦。那種折磨不只是心理，連生理方面都備受煎熬。他卻沒有情敵，完全占有我全部感情。一開始，我就懷疑我們的付出並不平等，後來，我則是徹底肯定。

「這是我來的主要原因。」他又說了一次，「但還有一件事，與我們個人無關。」律師開始辦正事了。

我保持沉默。

「里奇蒙有個女人在大前天晚上被殺了，貝蘿．邁德森……」

我的震驚寫在臉上，他停頓下來。

「我的合夥人布吉打電話到旅館告訴了我這件事情，我想和妳談談……」

「跟你有什麼關係？」我問道，「你認識她？」

「不熟。我是去年冬天在紐約見過她一次。我們事務所也涉足娛樂法，貝蘿發生出版合約糾紛，她聘請了『歐度夫與布吉法律事務所』。當她和承辦律師史巴拉辛諾商議的時候，我恰好也在紐約。史巴拉辛諾便邀請我和他們一起在阿根昆餐廳吃中餐。」

「如果你認爲合約糾紛與她的被殺有關，你應該跟警方談，不是跟我。」我越說越生氣。

「凱，」他回答：「公司根本不知道我跟你談這件事，好嗎？布吉昨天來電的時候，談的是別的事情，他只是順便提到貝蘿．邁德森遭到謀殺，要我看看當地的報紙怎麼說。

「這句話的意思就是去向你的前任某某打聽看看。」我感到自己的脖子正在發紅。前任某某？

「不是這樣的。」他移開眼光。「在布吉連絡我以前，我就已經想起妳，想打電話找妳了。前兩個晚上我就從查號台查出妳的電話，一直考慮要不要打。要不是布吉告訴我那件事，可能我還沒勇氣撥電話。貝蘿讓我有了藉口，相信我，不是妳想的那樣……」

我聽不進去。我很想相信他，但那會讓我憎恨自己。「如果你公司對這件案子這麼有興趣，就明白告訴我原因。」

他思考了一下。「我不確定公司想打聽這案子是否合理。也許只是出於私人的因素，她生前和大家相處過，發生這樣的事情同仁都很吃驚。我可以告訴妳，她委託我們的案子相當棘手。八年前簽的合約，說起來很複雜，總之，和蓋利．哈博有關係。」

「那個小說作家？」我驚訝的說：「那個蓋利．哈博。」

「妳大概知道，」馬克說：「他住的地方離這不遠，是一片十八世紀的莊園，叫做卡勒林園，就在威廉斯堡的詹姆士河上。」

哈博大約在二十年前出過一本小說，得了普立茲獎，我試著回想自己讀過什麼關於他的報導。他是個傳奇人物，和姊姊隱居著，還是和他姑姑？對於哈博的私生活有許多說法。他越拒絕記者和媒體採訪，引起的猜測越多。

我點燃一根菸。

「我原希望妳會打退堂鼓。」他說。

「除非我死了。」

「據我所知，貝蘿在十幾二十歲的時候和哈博有過某種關係。有一段時間，她和他，以及他的姊姊住在一起。貝蘿深具文采，是哈博想要的那種才華洋溢的女兒。她成了他的徒弟。透過他的關係，貝蘿出了第一本小說，那時她才二十二歲，寫的是帶點文學風格的浪漫愛情小說，以絲卓登之名出書。哈博在書中還寫了一段書評，內容是說他發現了一個令人振奮的新作家。這件事引起許多批評，因爲她的小說只是商業書籍，並非純文學，而且哈博已經銷聲匿跡那麼多年。」

「這跟她的合約糾紛有什麼關係？」

「一個小女生的英雄式崇拜可能令哈博非常陶醉，但是他仍舊是個謹慎的混蛋。在幫貝蘿出書以前，他強迫她簽下一紙合約，禁止貝蘿在他與姊姊有生之日，寫出有關他的任何文章。現在他才五十五歲左右，他的姊姊只大他幾歲。基本上，這紙合約將束縛貝蘿一輩子，因爲她不能寫回憶錄。她怎麼能在回憶錄中不提到哈博？」

「也許她能，」我說道：「只是少了哈博，書賣不出去。」

「一點也沒錯。」

「後來她開始用筆名？這也是合約內容的一部分嗎？」

「我想是。他希望貝蘿永遠是他的祕密。他賜給她寫作上的成功，卻要她與世隔絕。她的小說都很暢銷，但是貝蘿．邁德森這個名字名氣並不大。」

「她是否違反了這項合約，所以才找上你們公司？」

他喝口酒。「我要先說明，她並非我的客戶，我不知道所有相關細節。但我感覺到她已經遇到瓶頸，急欲寫出一點有意義的東西。接下來的故事，妳大概也曉得。她顯然寫不出來，而且有人在威脅她、玩弄她……」

「什麼時候開始的？」

「去年冬天，大約是她跟我們見面的前後。我猜是二月底的時候。」

「說下去。」我感到好奇。

「她不知道是誰在威脅她。我不確定這些是發生在她決定改變路線之前，或是之後。」

「她打算怎麼避開違約這件事？」

「我想是避不掉，至少不能完全避掉，」馬克說：「但是史巴拉辛諾律師所採取的策略是讓哈博知道他可以選擇。他可以選擇合作，而貝蘿的著作對他絕對不會遭成傷害，但是換句話說，哈博沒有審查權。他也可以選擇當個混球，而史巴拉辛諾會將事情告訴各大報紙、《六十分鐘》等節目，哈博絕對束手無策。當然，他可以控告貝蘿，可是貝蘿沒那麼多現金可賠。和哈博比起來，她的財產就像一桶錢裡的一個銅板，而且官司會使得每個人都去買貝蘿的書。哈博沒有勝算。」

「難道他沒有能力阻止書出版？」

「他只會替書打知名度。眞要阻止出版會花上他幾百萬。」

「現在她死了，」我望著香菸在菸灰缸裡燃燒。「我猜書也沒寫完，哈博不需要再擔心什麼了。馬克，你是不是想告訴我，哈博可能跟凶案有關？」

「我只是告訴你事情的背景。」他說。

那雙清澈的眼睛凝望著我。有時候它們顯得如此深不可測，我仍然記得，這讓很我不舒服。

「妳認爲呢？」

我沒有說出心裡眞正的想法。我所想的是馬克怎麼會告訴我這一切，多麼奇怪。貝蘿並非他的客戶，而且他對法律倫理瞭若指掌，事務所員工不能對外透露案件內情。他已經在界限邊緣了。這不是我記得的馬克·詹姆斯會做得出來的。他的行爲就如同帶著刺青出現在我家裡那般唐突。

「我想你最好跟馬里諾談一談，他是刑事組長。」我答道：「否則我將會把你所說的事情告訴他。不論如何，他都會去造訪你的事務所，詢問各種問題。」

「沒關係，我無所謂。」

有一會兒，我們都沒說話。

「她是怎麼樣的人？」我清了一下喉嚨問道。

「我說過，我只見過她一次，但是她讓人印象深刻。有活力、聰明、有魅力，穿著一身高雅的雪白色套裝，也產生距離感。好像藏有不少祕密，有種任何人都摸不透的深邃。她喜歡喝酒，至少那天中飯她喝了不少。三杯雞尾酒，對我來說，在中午喝這樣的分量似乎嫌多了些。不過也有可能她不是常常如此。那天她很緊張、很憂鬱，精神緊繃。當然，她會造訪『歐度夫與布吉』絕不是爲了什麼愉快的原因。我想哈博的事情必定讓她很難過。」

「她喝什麼？」

「什麼？」

「那三杯雞尾酒，是什麼？」我問。

他皺眉，望著對面。「我不知道，凱，喝什麼又有什麼關係？」

「我不知道會不會有關係。」我說道，心裡想起那個酒櫥。「她有沒有提到遭受威脅的事情？我是說，在你面前？」

「有，史巴拉辛諾也提過。我所知道的是，她不斷接到怪電話，都是相同的聲音，卻非她認識的人。至少，她是這麼說的。還有其他一些怪事，我記不得細節了……已經太久了。」

「她有沒有記錄下這些事情？」我問。

「我不知道。」

「她不知道是誰做的，也不知道原因。」

「她給我的感覺是這樣沒錯。」他將椅子往後傾。

「史巴拉辛諾，」我說：「他叫什麼？」

「勞伯。」他回答。

「他是否用M字當簡稱？」

「沒有。」他好奇的看著我。

沉靜了片刻，氣氛有些凝重。

「小心開車。」

「晚安，凱。」他遲疑了一下說道。

也許是我的想像力太豐富了，一度以爲他要吻我，結果他步下階梯，我回到房內聽見他開車離開。

第二天上午，一切還是那麼忙亂。開會的時候，我們接到通知要檢驗五具屍體，包括一具河裡撈出的浮屍。每回聽到浮屍，大家都會叫苦連天。里奇蒙刑事局又送來兩具遭槍殺的屍體，我做好其中一份報告後，便趕到約翰·馬歇爾法庭大廈爲另一起槍殺案作證，然後又到醫學院和我指導的學生吃中飯。在這之間，我極力想將馬克的造訪排出腦外，但是我越想忘記，就記得越清楚。他很小心，也很固執，竟然會在十年之後突然來訪，這不合乎他的個性。

中午剛過，我就投降了，我撥了通電話給馬里諾。

「才想打電話給你，」我才說了不到兩個字他就先插嘴，「我正要出去，妳能否在一個鐘頭或一個半鐘頭以後，到班頓的辦公室和我碰頭？」

「做什麼？」我甚至還沒說出我打電話的原因。

「我有了貝蘿的新報告，我猜妳會想知道。」

他總是不說再見就掛電話。

還不到約定時間，我就已經開車到東葛利斯街，在看到的第一個投幣停車位上停了下來。這兒離我的目的地不算太遠。這棟十層樓高的建築像燈塔一樣，俯視著河邊來往的垃圾船、古董店和一些賣外國菜的小餐廳。街上的人們在龜裂的人行道上走動。

向一樓警衛證明身分後，我搭電梯到五樓，走廊的盡頭有一扇沒有標示的門。里奇蒙的FBI辦公室是這個城市的大祕密。這裡一切低調，看似平淡無奇，就和那些便衣警探一樣。櫃檯後面的年輕人正靠著牆講電話，見我過來便壓著話筒，給我一個「要我幫忙嗎？」的表情。我說明來意後，他請我坐下。

這間辦公室很小，很男性化。深藍色的皮製家具，茶几上堆著體育雜誌。牆上陳列著歷任FBI最高指導官的照片、各樣獎章，還有一面刻了殉職探員名字的銅牌。門有時被推開，我看到幾個戴太陽眼睛、穿暗色西裝的高大男子經過，但沒一個人看我一眼。

班頓．衛斯禮就和FBI那些人一樣嚴肅自傲，但這麼多年來，他已經贏得我的尊敬。在他的官僚式面孔下，是一個值得認識的性情中人。他精神奕奕、活力四射，連坐著的時候也是如此，暗色的西裝褲和漿過的白襯衫使他顯得更精幹。他戴著流行的細領帶，結打得很漂亮。腰上纏著黑色槍袋，但是少了一把十釐米手槍，在室內他幾乎不帶槍。他是個英挺的硬漢，少年白的頭髮總是令我驚訝。

「抱歉讓妳久等了，凱。」他微笑道。

他握手時相當有力，卻沒有炫耀男性力量的味道。我認識的一些警察和律師握起手來約有三十磅的力道，幾乎可以捏碎我的手指。

「馬里諾已經到了。」衛斯禮說：「我剛和他討論完幾件事情，才能來帶妳。」

他爲我開門，領我走入無人的長廊，轉進他的小辦公室，又去替我倒咖啡。

「電腦報告昨晚終於出來了。」馬里諾道。他舒適的靠在椅背上，研究著一把看起來全新的點三五七左輪手槍。

「電腦？什麼電腦？」我忘了帶菸嗎？不，幸好是留在皮包底層。

「總部的，這陣子電腦一直故障。總之，我終於拿到一些報告，非常有趣，裡面有一些讓我非常意外的東西。」

「貝蘿的？」我問道。

「說對了。」他把手槍放在衛斯禮的桌上，補充道：「好槍！這混球眞好運，上星期在田蠵舉行的警察主管會議上贏到的獎項。我呢？連樂透的兩塊錢獎金都贏不到。」

我的注意力轉到衛斯禮的辦公桌。上面堆滿了電話留言、報告、錄影帶，以及一些厚牛皮信封，我猜裡面裝的是本轄區某些刑案的照片和報告。牆邊的玻璃櫥櫃裡擺了許多駭人的武器：劍、銅鉤爪、彈弓、非洲矛，都是多年來的蒐集和學生送的禮物。還有一張老照片，是威廉·衛布思特和衛斯禮的握手合照，背景是一架海軍陸戰隊的直升機。從這些東西中完全看不出來衛斯禮也有家庭，但實際上他有太太與三個小孩。FBI探員和多數的警察一樣，都非常保護他們的私生活，特別是在近距離接觸恐怖和殘暴之後。衛斯禮精於描繪歹徒輪廓，看過不可思議的謀殺照片，也到過監獄與查爾斯·曼森、泰德·邦迪那些喪心病狂的殺人犯面對面，他知道恐怖世界的眞面目。

衛斯禮端了兩份保麗龍杯裝的咖啡進來，一杯給馬里諾，一杯給我。衛斯禮從沒忘記我喝的是黑咖啡，他還將菸灰缸放在我搆得到的地方。

馬里諾拿起腿上的幾張複印文件，開始討論。

「我們只有三份報告。第一份是三月十一日星期一，早上九點三十分，貝蘿·邁德森於前一晚打了九一一，要求警察到她家接受申訴。這項工作列爲非重要任務，這並不稀奇，因爲街上事情太多了。所以警察第二天上午才到她家，是個名叫吉姆·雷德的警員，任職五年。」他抬頭看我。

我搖頭，我不認識雷德。

馬里諾瀏覽報告內容。「根據雷德的描寫，申訴人貝蘿·邁德森非常不安，說她於昨晚，也就是星期天晚上的八點十五分，接到一通威脅電話。她指認打電話的人爲男性，可能是白人。對方說：『我敢打賭妳一定想死我了，貝蘿。我一直注意著妳，雖然妳看不到我，我看得到妳。妳可以跑，但是妳逃不了。』申訴人又說對方看到她於當天早上到7－11商店買報紙，還知道她穿的是紅色運動衣，沒戴胸罩。申訴人表示自己確實在週日早上十點左右，開車到羅斯蒙街的7－11

商店，穿的正是對方所描述的衣服。她將車停在7－11外，從購報機買了一份《華盛頓郵報》，沒進店裡，也沒注意到附近有什麼人。她很憤怒對方對她的行蹤瞭若指掌，認爲對方一定是在跟蹤她。當被問到在其他時候是否也被人跟蹤過，她說她不知道。」

馬里諾翻到第二頁，這部分屬於報告的機密部分。馬里諾繼續說道：「雷德在這裡陳述邁德森小姐不願意提供對方所提出的威脅內容。經過冗長的詢問之後，她才指出對方說了猥褻的話，對方說一想到她全身赤裸的樣子，就會引起殺她的慾望。聽到這裡，邁德森小姐掛了電話。」

馬里諾將這份文件放在辦公桌角落。

「雷德警員給她什麼建議？」我問道。

「慣例的建議。」馬瑞諾說：「他建議她做記錄。每接一通電話，就把日期、時間與談話的內容記下來。他還建議她把門鎖上，窗子關好並上鎖，還可以考慮裝保全系統。如果她發現任何可疑的車輛，記下車牌號碼並與警方連絡。」

我想起馬克說到他在二月的時候和貝蘿吃過飯。「她在三月十一日報警的時候，有沒有說到這是她第一次受到威脅？」

這次是衛斯禮回答，他拿起報告說：「顯然不是。」他翻了一頁。「報告上說申訴人表示她從年初就開始接到騷擾電話，但是一直到這時候才報警。之前電話打的並不頻繁，說的內容也沒有三月十日星期天晚上那通來得清楚。」

「她確定前面幾通電話也是同一個人打的？」我問馬里諾。

「她告訴雷德，聲音聽起來一樣。」他答覆我。「她說聲音像白人，語調很輕，發音清晰，不是她熟悉的人。至少，她是這麼說的。」

馬里諾開始看手上的第二份報告：「貝蘿在週二晚上七點十八分打了雷德的呼叫器，說她需要他過去。他在一個鐘頭內到達她家，也就是剛過八點的時候。根據雷德的描寫，貝蘿情緒很不穩定，說她在呼叫他前又再次接到恐怖電話。和過去幾通的聲音相同，所說的話也和三月十號那通相似。」

馬里諾開始逐字的唸出報告內容。「『我知道妳一直在想我，貝蘿，我馬上就要來找妳了。我知道妳住在哪裡，我對妳的點點滴滴瞭若指掌。妳可以跑，但是妳逃不了。』對方還說知道她開的車是新的黑色本田，不過前一晚當車子停在屋外時他就已經將天線折斷了。申訴人確認她的車前一晚的確是停在屋外，當她於今早外出時，她發現天線眞的斷了。雖然還連在車上，但是已經彎到無法再用的程度。雷德警官曾出去外面檢查汽車，發現天線確如申訴人所說的遭受破壞。」

「雷德警官這次採取什麼做法？」我問。

馬瑞諾翻到第二頁，說道：「他建議她把車停到車庫。她說她從不用車庫，因爲她想把車庫變成辦公室。雷德便勸她請鄰居幫忙注意附近有沒有可疑車輛或人物。他這裡還寫說，貝蘿曾經問他是否需要買手槍。」

「就這樣？」我問：「雷德要她做的記錄呢？報告中有沒有提到？」

「沒有。他在機密部分還這麼寫著：『申訴人對天線遭到破壞似乎反應過度，她非常憤怒，並一度辱罵本警員。』」馬里諾抬頭，「簡單的說，雷德的意思就是不相信她。說不定是她自己破壞天線，還編了恐怖電話的謊言。」

「我的天。」我厭惡的說。

「嘿！妳可知道警察每天要處理多少這種電話？老是有女人打電話進來說她們被砍了、被傷了，還大叫被強姦，有些真的是謊報，不知道是哪根筋不對，讓她們用這種方法引人注意。」

我明白有很多傷、很多病是編造出來的，我也知道有些心理疾病會讓人希望自己生病，甚至故意讓自己生病受傷。我不需要馬里諾再給我上課。

「繼續下去，」我說：「然後呢？」

他把第二份報告放桌上，開始第三份。「貝蘿再度呼叫雷德，這次是七月六日星期六，早上十一點十五分。他在下午四點鐘到達她家。申訴人相當憤怒，對他很不客氣……。」

「也難怪，」我忍不住插嘴，「她等了他五個鐘頭。」

「這份報告是這麼寫的，」馬里諾沒理我，逐字唸著：「邁德森小姐說那個人又打電話給她，時間是早上十一點，內容為：『還在想我嗎？快了，貝蘿，快了。昨晚我來找妳，妳不在家。妳將頭髮漂淡了嗎？希望不是。』這時，金色頭髮的邁德森小姐試圖和他交談。她求他放了她，問他是誰，為什麼要這麼做，可是對方沒有回答就掛了電話。她說昨天晚上她的確不在家，正如對方所言。當警官問她去了哪裡，她開始迴避，只說自己出城了。」

「這次雷德警官又採取什麼方法幫助那焦急的女子？」我問。

馬里諾以體諒的眼神看我。「他建議她買隻狗，她說她對狗過敏。」

衛斯禮打開檔案夾。「凱，妳要明白，妳是在事後看這些事情，妳知道凶案已經發生。可是雷德的角度不同，請試著從他的眼光看這件事情。他看到的是個獨居的年輕女子，表現得歇斯底里。雷德已經盡可能的在幫她了，甚至還給了她呼叫器號碼。對她的申訴，他反應得很快，至少剛開始是如此。但是一問到某些問題的時候，她又顯得語焉不詳。她沒有證據，任何警員都會起疑心。」

「換成是我，」馬里諾附和道：「我也會懷疑這個女人只是寂寞，需要別人注意，需要那種被人熱情關照的感覺；也可能她是剛被哪個男人甩了，想編一齣戲來報復他。」

「所以，」我已經阻止不了自己了。「如果威脅要殺她的人是她丈夫或男友，你會認為是一齣戲，讓貝蘿就這麼送命算了。」

「有可能。」馬里諾頗不高興。「不過，如果是她丈夫，我是說要是她有丈夫的話，至少還有個嫌疑犯，我們還能去搞個拘捕令，法官也可以限制他接近她。」

「根本限制不了什麼！」我極力反駁，我已經快無法克制我的憤怒了。每年我都要幫六、七個因暴力致死的女人驗屍，她們的男友或丈夫都曾被法官下令限制接近。

一陣沉默之後，我問衛斯禮：「雷德沒有建議在電話上裝監聽器嗎？」

「沒有用。」他回答，「那些器材不容易取得，而且電話公司需要長串的威脅實據。」

「她還不算有威脅實據嗎？」

衛斯禮緩緩搖頭。「她接到的恐怖電話還不夠多，要很多很多，還要能從這些電話中看出發生的時間慣性才行。總之，要更實在的記錄，沒有的話，別想拿到監聽器。」

「從記錄上看來，」馬里諾補充道：「貝蘿一個星期才接到一、兩通，而且也沒照雷德的建議將它們記錄下來。就算她有好了，我們也還沒發現，而且顯然她也沒把電話內容錄下來。」

「眞該死！」我抱怨，「有人威脅到你的生命，而你需要整個立法院通過，才會有人對你認眞。」

衛斯禮沒有回答。

馬里諾感到不平。「大夫，妳們那一行也沒有所謂的預防醫學，同樣的道理，我們都是後勤單位，只有在事情發生了才能處理。要有實據才能行動，比方說一具屍體。」

「貝蘿的舉止就應該是很好的證據了。」我說：「看看這些報告。雷德給她的建議，她都照做了。他叫她裝保全，她裝了。他叫她把車停放車庫裡，即使她想把車庫變成辦公室，她還是依建議做了。她問他需不需要備槍，結果她買了一把。每次她呼叫雷德的時候，都是在接到恐怖電話之後的片刻。也就是說，她沒有拖延到幾小時或幾天以後才連絡警方。」

衛斯禮開始將一些資料散在桌上，有貝蘿在基韋斯特島所寫的信的拷貝、用拍立得拍下她後院的照片、屋內照片、樓上臥室的陳屍照片。他對著這些東西沉思，表情極爲嚴肅。這是在告訴我們應該往下進行，不要再爭執不休了。警察做了什麼並不重要，抓到凶手才是重點。

「令我不解的是，」衛斯禮開口道：「凶手的性格和他殺人的方式並不相符。依照被害者所接到的恐怖電話來推斷，凶手應該是屬於精神錯亂型的。他跟蹤、威脅貝蘿幾個月，隔著遠距離監視她，這是初期階段。毫無疑問的，他從妄想中得到快樂。後來她離開此地，這使他困惑不安，他以爲她會從此一去不回，於是在她一回來的時候，他就殺了她。」

「她終於把他惹火了。」馬里諾接口說。

衛斯禮仍舊盯著照片。「這些照片呈現了極端的憤怒，我所謂不相符的地方就在這裡。凶手的憤怒似乎是出於對貝蘿個人的某種憎恨，看她的臉被毀成這樣便可得知。」他指著某張照片。「容貌代表一個人，一般的性變態不會碰被害人的臉。而貝蘿被毀容，失去原貌，這代表某種訊息。換句話說，在凶手心中，她不具人格，她在他心中毫無分量。然後他又毀了她的乳房、她的陰部……」衛斯禮停頓下來，顯得困擾。「貝蘿的被殺跟私人恩怨有關。毀容、過度砍殺都表示她認識凶手，甚至交情不淺，凶手對她著迷。但是遠距離監視、跟蹤的行爲又說不通，這些是屬於陌生殺手的行爲。」

馬里諾又在玩衛斯禮的獎品，他一再地轉動子彈匣。「要不要聽聽我的意見？我覺得那混蛋有上帝情結，也就是說，只要你聽他的，他就不殺你。貝蘿不守規矩，不但離開這裡，還插了個『售屋』的招牌。不可饒恕，壞了規矩，就要接受懲罰。」

「你認爲他是什麼樣子的人？」我問衛斯禮。

「白人，二十幾到三十幾歲。很聰明，出身於破碎家庭，缺乏父親做典範。他小時候也許遭受過虐待，身心方面可能都受創。他很孤僻，可是不代表他獨居，也可能結婚了，因爲他知道必須維持公共形象。他過著截然不同的兩種生活，有著強迫性人格，也是個窺淫狂。」

「嘿！我抓過的人中有一半是這種人。」馬里諾諷刺的說。

衛斯禮聳肩。「我說的不一定準，彼德。他也可能只是個落魄的傢伙，到現在還跟母親住在一起；也可能有前科，多次進出監獄。誰曉得，說不定他在市中心的證券公司做事，沒有前科也沒有心理病歷。他似乎都在晚上打電話給貝蘿，我們所知唯一一通早上打的電話是在星期六。她在家裡工作，多數時間都在家。他利用方便的時間打電話，而非蓄意找貝蘿在家的時候。我認爲他是個上班族，朝九晚五，週末不工作。」

「或許他在上班時間打電話給她。」馬里諾道。

「不是完全沒可能。」衛斯禮承認。

「他的年齡呢？」我問：「你不認爲他會比你說的更老一些？」

「那不是很尋常，」衛斯禮說：「不過，什麼事情都有可能。」

我喝了一口咖啡，已經冷了。我終於告訴他們昨夜馬克所說的，關於貝蘿的合約糾紛，以及她與蓋利．哈博謎樣的關係。當我說完時，衛斯禮和馬里諾都好奇的看著我。首先，一名芝加哥律師的夜訪聽起來有點奇怪。再者，我丟了一記變化球。他們倆人一定沒想到貝蘿被殺是因爲某種動機，連我自己在昨晚以前也不曾想到。一般強暴殺人案的動機就是沒有動機，凶手犯案是因爲他們喜歡，而且有機可乘。

「我有個弟兄在威廉斯堡當警察，」馬里諾道：「他說哈博是個極孤僻的人。平常開輛老勞斯萊斯在街上逛，不跟任何人講話。住在河邊一棟大房子裡，從不邀請人進去。而且那傢伙很老了，醫生。」

「沒那麼老，」我反對道：「大約只有五十五歲上下。不過沒錯，他是很孤僻，好像只跟姊姊住在一起。」

「完全出乎我意外，」衛斯禮道，看起來有些沉重，「彼德，看看結果可以差距這麼遠。不論是不是哈博，至少他可以給我一點線索，或許替我們想想M先生是誰。顯然這位神祕人物是她熟識的人，也許是朋友，也許是情人。一定有人知道他是誰，只要我們找到此人，事情就有進展了。」

馬里諾不喜歡這個主意。「我聽說過了，哈博不可能跟我談，我也沒理由強迫他跟我談。還有，就算他有動機，我也不認爲貝蘿是他殺的。如果他要做，早就做了，爲什麼等個九、十個月才動手？而且貝蘿應該能認出他的聲音才對。」

「哈博可以雇人動手。」衛斯禮說。

「如果是這樣，貝蘿的屍體應該只有後腦勺被槍射穿，」馬里諾說：「多數的殺手不跟蹤、也不打電話給受害者，更不用刀，也不強姦。」

「大多數的確不會，」衛斯禮同意道：「可是我們並不能確定凶手強姦過受害者，沒有精液。」他轉向我，我點頭表示確認。「當然，凶手說不定有性功能障礙。不過，還有一種可能，那就是凶手故意將被害人的屍體放成遭受性侵害的樣子，好轉移辦案的目標。一切要看受聘的殺手是何人，原先的計畫又是如何。比方說，如果貝蘿是在與哈博爭吵的時候被槍殺，那麼警方一定會將哈博列爲主要嫌犯。可是如果整個看起來像是精神病患所犯的強姦殺人案，那麼誰也不會聯想到哈博。」

馬里諾望著書櫃，臃腫的臉紅了起來。然後他不安的眼光轉向我，問道：「妳還知道什麼有關她新書的事情？」

「知道的都說了。她所寫的是自傳，可能威脅到哈博的名譽。」我答道。

「她在基韋斯特島就是寫那本書？」

「我猜是，但是不能確定。」我說。

他遲疑了。「我不想讓妳失望，可是我們從她家中並沒有找到類似的東西。」

連衛斯禮都驚訝了。「在她臥房找到的手稿呢？」

「哦！那個！」他伸手掏菸。「我大致看了一下，寫的是南北戰爭時的浪漫纏綿狗屎，一點也不像大夫所描述的。」

「上面有沒有書名或日期？」我問。

「沒有。好像也不怎麼完整，大概這麼厚。」馬里諾做出一吋厚的手勢。「空白的地方有很多筆記，有十頁是完全手寫的。」

「我們最好再仔細看一次她的稿子、電腦，以確定自傳到底在不在。」衛斯禮說：「也要找出她的經紀人或編輯是誰，也許她離開基韋斯特島前就已經將稿子交出去了。總之，我們最需要確認的是她有沒有將稿子帶回里奇蒙。如果她帶了，東西又不見了，那會是很重要的線索。」

衛斯禮看看手錶，推開椅子歉然的說：「五分鐘後，我還有個約。」他送我們到一樓出口。

我甩不掉馬里諾，他堅持陪我走到停車位。

「妳一定要把眼睛睜亮。」他又來了，又在指導我怎麼防衛自己。「很多女人總是不去想這些。我看過很多女人一個人在街上走，也不注意誰在看她們，甚至跟蹤她們。最好是在還沒走到車子前，先把鑰匙拿出來，並且注意一下車底。妳知道有多少女人都沒想到這點嗎？當妳一人開車，發現後面有人跟蹤的時候，怎麼辦？」

我沒理他。

「把車開到最近的消防隊，知道理由嗎？因爲那裡一定有人在，連聖誕節凌晨兩點都有人在。第一時間就去那裡。」

等待車輛過去的同時，我開始掏鑰匙。往對面望過去，我發現我車子的擋風玻璃上夾了一張四方形的紙。「該死！難道我的錢放不夠嗎？」

「到處都有壞人，」馬里諾還是滔滔不絕，「回家路上小心點，買東西的時候也要多留心。」

我瞪了他一眼，快步走向對街。

「嘿！」我們一面往我的車子走，他一面說：「別對我不高興，可以嗎？妳應該惜福，感謝有我像守護神一樣眷顧妳。」

計時器在十五分鐘前跳表。我把罰單扯下來對折，直接塞到馬里諾的上衣口袋。

「請你回到警局的時候眷顧我一下。」我說。

我駕車離開時，他一臉愁容。

3

過了十條街後，我轉進另一個停車場，將身上最後兩個銅板投入計時器。我的儀表板上有一塊標明「法醫」的紅牌子，但是那些交通警察從未注意。幾個月前，警方通知我前往市區處理一個殺人現場，居然有個警察還攔下我開罰單。

我跳上水泥階梯，推開玻璃門，來到了公共圖書館的總館。人們安靜的走動，木桌上堆滿了書。這種靜謐的氣氛總是令我肅然起敬，從小到大都如此。我在閱覽室中間找到了縮影器，開始尋找貝蘿．邁德森用各種筆名所寫的書，並且抄下書名。最近的一本著作是關於南北戰爭的歷史小說，用的是艾蒂思．蒙太古的名字，已經出版一年半。我想這本大概沒什麼關係。過去十年間，貝蘿出了六本小說，我一本都沒聽過。

接下來，我開始找期刊，沒有結果。貝蘿只寫書，沒有其他文章，也沒有採訪她的報導。報紙比較有收穫。這幾年《里奇蒙時報》刊載過幾則關於她的書評，但是這些都沒有用，因爲作者都以筆名稱呼她。殺貝蘿的凶手知道她的眞名。

一張張黑底白字的報導掃過眼前。邁伯利……邁肯……終於看到了邁德森，去年十一月有一小則與她有關的報導：

作家演講

小說家貝蘿・絲卓登・邁德森將於本週三為「美國戰爭的女兒」協會發表演講，地點是傑弗遜飯店，位於中央街與亞當街交叉口。邁德森小姐是普立茲獎得主蓋利・哈博的學生，擅長撰寫以美國獨立戰爭與南北戰爭為背景的歷史小說。

邁德森小姐所要演講的主題是「從傳奇中尋找事實」。

寫下相關的訊息後，我又徘徊了一會兒，借出幾本貝蘿的書。回到辦公室後，我忙於處理文件，但是我的心卻繫於電話。一切跟妳沒關係！我了解自身職責與警察之間的界限。

走廊對面的電梯門開了，清潔人員一邊高聲交談一邊走向不遠的工具室。他們總是在六點半準時到達。報上寫著麥克提格太太是負責演講訂位的人，我猜她不會接電話。我抄的電話一定是協會辦公室的號碼，他們應該在五點就下班了。

電話響兩聲就被接起來了。

我頓了一下，問道：「請問是麥克提格太太嗎？」

「是啊！我是。」

已經來不及了，我必須直說。「麥克提格太太，我是史卡佩塔醫生……」

「什麼醫生？」

「史卡佩塔，」我重複說了一次，「我是負責貝蘿・邁德森凶案的法醫……」

「哦！我的天，是的，我從報上看到了。哦！天哪！我的天！她是如此年輕美麗，當我知道的時候，簡直無法相信……」

「我聽說她在十一月的時候爲你們協會做過演講。」我說。

「當她同意的時候，我們都高興極了，因爲她很少做這些事的。」

麥克提格太太的聲音聽起來有些年紀了，我覺得我做錯了，心正往下沉，但是她的下一句話讓我驚喜。

「妳知道嗎？貝蘿是破例答應的。我過世的丈夫是蓋利．哈博的朋友，就是那個作家，我想妳一定聽說過。是喬從中間牽線促成，因爲他知道那對我很重要，我好喜歡貝蘿的書。」

「妳住在哪裡，麥克提格太太？」

「花園區。」

錢伯連花園區是離市區不遠的退休之家。這個地方是我職業生涯中的傷心地標之一。近年來，我接過好幾個花園區，以及市內其他所有退休之家或養老院的案子。

「不知道我等一下回家的時候，能不能順道過來拜訪妳一下？」我問：「可以嗎？」

「我想可以，應該沒什麼關係。妳說妳叫什麼醫生？」

我將名字慢慢唸一遍。

「我住在三百七十八號。妳進前廳以後，乘電梯到三樓。」

就從她住的地方，我已經很了解麥克提格太太了。錢伯連花園的居民不需要依賴政府發放的老人年金生活。這裡的押金很高，月租也比一般人的房貸高。但是這裡跟其他老人院一樣，是個籠牢。不管看起來多高級，沒幾個人眞正喜歡住在這裡。

錢伯連花園位於市區西邊，是一棟紅磚大樓，外觀看起來讓人有點沮喪，像是介於醫院與旅館之間。我停到訪客停車位，往一處明亮的柱廊走去，那裡一定是大門。大廳陳列了一些古董仿製品以及幾瓶緞帶花。紅色的地毯上還疊了一塊機器織的東方毛毯，正中央上方掛了一盞銅吊燈。一個老人在沙發上坐著，手裡撐著拐杖，英式軟呢帽簷下是一雙空洞的眼睛。一名衰老的女人拄著助行器從地毯上走過。

盆景後面站櫃檯的年輕人一臉無聊的樣子，我走向電梯，他也沒有過問。電梯門終於開了，關閉的速度非常緩慢，這是因爲老人行動需要花很多時間。電梯上樓時，我瀏覽了裡面的公告欄，上面陳列了各種活動邀約，像是到博物館、農場、橋牌俱樂部、手工藝展，還有猶太社團所需的針織品到期日。其中一些活動已經過期了。這些退休之家的名字都像是墓園，陽光樂園、松蔭、錢伯連花園等等，令我有些反胃。如果我母親無法獨居，我眞不知道該怎麼辦。上回我打電話給她的時候，她還跟我提到要換髖關節。

麥克提格太太的公寓在左側的中間，來應門的是個枯皺的老太太，稀疏的頭髮捲成緊緊的小捲，顏色像黃掉的陳年紙張。臉上撲了一朵朵胭脂，身上裹著過大的羊毛上衣。我聞到香水和烤乳酪的味道。

「我是凱・史卡佩塔。」我說。

「哦！妳能來眞好。」她拍著我伸出的手說道：「要喝茶還是更烈的什麼東西？妳要的，我都有，我是個水桶。」

她一面說，一面引我進入小客廳，請我坐下並將電視關掉，並扭開一盞燈。她布置客廳的誇張程度不下歌劇《阿依達》的布景。褪色波斯地毯上的每一寸空間都放了桃花心木家具：椅子、圓桌、古董桌、擁擠的書架、放滿骨瓷製品和酒杯的櫃子。牆上更是掛了許多畫、拉鈴索、銅刻板，相隔距離都很近。

她端了一個銀製托盤回來，上面擺了裝有葡萄酒的精緻名牌水瓶，兩只成套的酒杯，以及一個小盤子，裡面放的是自己烤的乳酪餅乾。她一面倒酒，一面請我吃餅乾，還給我一條看起來很舊，可是燙得很平整的蕾絲餐巾。整個過程像個正式儀式，而且花了不少時間。之後她才在沙發較舊的那一端坐下來，我猜她一天中有大部分的時間都坐在那裡看書或看電視。她很高興有人造訪，即使造訪原因非比尋常。我開始懷疑平常是否有人來看她。

「我先前提過，我是法醫，正在調查貝蘿・邁德森的案子。」我說道：「到目前爲止，調查此案的人對貝蘿或者認識她的人，都所知不多。」

麥克提格太太喝了一口酒，表情木然。我已經習慣警察跟律師那套直接切入重點的談話方式，都忘了其他人需要一些寒暄潤滑。我告訴她餅乾的牛油味很香，很可口。

「謝謝妳。」她微笑了。「請不要客氣，自己來，還有很多。」

「麥克提格太太，」我再試一遍，「妳在邀請貝蘿演講前，是否認識她？」

「哦！認識。」她答道：「雖然不是直接認識。幾年來我一直是她的忠實讀者，妳知道她寫的那些小說，尤其是歷史小說，是我的最愛。」

「妳怎麼知道是她寫的？」我問道：「她用的都是筆名，書皮上和作者介紹上都沒有提到她的本名。」離開圖書館後，我大致翻過貝蘿的幾本書。

「的確如此，我想我是少數知道她本名的人……這都是因為喬。」

「妳的丈夫？」

「他跟哈博先生是朋友。」她答道：「哈博先生沒什麼朋友，而喬絕對是其中一個。他們是因為喬的生意認識的。」

「您先生是做什麼生意的？」我問道，心裡想這位女士並不如我所想像的糊塗。

「工程。當哈博先生買下卡勒林園時，那棟房子已經年久失修了。喬花了兩年時間替他翻新。」

我應該想到的。麥克提格承包公司與麥克提格木材公司是里奇蒙最大的工程商，辦公室遍布各地。

「這大概是十五年前的事了。」麥克提格太太繼續說道：「喬在林園監工時見到了貝蘿。她陪著哈博先生到過工地幾次，不久就搬了進去。當時她很年輕。」她稍停下來。「我記得喬那時告訴我，說哈博先生領養了一名美麗的年輕女孩，而且在文筆上很有才華。我想她是個孤兒，眞是悲哀呀。不過這些事情很少人知道，他們都不提的。」她小心的放下杯子，穿過客廳到書桌前，打開抽屜取出一個乳白色的信封。

「看這個。」她交給我的時候，雙手不住顫抖。「這是我手上唯一的一張照片。」

信封裝的是一張折起來的空白厚紙，保護著裡面那張有些泛白的黑白舊照片。照片中間的是擁有金黃色頭髮的漂亮少女。兩邊各站了一個男人，都是儀表堂堂，膚色黝黑，穿著戶外活動服裝。三個人站得很近，在陽光下瞇著眼睛。

「這是喬。」麥克提格指著我認為就是貝蘿．邁德森左邊的那個男人。他的卡其上衣袖子捲到結實的手臂上方，國際農耕組織的帽子遮護著眼睛。貝蘿右邊是個高大的白髮男人，麥克提格太太說那就是蓋利．哈博。

「這是在河邊拍的。」她說：「喬在那裡改建房子。當時的哈博先生就已經滿頭白髮了。我猜妳聽過人家說他的頭髮是在寫《鋸齒角落》變白的，那時他才三十多歲。」

「這是在卡勒林園裡拍的？」

「對，是卡勒林園。」她回答。

我被貝蘿的容貌震懾。以她當時的年齡來說，這是一張太聰明又太成熟的臉，帶著深深的渴望和傷感，讓我想到那些被丟棄和虐待的孩子。

「貝蘿那時只是個孩子。」麥克提格說。

「我猜她只有十六歲，也許十七歲？」

「是的，應該沒錯。」她望著我將照片用厚紙包好，放回信封內。「喬過世後，我才發現這張照片。我猜是他公司同事照的。」

她將信封放進抽屜，重新坐下時，她說道：「我猜喬與哈博先生交好，是因爲喬對別人的私事向來守口如瓶，我相信有很多事他都沒對我說過。」她望著牆微笑。

「顯然，哈博先生告訴過妳丈夫關於貝蘿要出書的事情。」我臆測道。

她回過神來看我，有些驚訝。「我不確定喬有沒有跟我說過他是怎麼知道的，史卡佩塔醫生……眞是個好聽的名字，西班牙文嗎？」

「義大利文。」

「哦！我敢打賭妳廚藝不錯。」

「我喜歡做菜。」我說道，並淺嚐一口酒。「顯然哈博先生告訴過妳丈夫貝蘿要出書的事情。」

她皺眉道：「妳怎麼會特別提起這個？我從來沒想過這個問題。我想哈博是告訴過他，否則他怎麼會知道？當《榮譽之旗》出版的時候，他還送我一本當聖誕禮物。」

她再度起身，從書架上找到一本厚重的書抱過來給我。「有作者的親筆簽名。」她驕傲的說。

我打開書，看到愛瑪麗·絲卓登的簽名，時間是十年前的十二月。

「她的第一本書。」我說。

「可能是她所簽過極少數的其中一本。」麥克提格太太炫耀著。「我想喬是透過哈博先生拿到的。當然，除此之外，他不會有其他管道。」

「妳還有沒有其他親筆簽名的書？」

「沒有她的。不過我有她所有的著作，每一本都讀過，還讀過兩、三次。」她遲疑了一下，眼睛張大。「報上說的都是眞的嗎？」

「是的。」我沒將眞相全部說出，貝蘿的死比任何報導所描述得更慘。

她又拿了一塊餅乾，眼淚幾乎要掉出來。

「可以談談去年十一月的事嗎？」我說：「已經快一年了，麥克提格太太。她是爲『美國戰爭的女兒』協會演講嗎？」

「我們每年都舉辦作家餐宴，那是一年的重頭戲，通常都會請知名作家到場。去年輪到我當會長，我負責邀請演講作家。一開始我就希望找貝蘿，但是很快就遇到阻礙。我不知道怎麼找她，電話簿裡沒有她的名字，也不知道她住在哪裡，我根本沒想到她就住在里奇蒙。最後，我請喬出面幫忙。」她不好意思的笑笑。「我原本是想要自己來，喬眞的很忙，但是有一晚他還是撥了電話給哈博先生。第二天早上，我的電話響了。我忘不了自己是多麼驚喜，當她說出名字的時候，我簡直說不出話來。」

她的電話。我現在才了解她的號碼不在電話簿上，雷德警官的報告上沒有提到這一點。馬里諾知道嗎？

「她答應接受邀約，眞讓我高興，然後她問了幾個很平常的問題。」麥克提格太太說：「像是我們協會有多少人，我告訴她有兩、三百個。她又問演講時間有多長一類的。她眞是親切，眞是有魅力，只是話不怎麼多。奇怪的是，她堅持不帶書。多數作家都會帶書，妳知道嗎？他們在演講後賣書，當場簽名。貝蘿說那不是她的作風。還有，她不接受謝禮，這也很奇怪。我想那是因爲她非常謙虛和氣的關係。」

「妳們的會員都是女性嗎？」我問道。

她試著回想。「我記得有幾個會員帶了她們的丈夫來，但是參加的絕大部分是女人，一向都是如此。」

我想也是。我認爲貝蘿的凶手應該不是出自十一月參加演講會的某個忠實讀者。

「她是否經常接受類似的邀約？」我問。

「哦！不是。」麥克提格太太迅速回答。「我知道她不接受，至少不接受附近的邀請。如果有的話，我會是第一個報名參加的人。她給我的印象是個很重視隱私的年輕女子，她寫書是因爲她喜歡，她不在乎人們的目光，這也說明了她用筆名的原因。隱藏眞名的作家通常不喜歡在公開場合露面，我相信要不是喬認識哈博先生，她也不會單單爲我破例。」

「聽起來好像她肯爲哈博先生做任何事。」我斷言道。

「哦！是的，我想是的。」

「妳見過他嗎？」

「見過。」

「對他有什麼印象?」

「我覺得他是個很害羞的人,」她說:「但我有時又覺得他是個不快樂的人,而且認為自己比別人優越。總之,他是個令人印象深刻的人物。」她又轉向別的地方,眼裡的光輝消失了。

「我先生對他崇拜極了。」

「妳上回見到哈博先生是在何時?」我問。

「喬在春天過世了。」

「自妳丈夫過世後,妳都沒見過哈博先生?」

她只是搖頭,讓我跌進五里霧中。我想知道蓋利・哈博與麥克提格先生之間究竟是怎樣的情誼,中間發生過什麼變化。因為生意交惡嗎?還是哈博對麥克提格先生的影響太深,使得麥克提格太太對他的感情產生變化?或者只是因為哈博先生太驕傲自大、目中無人了呢?

「據我了解,他有個姊姊。蓋利・哈博真的跟姊姊住嗎?」我問。

麥克提格太太雙唇緊閉,眼淚突然流了下來,讓我困惑不已。

我忙將杯子放在桌上,拿起筆記簿準備離開。

她送我到門口。

我還是不願放棄,謹慎的問道:「貝蘿是否曾寫信給妳或妳的丈夫?」

她搖頭。

「那麼妳是否知道她有什麼朋友？妳丈夫有沒有向妳提過？」

她還是搖頭。

「妳知不知道她所稱的M先生是誰？」

麥克提格太太傷心的望著空蕩蕩的走廊，手扶著門，然後轉頭，眼淚盈眶，失神的看著我：「她的兩本書分別有P先生和A先生兩個人物，我記得他們是北軍間諜。哦！我忘了關烤爐了。」她眨了好幾次眼睛，好像被太陽刺著一樣。「希望妳還會再來看我。」

「謝謝妳的邀請，我會的。」我輕摸她的手臂，向她道謝後離開。

我一到家，就馬上打電話給我的母親。母親那些一說再說的話與叮嚀，難得像現在這樣讓我舒服。她是在用強烈的口吻、無意義的言語表達對我的愛。

「這裡一整個星期都是華氏八十幾度，我看新聞說里奇蒙已經冷到四十幾度，」她說：「那不是快要把人凍死了，還沒下雪嗎？」

「還沒下雪。媽，妳的臀部還好吧？」

「很好，我正在打一個暖腿的護圍，可以讓妳在辦公室的時候蓋住腿。露西不斷問起妳。」

我已經好幾個星期沒跟我外甥女連絡了。

「她在學校做一項科學實驗，」我母親繼續說道：「做了一個會講話的機器人。昨天帶過來，把辛巴達嚇得躲到床底下。」

辛巴達是一隻狡詐、討人厭的貓，一身的灰黑斑紋。原來是一隻沒人要的流浪貓，有一天母親在邁阿密海灘購物的時候，不斷的跟著她。每次我回家，辛巴達都不懷好意的坐在冰箱上，像隻禿鷹一樣的冷眼瞧我。

「妳知道我前兩天看到誰嗎？」我故意輕描淡寫的說，我不想表現得很想與人分享。我母親知道我的過去，至少，她知道部分。「妳記得馬克．詹姆斯嗎？」

電話那頭一片沉默。

「他來到特區，還順道來找我。」

「我當然記得他。」

「他來找我談一個案子。妳知道他是個律師，嗯……現在芝加哥，到特區出差。」我越說，母親沉默式的反對越籠罩過來。

「我只記得他幾乎殺了妳，凱娣。」

每次她叫我凱娣，我就感覺自己又回到十歲了。

4

在法醫室工作的好處，就是不需要等待書面報告。這裡多數的化驗人員和我一樣，在寫報告前就已經得到了答案。一個星期前，我將貝蘿．邁德森的微物證據交出去，要等到書面報告回來，至少還要好幾個星期。我知道負責這事的瓊妮．哈姆已經有些個人看法，於是在處理完早上的案子後，我端著一杯咖啡、抱著好奇的心情走上四樓。

瓊妮的「辦公室」位於走廊的尾端，夾在微物分析室與藥物分析室中間，地方小得不能再小。我進去的時候，她正坐在黑色辦公桌前使用立體顯微鏡，手中的筆記簿上以工整的字體寫滿了筆記。

「會打擾妳嗎？」我詢問。

「比其他時候更適合一點。」她轉移注意力，抬頭看了看。

我拉開椅子。

瓊妮是個嬌小的女人，擁有黑色的短髮和大大的眼睛，目前是博士候選人，除了晚上上課，她還是兩個小孩的母親。她看起來總是很累，而且有些苦惱。不過這裡多數的化驗人員都是如此，別人也都這麼形容我。

「想向妳打聽貝蘿．邁德森的化驗結果，」我說：「妳發現了什麼？」

「妳一定難以相信，」她翻到筆記簿的前幾頁，「貝蘿・邁德森的微物證據非常複雜。」

我並不意外。我交了一大堆的信封和蒐集袋以供化驗。貝蘿的屍體覆滿了血，因而黏滿了微塵。微塵中屬纖維類是最難檢驗的，在放到顯微鏡下以前，必須先徹底清潔過。也就是說，每一根纖維都要分別放到有肥皂溶液的容器中，然後再置入超音波浸盤裡。等纖維上的血和泥都沖洗乾淨了，再以消毒過的濾紙過濾皂液，這樣才能將纖維放在顯微鏡片上。

瓊妮快速的瀏覽著筆記。「根據我的觀察，」她說道：「貝蘿・邁德森不是在家裡被殺的。」

「不可能，」我回答：「她是在樓上死的，而且才死不久，警察就到了。」

「這我知道，讓我先向妳說明幾根與她家有關係的纖維。有三根纖維是從她的膝蓋和手上的血上蒐集來的。這些是毛纖維，兩根暗紅色，一根是金色。」

「來自樓上的東方式祈禱毯？」我回憶著凶案現場照片。

「是的，」她說：「與警方給我的地毯抽樣相同。如果貝蘿在地毯上爬過，就可以解釋這三根纖維的出處。這部分很清楚。」

瓊妮伸手拿過來一疊厚紙板封面的樣本夾，快速過目後找出其中的一本。翻開夾子，取出其中幾個玻片，瓊妮一面說道：「除了那三根毛纖維，還有一些棉纖維，都是沒有用的，可能來自任何地方，也許是來自覆罩她屍體的白布。接下來，我檢查了從她頭髮上、脖子和胸部的血跡上，還有指甲裡蒐集來的十根纖維，都是合成纖維。」她抬頭看我，「這幾根纖維和警察送來的家中抽樣不相符。」

「也跟她的衣服或床單不符嗎？」我問。

瓊妮搖頭道：「一點也不相符，現場沒有其他類似的纖維。由於這幾根纖維是附著在血跡跟指甲上，因此，很可能是凶手移動屍體的時候，轉移到死者身上的。」

這眞是意外收穫。凶案發生那晚，副主任費爾丁通知我時，我要求在停屍間見面。我在凌晨一點後到達。接下來的幾個鐘頭中，我們用雷射光檢查貝蘿的屍體，仔細蒐集每一粒發亮的微塵和纖維。我以爲這些東西沒有價値，只是從貝蘿的衣物或房子裡來的，沒想到竟會蒐集到凶手留下的十根纖維。多數的案子只會出現一根可疑纖維，如果出現兩、三根，就謝天謝地了。我也碰過很多連一根纖維都找不到的案子。纖維是很難看得見的東西，甚至在顯微鏡下也是如此。在法醫到達現場或將屍體送到停屍間以前，不管是稍微翻動屍體，還是空氣的輕輕流動，都可以讓它們消失無蹤。

「什麼樣的合成纖維？」我問。

「石蠟、壓克力、尼龍、聚乙烯、戴諾纖，其中大部分是尼龍。」瓊妮答道：「呈現多種顏色：紅色、藍色、綠色、橘色，而且顯微鏡顯示這些纖維的構造不同。」

她將玻片依序放到立體顯微鏡上，開始觀察。

她解說道：「有些有線紋，有些沒有。大多數含有不同分量的二氧化鈦，也就是說，有的帶點光澤，有的沒有，有的則很亮。它們的半徑都很粗，顯示是某種地毯的纖維。但在橫切面上，形狀都不相同。」

「出自於十個不同的地方？」我問。

「到目前看起來是這樣。」她說：「如果這些纖維都是從凶手身上來的，那麼他所夾帶的纖維種類已經多到不尋常的地步。幾根粗的纖維絕非來自他的衣服，因爲都是地毯類的纖維。每個人每天都會沾上纖維，但是這些纖維不會持續附著在身上。你坐在某個地方，就會沾上一些，過一會兒，你換個地方坐，這些纖維就會掉落，空氣也可能將它們吹走。」

情況越來越複雜。瓊妮翻到筆記簿的另一頁說道：「史卡佩塔醫生，現在顯微鏡下的樣本是馬里諾從祈禱毯上蒐集過來的塵物，眞是個大雜燴。」她讀著整個名單。「有菸灰、與香菸包裝上相符的粉紅色紙片、小玻璃珠子、兩片與啤酒罐和前車燈相符的碎玻璃片，還有比較常見的小蟲、菜屑、金屬球，跟許多鹽粒。」

「食鹽？」

「是的。」她說。

「這些全是在祈禱毯子上發現的？」我問。

「也有一些是從她陳屍地點附近的地板上取來的。」她答道：「同樣的塵物也出現在她身上、指甲裡跟頭髮上。」

貝蘿不抽菸。房子裡沒有理由出現菸灰或香菸包裝紙。鹽跟食物有關，不應該出現在樓上或她身上。

「馬里諾交給我六種樣本，全都是從地毯跟屍體附近有血的地板上取樣的。」瓊妮說。「此外，我還檢驗了沒有血或警察認爲沒有爭鬥跡象的地板微塵，發現了完全不同的結果。我剛才提到的那些東西，只出現於凶手出現過的地方。所以說，這些微塵應該是從凶手身上掉到地板與死者身上的。可能原先是附著在他的鞋子上、衣服上、頭髮上。他走到哪裡，碰到什麼，這些微塵就掉落在那裡。」

「他一定髒得像隻豬。」我說。

「這些微塵很難用肉眼看見，」總是非常認眞的瓊妮提醒我，「他一定不知道自己身上帶了那麼多東西。」

我研讀她列下的樣本名單。根據我過去的經驗，只有兩類案子會牽涉到那麼多的微塵。一種是屍體被丟到路肩或碎石停車場等骯髒的地方，另一種是凶手用髒卡車或把屍體放在骯髒的車上載到其他地方。兩種都不符合貝蘿案。

「替我分析一下顏色。」我說：「這其中有哪些是地毯纖維，哪些是衣料纖維？」

「六條尼龍纖維分別是紅色、暗紅色、藍色、綠色、黃綠色、深綠色。不過這些綠色的實際上有可能是黑色，」她補充道：「顯微鏡下的黑色看起來不是黑的。所有的纖維都是粗纖維，與地毯類纖維相同。我猜想其中有些還是車上的地毯，並非家中的地毯。」

「爲什麼？」

「從其他塵物中判斷出來的。舉例說，玻璃珠子與反光漆有關，反光漆來自交通號誌。金屬球常在車上的取樣裡看到，那是焊接汽車底盤時常出現的東西。一般人不會注意到，但它們的確存在。玻璃碎片是到處可見的東西，特別是在路肩或停車場。一般人將它踩入鞋底，帶進車裡。菸灰的道理也是一樣。再來是鹽，就是鹽讓我更懷疑這些塵物跟車有關。人們都去麥當勞，大家都在車裡吃薯條，恐怕這城裡的每一部車中都有鹽巴。」

「假設妳說對了，」我說：「假設這些纖維的確是車毯纖維。那還是無法解釋為什麼會有六種不同的尼龍毯纖維，那傢伙不太可能在車上鋪六種不同的地毯。」

「是不太可能，」瓊妮說：「但是這些纖維可能是從外面帶進車內的。也許凶手的工作跟地毯有關，也許他的工作需要他整天進出不同的車子。」

「洗車？」我問，腦裡想起貝蘿的車，那輛從裡到外一塵不染的車。

瓊妮思考了一陣，年輕的臉龐顯得嚴肅。「有可能。如果他工作的地方是人工洗車場，專責清理車內跟後車廂，那麼他確實會整天接觸到不同的地毯纖維，其中難免有些會附著到他身上。還有另一種可能，就是他是個修車工人。」

她望著筆記。「一根是壓克力、一根是石蠟、一根是聚乙烯、一個是戴諾纖維。前三項都是地毯類纖維。戴諾纖維則很有趣，我不常看到這種東西。通常這類纖維與毛大衣、毛氈、假髮有關。可是我手上這根又更細一些，似乎更接近衣料。」

「這是妳發現唯一的一根衣料纖維嗎？」

「應該可以這麼說。」她回答。

「貝蘿所穿的是土黃色的套裝……」

「那不是戴諾纖維，」她說道：「至少她的長褲和外套不是。那套套裝是棉跟多元酯的混合布料。她的襯衫有可能是戴諾，不過既然還沒找到，我們也就無法確定。」她取出夾子裡的另一塊玻片，放到顯微鏡上。「至於剛才提到的那根橘色壓克力纖維，帶有我從來沒看過的橫切面。」

她用畫圖幫助我了解。三個圓圈在中央部分連結，像一根沒有莖的幸運草。通常纖維的製造方式，是將溶化的聚合體射入一個紡織器的細管中。所以從橫切面觀察，每根纖維都應該呈現與紡織器相同的形狀，就如同擠出的牙膏，其橫切面應該與牙膏孔是一樣的形狀。我也從來沒看過幸運草狀。多數壓克力纖維的橫切面無非是花生狀、狗骨頭狀、啞鈴狀、圓形或菇狀。

「妳看。」瓊妮退到一邊，讓我有空間觀察。

我透過顯微鏡看到那根纖維，像一條螺形的絲帶，呈現出不同層次的鮮橘色，不時夾有黑點，是二氧化鈦。

「如同妳所看到的，」她解說道：「它的顏色不平常。橘色，不均勻的橘，間中的微粒使得纖維不帶光澤。這種橘色只有在萬聖節會看到，並不常見於衣物或地毯。但它的半徑也很粗。」

「也就是說它應該是地毯。」我嘗試猜測。「雖然很少地毯是鮮橘色。」

「有可能。」

我開始想有哪些東西的布料是鮮橘色。「馬路工人的背心？」我問：「他們的制服都是鮮橘色，而且也能解釋妳剛才說的車上塵物。」

「不像。」她答覆道：「那種背心都是尼龍布料，不是壓克力。馬路工人或交通警察的風衣跟外套都是尼龍布料做的，表面光滑、纖維不易掉落。」她停頓片刻，若有所思的提到：「而且他們的衣服上應該不會有二氧化鈦，他們的衣服應該都是明亮帶有光澤的。」

我開始朝另一方向思考。「這種纖維既然這麼罕見，它應該是有專利的。我們現在沒有東西可做比較，可是絕對能找到專家幫忙。」

「祝妳好運囉。」

「我懂，這方面很難。」我說：「紡織業都將他們的專利商品視爲祕密，就像情人們不願透露他們的幽會地點一樣。」

瓊妮伸長雙臂，然後按摩著後頸。「我一直很驚訝警方在韋恩·威廉斯案上，能得到紡織業那麼多的協助。」她所指的是亞特蘭大所發生的連續殺人案，據說多達三十個黑人兒童被同一人所殺，警方花了近兩年時間才破案。他們靠著十二名死者身上的微塵，與從威廉斯家中跟車上所蒐集到的微塵相符才破案的。

「我們應該找韓諾威來鑑識這些纖維，特別是這根橘色的。」我說。

朗·韓諾威是FBI的專員，在匡提科的顯微分析中心工作。威廉斯案中，他負責檢驗纖維，從此不斷收到來自世界各調查處雪片般的邀約，他從喀什米爾羊毛到蜘蛛網，什麼都研究。

「祝好運。」瓊妮又說了一次，一樣是玩笑的口氣。

「妳會打電話給他吧？」我問。

「我懷疑他會願意研究別人已經研究過的東西。」她說：「妳知道FBI專員的脾氣。」

「那麼，我們兩個都打給他。」我決定了。

當我回到辦公室時，桌上已經有六張電話留言了。其中一張直接跳入我眼裡，上面所寫的是紐約的區域號碼，留言爲：馬克，盡速回電。我只能想到一個他會到紐約的理由，那就是史巴拉辛諾，貝蘿的律師。但是，爲什麼「歐度夫與布吉法律事務所」會對貝蘿的案子如此感興趣？

他留給我的電話顯然是他的專線，才響第二聲，他本人就接了電話。

「妳多久沒來紐約了？」他隨意問道。

「你說什麼？」

「四個鐘頭以後，有一班飛機從里奇蒙到紐約，直飛的，妳能來嗎？」

「什麼事情？」我倉皇的問，感覺到脈搏加速。

「我認爲最好不要在電話裡說，凱。」

「我也認爲我最好不要去紐約，馬克。」我回答。

「拜託妳，眞的是很重要的事。妳知道我非必要不會求妳。」

「不可能……」

「我和史巴拉辛諾談了一早上，」當我長期壓抑的感情又開始起伏時，他打了岔。「是關於貝蘿和妳的辦公室，有新的發展了。」

「我的辦公室？」我的聲音帶著激動。「我的辦公室關你們兩個什麼事？」

「拜託，」他又說了一次，「請過來。」

我遲疑了。

「我會到拉瓜狄亞機場接妳。」馬克的迫切要求阻止了我拒絕的意圖。「我們可以找個安靜的地方談。機票已經訂好了，妳只要到機場櫃檯領取就可以了。我也替妳訂了旅館，小心點。」

我的天。掛電話時我對自己說，然後走進蘿絲的辦公室。

「下午我要到紐約。」我故意用一種令她無法追問的口氣。「跟貝蘿．邁德森的案子有關，要到明天才回來。」我迴避她的眼光，即使我的祕書對馬克一無所知，我還是覺得我的動機像布告欄一樣的明顯。

「有能連絡得到妳的方法嗎？」蘿絲問道。

「沒有。」

她馬上打開桌曆，檢查有沒有需要取消的約會。「時報稍早來電，想要替妳做個專訪。」

「不必了。」我不耐的回答：「他們只是想套我說出貝蘿．邁德森案的消息。老是這樣，每當我拒絕透露任何一樁殘忍凶案時，突然間城裡的每一個記者都想打聽我在哪裡上大學，有沒有養狗，對死刑有什麼看法，最喜歡的顏色、食物、電影，甚至我最喜歡的死法。」

「我會取消。」她喃喃的說，一面拿起電話。

我還有一些時間回家整理東西。我丟了一些東西到袋子裡，在交通開始壅塞之前趕到機場。如同馬克所說，櫃檯已經把我的機票準備好了。他爲我訂了頭等艙，整排座位只有我一個人。在飛行這段時間，我喝了一杯加冰塊的起瓦士，嘗試讀點東西，可是我的思緒就像橢圓窗戶外的朵朵暮雲。

我想見馬克。我深知這種慾望不是出於公事的需要，而是出於我的弱點，多年來我以爲自己已經克服了。我討厭自己這樣。既不信任他，卻又渴望相信他。他不再是妳認識的馬克，就算他是，別忘了他對妳做過的事。不管我的腦子怎麼想，我的心一個字也聽不進去。

我翻了二十頁貝蘿．邁德森化名爲艾蝶．威爾德所寫的書，可是完全無法專注，不知她究竟在寫什麼。歷史愛情小說非我所好，而我手上這一本，老實說，不可能贏得任何文學獎。貝蘿的文筆很好，她的散文甚至可以編成歌，但是這本小說卻平淡無奇，好像是套公式寫的。我懷疑就算她還活著，是否能夠寫出她想要的那等作品。

機長忽然宣布我們再十分鐘就要降落。眼下的城市就像一塊令人眼花撩亂的電路板，高速公路上有小燈在流竄，高樓大廈頂端的霓虹燈不斷閃爍著。

幾分鐘後，我從行李櫃裡取出袋子，經過登機走廊，進入了擁擠的拉瓜狄亞機場。突然有人拉住了我的手肘，我連忙回頭。馬克在我身後，對我微笑。

「感謝上帝。」我鬆口氣說道。

「什麼？妳以爲我是搶劫的？」他諷刺的說。

「如果你是，你現在就不會站在這裡了。」我說。

「我毫不懷疑。」他帶我往外走。「只有一個袋子？」

「對。」

「好極了。」

我們在機場門口搭上計程車。開車的是個一臉大鬍子的錫克人，纏著頭巾，識別證上所寫的名字是慕加。他和馬克大聲的吼來吼去，直到他終於聽懂我們的目的地。

「我希望妳還沒吃飯。」馬克對我說。

「還是空肚子，只吃了幾顆杏仁豆……」司機換車道時，我倒在他肩上。

「旅館附近有一家好牛排館，」馬克高聲說：「我們就在那裡吃了，不然我對這個城市一點也不熟。」

慕加開始自言自語的說他如何來到這個國家，如何準備在十二月結婚，又如何的不想被老婆綁住。他還告訴我們他開計程車只有三個星期，是在印度旁遮普學開車的，當時只有七歲，開的是拖曳機。

路上的車幾乎連在一起，只有計程車還能在中間穿梭。我們來到城中，看見一群群穿著晚禮服的人潮加入了卡內基音樂廳的隊伍裡。耀眼的街燈、人們的皮草、領帶，激起了陳舊的回憶。馬克和我曾經那麼喜歡去劇院、演奏廳、歌劇院欣賞表演。

計程車停在奧姆尼公園飯店門口，位於五十五街與第七大道交接的一棟大樓，明亮且高雅，靠近劇院區。馬克拿了我的旅行袋，我隨他走進美麗的大廳。他替我登記房間，讓人將我的袋子送到房間。不久，我們二人就走在街上，呼吸著寒冷的夜晚空氣。我很慶幸自己帶了外套，感覺上這裡已經冷得快下雪了。過了三條街，我們來到了蓋勒格餐廳。這裡是每一隻牛、每一根心血管的惡夢，是每一個紅肉愛好者的夢鄉。櫥窗後面是一個肉庫，掛著各種部位的牛排。廳內布置得像是個名人殿堂，簽名照掛滿了牆壁。

用餐的人們大聲交談，酒保為我們調的酒又特別烈。我點了根菸，很快的看了一下四周。桌子都靠得很近，紐約的餐廳都是如此。我們左邊有兩個生意人正在交談，右邊的桌子是空的。後面坐的是個極為英俊的年輕人，一邊看《紐約時報》，一邊喝啤酒。我望著馬克許久，想了解他的表情在暗示什麼。他的眼睛顯得嚴肅，手裡轉動著那杯威士忌。

「我到底是為什麼而來，馬克？」我問。

「也許，我只是想請妳吃晚飯。」他說。

「說眞的。」

「我是說眞的，難道妳覺得這樣不好嗎？」

「我在等炸彈爆炸，怎麼可能會覺得好？」

他解開外套的釦子。「我們先點菜再說。」

他總是這樣對我。他總是習慣讓我等待，從這點看，他眞是個不折不扣的律師。這點始終令我抓狂，到現在還是。

「聽說這裡的頂級肋排不錯。」我們看菜單的時候，他說道：「我就點這個，然後再一盤菠菜沙拉，就這麼簡單。不過，這裡的牛排應該才是全紐約最棒的。」

「你沒來過？」

「沒有，史巴拉辛諾來過。」他回答。

「是他推薦這家餐廳的？我猜旅館也是他推薦的？」我問道，我的狂想症發作了。

「當然是。」他回答，同時正對酒單產生興趣。「我們公司跟他們簽了約。客戶飛到這裡都住在奧姆尼，到事務所很方便。」

「你們的客戶也到這裡吃飯？」

「史巴拉辛諾通常在看完歌劇後，就會到這裡用餐，所以知道這家餐廳。」

「史巴拉辛諾還知道什麼？」我問：「你有沒有告訴他你要跟我見面？」

他看著我的眼睛說：「沒有。」

「史巴拉辛諾推薦旅館和餐廳，他怎麼可能不知道我來？」

「凱，旅館是他推薦的，但我總要有地方住吧！我也要吃東西，史巴拉辛諾邀情我跟另外兩個律師一起吃飯，我回絕了，我說我需要看一些文件，只要找個牛排館就行了，所以他就推薦這家給我。」

我總算明白了些。我不知自己正感到羞愧還是焦躁，可能兩者皆有。「奧度夫和布吉」不是出錢讓我來的人，馬克才是。他的公司完全不知道。

侍者回來了，馬克點好菜，而我已經失去胃口了。

「我是昨晚到的。」他繼續話題。「史巴拉辛諾昨天早上打電話到芝加哥給我，說他要立刻見我。妳大概已經猜著，是爲了貝蘿．邁德森的事情。」他有些不自在的樣子。

「然後呢？」我逼他說。我也開始不安起來。

他深吸一口氣說：「史巴拉辛諾知道我的人脈，我是說，關於妳和我，我們的過去……」

我的眼光使他停頓。

「凱……」

「你這混蛋！」我站了起來，餐巾掉在桌上。

「凱！」

馬克抓住我的手臂，將我按回椅子上。我氣得將他甩開，僵硬的坐著瞪他。許多年前，在一家喬治城餐廳，我曾經將他送我的金手鍊扯下來，丟到他的蛤肉濃湯裡。那是一次幼稚的行爲，是我生命中極少數完全無法克制自己，任性得讓自己丟臉的一次。

「聽著，」他放低聲音說：「我知道妳怎麼想，但是情形不是妳所想的那樣，我絕不是在利用我們的過去。拜託，聽我說一分鐘就好。妳不了解這中間所牽涉的，但是我發誓，我一直爲妳著想。我不應該跟妳說這些，如果史巴拉辛諾或是布吉知道了，我就慘了。」

我什麼也沒說，我已經難過到無法思考了。

他傾過身來。「朝這方向想，布吉要找史巴拉辛諾麻煩，史巴拉辛諾要找妳麻煩。」

「找我麻煩？」我脫口叫道：「我從來沒見過那個人，他為什麼要找我麻煩？」

「都是關於貝蘿。」他重複道：「事實上，他從她一出道就擔任她的律師。我們事務所在紐約設立分支的時候，他才加入我們。在那之前，他是一人公司。我們需要一個精通娛樂法的律師，史巴拉辛諾在紐約已經三十幾年了，在這裡有很多人脈。他把他的客戶帶進我們事務所，剛開始眞的給我們帶來不少生意。妳記得我說過跟貝蘿吃中飯的事情？」

我點頭，滿心的敵意開始褪去。

「那是出於刻意的安排，凱。我不是偶然出現紐約，是布吉故意派我去的。」

「為什麼？」

他看看餐廳四周，答道：「因為布吉很擔心。事務所在紐約剛成立分支，妳知道要在此立足，贏得客戶信賴是多不容易的一件事。我們不希望讓史巴拉辛諾破壞事務所名聲。」

他安靜下來。侍者端來沙拉，架勢十足的拔出紅酒瓶塞。馬克例行的嚐了一口後，侍者為我們倒滿酒。

「布吉讓史巴拉辛諾加入的時候，我們就已經知道他是個自大的傢伙，喜歡耍手段，」馬克繼續說：「妳可能會說那是他個人的風格。有的律師比較保守，有的喜歡把事情鬧得滿城風雨。問題是，布吉和我們在幾個月前才開始意識到史巴拉辛諾竟然可以不擇手段。妳記得克莉絲娣．李格？」

我想了一會兒才記起這個名字。「就是那個嫁給四分衛的明星？」

他點頭道：「整件事都是史巴拉辛諾在幕後主使的。大約是兩年多前，克莉絲娣只是個小明星，在紐約拍過幾支電視廣告。而當時的里昂．瓊斯已經是家喻戶曉的體育明星，他的照片被刊登在各大雜誌上。他們倆在一次宴會上認識，一些攝影記者捕捉到他們一起離開，搭上瓊斯的座車。接下來，克莉絲娣就出現在『歐度夫與布吉法律事務所』的大廳，約了史巴拉吉諾見面。」

「你是在告訴我一切都是史巴拉辛諾設計的？」我不敢相信的問道。

克莉絲娣．李格與里昂．瓊斯去年結婚，六個月後離婚。他們短暫的婚姻和醜陋的離婚官司成了新聞媒體每晚必報的消息。

「是的。」他喝一口酒。

「解釋下去。」

「史巴拉辛諾鎖定了克莉絲娣，」他說道：「她美麗、聰明、充滿鬥志，但是真正讓她有名的原因是她攀上了瓊斯，史巴拉辛諾針對這點設計了整盤計畫。她急欲成名又想要財富，她需要做的就是引瓊斯入甕，然後在媒體面前哭訴他們的私生活。她控訴瓊斯打他，說他是酒徒、心理不正常、吸食古柯鹼，經常把家具扔得滿天飛。之後，他們終於離婚了，她立刻簽下高達上百萬的出版合約。」

「我開始同情瓊斯了。」我含糊的道。

「最可憐的是他真的愛她，不懂自己面對的是什麼樣的陰謀。離婚後，他在球場上表現極差，進了貝蒂．福特治療中心，從此銷聲匿跡。美國最傑出的四分衛就這樣被毀了，拜史巴拉辛諾所賜。這種揭發醜聞從中取利的作風非我們所能容忍，『歐度夫與布吉』是個有歷史、有尊嚴的事務所。當布吉察覺他的娛樂律師竟有這些作爲，非常不高興。」

「你們爲什麼不踢掉他？」我問，一面叉著沙拉。

「因爲我們沒有證據，至少現在沒有。史巴拉辛諾知道怎麼保護自己，他沒留下任何把柄。他在紐約力量不小，要抓他就跟抓蛇一樣，一不小心就會被反咬一口。」馬克的眼神透著憤怒。「當你翻開史巴拉辛諾一人公司的歷史，就會發現他所接手的幾件案子都匪夷所思。」

「像是什麼案子？」我幾乎不想問。

「好幾件官司。有個無名作家決定在沒授權的情況下，替貓王、約翰．藍儂、法蘭克．辛納屈寫傳記。臨出書前，那些名人的親戚都告這名作家，事情一鬧大，全國電視、雜誌都開始報導。書還是上市了，並且因爲官司而知名度大增，所有人都想分一杯羹。我們懷疑史巴拉辛諾的計謀是爲作家辯護，私底下卻塞錢給那些『受害者』，要他們鬧得越大越好。全都是布局，每個人都從中撈了一筆。」

「簡直讓人不知道該相信什麼。」其實，我經常這麼想。

頂級肋排上桌了。侍者走了以後，我問：「貝蘿怎麼會跟這種人搭上線？」

「透過蓋利．哈博。」馬克說：「很不可思議，史巴拉辛諾竟擔任過哈博的律師許多年。當貝蘿準備出書時，哈博便將她介紹給他。史巴拉辛諾從那時起就擔任多重角色：經紀人、律師、教父。我認爲貝蘿對年長又有權力的男人總是無法抗拒。她的寫作生涯一直很平凡，直到最近她想寫自傳才稍稍引起矚目。我猜是史巴拉辛諾建議的。哈博在大美國小說系列之後，已經很久沒出書了。如果能在他的歷史上好好作文章，相信史巴拉辛諾會趨之若鶩。」

我想了片刻。「史巴拉辛諾會不會又把所有人拉進來一起玩遊戲？也就是說，貝蘿決定不再沉默，要違反與哈博簽下的合約，史巴拉辛諾則拉攏兩方，幕後唆使哈博製造麻煩。」

他將我們的酒杯斟滿。「是的，我覺得他在設計一場對決，只是貝蘿跟哈博可能都不知情。我說過了，那是史巴拉辛諾的風格。」

我們安靜的用餐，蓋勒格餐廳果然名不虛傳，用叉子就能把肋排切開。

馬克終於開口。「最糟糕的是，」他抬頭，面色嚴肅，「那天在阿根昆餐廳吃中飯，當貝蘿提到有人威脅要殺她……」他猶豫了一下，「老實說，因為我知道史巴拉辛諾的為人……」

「你不相信她。」我替他把話說完。

「沒錯。」他坦承。「我不相信，我以為又是打知名度的伎倆。原先我懷疑又是史巴拉辛諾主使，要她演出一場騙局以推銷新書。先是跟哈博起糾紛，又是生命受到威脅，讓我實在無法相信。」他微頓，「我錯了。」

「史巴拉辛諾應該不至於做到那種程度。」我大膽假設，「你是在暗示……」

「我認為是他把哈博惹火了，火到讓哈博去找貝蘿，結果一時衝動殺了人，也有可能是哈博雇人去殺的。」

「真要如此，」我輕聲說：「貝蘿和他同住期間，一定發生過什麼不可告人的事。」

「可能，」馬克說，眼光回到他的食物上。「就算沒有，哈博也了解史巴拉辛諾的爲人。眞相或是編撰，對史巴拉辛諾一點也不重要。只要他想掀起醜聞，就會不顧一切，反正沒有人會去調查眞假，大家只會記得醜聞的內容。」

「你說他現在想找我麻煩？」我半信半疑的問：「我怎麼會涉入他的圈套？」

「很簡單，史巴拉辛諾要貝蘿的手稿。作者被殺以後，此書頓時成爲搶手貨。」他抬眼看我。「他相信手稿已經被交到妳的辦公室當證據，現在卻不見了。」

我伸手取酸醬，很鎮定的問道：「你怎麼知道東西不見了？」

「史巴拉辛諾透過關係弄到了警察報告。」馬克說：「我猜想妳看過了內容？」

「只是一些例行報告。」

他嘗試讓我想起細節。「報告後面列了所有蒐集到的證物，包括在她臥室到的紙張和她化妝檯裡的手稿。」

哦！天！我心想。馬里諾是找到一份手稿，但不是那一份。

「早上他跟警方談過，」馬克說：「是一個叫馬里諾的組長。他告訴史巴拉辛諾東西不在警方手上，說所有證物都交到你們辦公室了。他建議史巴拉辛諾找法醫談，也就是說，找妳談。」

「這是公式，」我說：「警察把所有人推到我這，我再把所有人推回去給他們。」

「史巴拉辛諾不會相信。他相信所有東西都在妳手上，跟貝蘿的屍體一起送去的。現在東西不見了，他會要你們辦公室負責。」

「哪有這種道理？」

「是嗎？」馬克懷疑的看著我，我覺得我好像正在接受審問。他又說：「當屍體送到法醫室的時候，不是有幾樣證物也一起送達，而且是妳親自接手後，再送到化驗室或證物室的嗎？」

是如此沒錯。

「貝蘿案的所有證物都由妳經手，對吧？」他問。

「不包括現場找到的一些東西，比方說任何私人文件，」我鄭重說道：「那些東西是由警方交到化驗室的，我沒碰過。事實上，在她家裡找到的大部分東西，目前都在警察局的儲藏室內。」

他又說了一次：「史巴拉辛諾不會相信。」

「我從沒看過手稿，」我冷淡的說：「也不在我們辦公室，從頭到尾都不在。就我所知，這份手稿還沒出現，就這麼簡單。」

「還沒出現？妳是說不在她的房子裡？警方沒找到？」

「對。他們找到的手稿不是你說的那份。他們找到的是舊的，可能是幾年前出過的書，而且不完整，最多不過兩百頁。是在她臥房的化妝檯找到的。馬里諾拿走了，正由指紋組查驗凶手有沒有碰過。」

他靠到椅背上。

「如果你們沒找到，」他低聲問：「會在哪裡呢？」

「我不知道。」我回答：「任何地方都有可能，說不定她寄給某人了。」

「她有電腦嗎？」

「有。」

「有沒有檢查過硬碟？」

「她的電腦沒有硬碟，只有兩個軟碟機。」我說：「馬里諾正在檢查那些磁片，我不知道有什麼內容。」

「不合理，」他說道：「就算她把手稿寄給人了，也應該會印一份存底，房子裡居然會沒有手稿。」

「更不合理的是她的教父史巴拉辛諾沒拿到拷貝。」我指出，「我無法相信他還沒看過書，也不相信他沒有部分初稿，或是最近才寫的草稿。」

「他說他沒有，而且基於一個原因，我相信他所說的。貝蘿是個很保護自己作品的人，在全部完成之前，她不會讓任何人看她的作品，包括史巴拉辛諾。她會在電話中或經由信件讓他了解進度。據他所言，上次貝蘿與他連絡是在一個月以前。她說她正忙著修改，應該會在年初的時候交稿。」

「一個月以前？」我小心的問：「她寫信給他？」

「打電話給他。」

「從哪裡打的？」

「不知道，里奇蒙吧！我猜。」

「他是這麼說的嗎？」

馬克回想了一下，答道：「不是，他沒提到她是從哪裡打的。」他頓了一下。「爲什麼這麼問？」

「她離開家一陣子，」我故意用隨意的口吻說著，「我想知道史巴拉辛諾曉不曉得她在哪裡。」

「警方不知道她在哪裡？」

「警方不知道的事情多著呢。」我說。

「妳沒回答我的問題。」

「我的回答是我們不應該再討論貝蘿的案子了，馬克，我已經透露太多，而且我不了解你爲什麼這麼感興趣。」

「妳懷疑我的動機不單純，」他說：「妳懷疑我請妳吃飯，又灌妳酒，是因爲我想從妳那裡挖消息。」

「對，老實說，我是這麼想。」在我們眼睛相遇的時候我說道。

「我是擔心妳，凱。」他的神情凝重，我相信了他。他的面容對我還有相當的影響力，我的眼睛簡直離不開他。

「史巴拉辛諾懷有計謀，」他說：「我不要妳受害。」他把酒瓶裡的酒倒完。

「他想做什麼，馬克？」我問。「打電話來要我沒有的手稿？那又怎麼樣？」

「我猜他知道妳沒有手稿，」他說：「問題是，那不重要。他要的東西，他就一定會得手，除非東西眞的消失了。而且他是她的遺囑執行人。」

「這下他權力大了。」我說。

「我只知道他有計謀。」他似乎在和自己說話。

「大概也是他替書打知名度的方法？」我輕描淡寫的說。

他喝了口酒。

「我不認爲他能對我怎麼樣。」

「我認爲他可以。」他認眞的說。

「說出來。」我說。

他說了。「頭條：首席法醫拒絕交出爭議性手稿。」

我笑了。「太荒謬了！」

他沒笑。「想想看，一個隱居的女人寫了一部爭議性的自傳，最後遭人謀殺。她的手稿在停屍間消失，法醫被控偷竊。等書出版的時候，妳能想像會狂賣到什麼地步，好萊塢會怎麼來搶電影版權嗎？」

「我不擔心，」我沒被說服，「太牽強了，我無法想像。」

「史巴拉辛諾是個無中生有的奇才，凱。」他警告，「我只是不想妳有里昂·瓊斯那樣的下場。」他的眼光四處找尋侍者，卻突然在大門方向停頓。他迅速低頭望著吃了一半的肉，含糊說道：「他媽的！」

我盡力控制自己不要回頭。我低著頭，假裝什麼都不知道，直到一個高大的男人出現在我們桌前。

「哈囉，馬克，就知道會在這找到你。」

他的語調柔和，年近六十，臉上多肉，一雙小眼睛藍得缺乏溫暖。他漲紅著臉，呼吸沉重，好像移動他臃腫的軀體已經用盡了所有細胞的力量。

「我突然想來逛逛，順道請你喝杯酒。」他解開毛外套的釦子，轉向我，微笑的伸出手。「我想我們沒見過。我是勞伯．史巴拉辛諾。」

「凱．史卡佩塔。」我裝作驚訝。

5

我們竟然與史巴拉辛諾喝了一個鐘頭的酒，簡直難受極了。他假裝不認識我，其實他心裡知道我是誰。我不認爲這次的相遇是出於偶然。像紐約這種大城市，不可能發生這類偶然。

「你確定他不知道我來了？」我問。

「他怎麼可能知道？」馬克回答。

他抓著我走向五十五街，從他的力道，我感覺得到他的焦急。卡內基音樂廳前已經變得空蕩蕩的，只有幾個人在人行道上散步。時間接近午夜一點，我的腦袋泡在酒精裡，神經卻感到緊張。

史巴拉辛諾喝得越多動作就越遲鈍，說話也變得更諂媚，到最後已經語無倫次了。

「他是裝的。妳以爲他已經醉倒了，明早起來什麼也不記得。錯了，他連睡覺的時候都很警覺。」

「這不像是安慰我的話。」我說。

我們步入電梯。上樓時我們都刻意不說話，盯著指示燈數樓層。我們的腳安靜的踏在走廊上。走進房間，見到旅行袋已經送到床邊，令我感到安心。

「你在附近嗎？」我問道。

「距離妳兩個房間。」他的眼光搜尋著什麼。「願意請我喝杯睡前酒嗎？」

「我沒帶什麼來……」

「酒吧裡放滿了酒，妳看就知道。」他說。

我們都想要再來一杯。

「史巴拉辛諾下一步會怎麼做？」我問道。

所謂的「酒吧」說的就是一個小冰箱，裝滿了啤酒、葡萄酒跟小瓶烈酒。

「他知道我們在一起，」我強調，「然後呢？」

「看我怎麼跟他說而定。」馬克說。

我用塑膠杯倒了一杯威士忌給他。「那麼借問一下，你會怎麼告訴他，馬克？」

「謊言。」

我在床沿上坐下。

他拉了旁邊一張椅子，慢慢的旋轉著琥珀色的威士忌。我們的膝蓋幾乎要碰在一塊了。

「我會告訴他，我想從妳這裡挖消息。」他說：「我試著在幫他。」

「也就是說你在利用我，」我的思緒像受干擾的無線電一像充滿雜訊，「你在利用我們的過去打探消息。」

「對。」

「那眞是謊言嗎？」我追問。

他笑了，我幾乎忘記自己曾經多麼愛聽他的笑聲。

「我不知道這有什麼好笑。」我抗議。房間裡似乎很熱，威士忌讓我臉紅。「如果是謊言，馬克，那麼眞相又是什麼？」

「凱，」他依然微笑著，他的眼睛盯著我，不讓我走。「我已經告訴妳眞相了。」他沉默片刻，傾身撫摸我的臉頰。我想要他吻我，我怕極了這種意念。

他靠回椅子上。「妳爲什麼不待下來，至少待到明天下午？也許明早我們兩人可以一起去見史巴拉辛諾。」

「不。」我說：「那會正中他的下懷。」

「隨妳吧！」

幾個鐘頭後，馬克已經走了。我清醒的躺在床上凝視著黑暗，意識到身旁空曠的冰冷。馬克過去也從不留下來過夜。第二天早上我得一個人在公寓收拾衣物、髒杯子、碗盤、酒瓶和菸灰缸。那時我們兩個都抽菸。我們會熬到半夜一、兩點，甚至到三點，不停的講話、笑、愛撫、喝酒、抽菸。我們也會起爭執。我討厭跟他辯論，因爲後來都變成互相攻擊，以牙還牙。一個堅持法律，一個堅持哲學的沒完沒了。我總是等著他說他愛我，但他從不曾說過。到了早晨，我總是覺得空虛，並讓我想起自己還是孩子的時候，在聖誕節之後，幫著母親收拾樹下包裝紙的那種感覺。

我不知道我要什麼，也許我什麼都不要。我們的情感疏離，不應該在一起。但是我依然如故，什麼都沒變。如果他主動，我知道我會拋棄理智。慾望是沒有理由的，我對於親密關係的渴求從未停止。我記起他的嘴唇是如何碰觸我，他的愛撫，我們的饑渴。我被回憶狠狠折磨著。

我忘記請櫃檯叫醒我，也沒去設定床邊的鬧鐘。生物時鐘六點叫醒我，我坐直身子，心裡的感受跟此時的外貌一樣的糟糕。熱騰騰的淋浴跟仔細的梳理，仍藏不住黑眼袋跟蒼白的臉色。浴室的燈光誠實得殘忍。我跟航空公司通完電話後，敲馬克的門。

「嗨！」他打招呼，還是那麼整齊有精神，眞差勁。「妳改變心意了？」

「是的。」我說。他身上散發的古龍水香味那麼熟悉，使我的意念作了一百八十度的改變。

「就知道妳會的。」他說。

「你怎麼知道？」我問。

「妳從來不放棄挑戰。」他說，他從梳妝檯的鏡子望著我，一面打著領帶。

我和馬克約好中午左右到「歐度夫與布吉」碰面。事務所大廳是一片又深又冰冷的空間，黑色的地毯上立起黑色的柱子，頂上掛著銅製的聚光燈。兩張黑色壓克力椅子中間擺了一大塊的銅當作桌子。除此以外沒有其他的家具，也沒有植物或圖畫，只有兩座螺型的雕塑像手榴彈一樣，炸破這整間大廳的空洞。

「我可以幫妳嗎？」櫃檯小姐從空間的最深處對我微笑道。

在我回應之前，黑色的牆壁突然翻開，馬克走出來替我拿行李，帶我進入一條寬大的長廊。

我們經過一扇扇門，門內是寬敞的辦公室，每一間都可以透過暗色玻璃看見曼哈頓的風景。我沒看到任何人，可能都去吃中飯了。

「是哪個傢伙設計你們的大廳？」我噓聲道。

「我們要見的傢伙。」馬克說。

史巴拉辛諾的辦公室比剛才看到的大兩倍。他的桌子是一塊美麗的黑檀木，桌上點綴著磨亮的寶石紙鎮，房間四周圍著大片的書牆。這位名律師身上穿著約翰高迪的名牌西裝，襟上襯著血紅色的汗巾。我們進來的時候，他並沒做出歡迎的動作，甚至一度不看我們。我們自己坐了下來。

「我知道你們就要吃中飯了，」他闔起公文夾抬頭，冰冷的藍眼望著我們，「我絕對不會占太久的時間，史卡佩塔醫生。馬克與我剛才正研究著我的客戶貝蘿·邁德森的資料。身爲她的律師與遺囑執行人，我有一些要求，我相信妳可以幫助我完成她的願望。」

我沒說話，我想找菸灰缸，可是沒找到。

「勞伯要她的手稿，」馬克說：「特別是她最後寫的那本書。凱，在妳來之前，我已經對他解釋過法醫室不負責保管這些私人物件。」

我們在早餐時預演過。馬克應該要在我到此以前「對付」史巴拉辛諾，可是我覺得現在我才是被「對付」的人。

我直接看著史巴拉辛諾說：「送到我辦公室的那些東西都是證物，其中不包括你所要的手稿。」

「妳是說妳沒有手稿。」他問。

「沒錯。」

「妳也不知道東西在哪裡。」他問。

「不知道。」

「我對妳所說的不太了解。」

他毫無表情的打開一份資料夾，取出一份拷貝文件，我已經看出那是貝蘿的警方報告。

「根據警方的資料，貝蘿的房間有一份手稿，」他說：「現在妳告訴我沒有手稿，請問妳可以解釋嗎？」

「發現了幾張手稿，」我答道：「但我想那不是你所要的東西，史巴拉辛諾先生。那不是最後一本著作，而且警方也從來沒將那份手稿交給我。」

「有幾頁？」他問。

「我沒有親眼看到。」我說。

「誰看過？」

「馬里諾組長，他才是你要找的人。」我說。

「找過他了，他說他把手稿給妳了。」

我不相信馬里諾會說這種話。「一定是誤會。」我說道：「我想馬里諾的意思是說他把一份早年所寫的不完整手稿交到了證物化驗室。證物化驗室屬於另一個部門，只不過剛好跟我在同一棟大樓。」

我望著馬克，他的表情僵硬而且正在流汗。

史巴拉辛諾移動身軀，皮椅發出吱吱響聲。

「史卡佩塔醫生，我要對妳直說了，我不相信妳。」

「你相信與否，不是我所能左右的。」我鎮定的說。

「我一直在思考這件事情，」他和我一樣鎮定，「那些紙只是一些廢紙，可是有些人很想要它時，它的價值就不同了。我知道至少有兩個人會出高價收購貝蘿生前所寫的最後一本小說，這還不包括出版商。」

「這些都與我無關。」我回答：「我的辦公室裡沒有你要的東西，而且是從來都沒有過。」

「總有人拿了。」他望著窗外。「我比任何人都了解貝蘿，我熟悉她的習慣，史卡佩塔醫生。她出城一段時間，一回到家幾個小時內就被殺，我認爲她的手稿一定在身邊，在她的工作室、手提包或行李內。」他那對藍色的小眼睛轉過來看著我。「她在銀行沒有保險箱，她不可能放在其他地方，也沒其他地方可放。她出城的時候帶走了，一直持續在寫，當她回到里奇蒙，必定會把手稿帶回來。」

「她出城一段時間，」我重複他的話道：「你確定？」

馬克沒看著我。

史巴拉辛諾靠在椅子上，手指輕敲著肚皮。

他對我說：「我知道貝蘿不在家，我不斷打電話找她，幾個星期下來都找不到。一個月前她突然打電話給我，不肯告訴我她人在哪裡，只表示自己很安全，並且告訴我寫作進度，說她正在努力的寫。總之，我沒有追問。貝蘿是受到威脅害怕逃走的。對我來講，她在哪裡並不重要，只要她安好，能繼續寫，準時在交書日交件就好。聽起來很無情，但是我必須這麼實際。」

「我們不知道貝蘿去什麼地方，」馬克告訴我：「馬里諾也不肯透露。」

他所用的主詞刺激了我，「我們」指的是他與史巴拉辛諾。

「如果你想要我回答這個問題……」

「就是要妳回答，」史巴拉辛諾插進來道：「我要知道過去幾個月她到底是去哪裡，是北卡羅萊納州、華盛頓州，還是德州，我現在就要知道。妳說妳沒有手稿，警察也說他們沒有。想要知道眞相，只有查出她去了哪裡才能追蹤出來。也許有人送她到機場，也許她交了什麼新朋友，也許會有人知道她的書到底出了什麼事，或知道她上飛機的時候是否把手稿帶在身上。」

「你要知道這一切，就跟馬里諾談。」我簡單回答：「我無權對你透露她的案子。」

「我料中妳會這麼說，」史巴拉辛諾道：「妳這麼說，是因爲妳知道她回來時，確實將稿子帶在身上。妳還知道東西跟屍體一起送到妳辦公室，現在卻不見了。」他停頓，冷冷的看著我。

「蓋利．哈博跟他姊姊到底付了妳多少錢？」

馬克已經出神了，臉上毫無表情。

「到底多少？一萬？兩萬？五萬？」

「我沒必要再跟你談下去。」我拿起記事簿。

「還沒完呢！史卡佩塔醫生。」史巴拉辛諾說道。

他隨手拿來一份資料夾裡，從裡面抽出幾張剪報丟到桌上給我。

我感到頭頂的血突然流光了。我拿起《里奇蒙時報》的一份報導，幾年前出刊的，上面的標題仍然熟悉而痛心：

法醫被控打劫屍體

提米西．司馬勒上個月在家門前遭前僱員射殺時，根據現場目擊者，也就是司馬勒太太指出，他手上還戴著金錶與金戒指，口袋裡並有八十三塊現金。案發不久到達現場的警方與急救人員供稱，當司馬勒先生的屍體被送到法醫室時，這些東西都還在死者身上……

我不用再往下讀，就知道下文是什麼。

司馬勒案曾使我們辦公室陷入空前的指責。

馬克伸出手，我將剪報傳過去。史巴拉辛諾想藉此迫我上鉤，我決定抵抗到底。

「如果你了解整件事，」我說：「你就會知道經過調查後，我們法醫組已經清白無罪了。」

「是的。」史巴拉辛諾說：「妳親自將東西送到殯儀館，是在那之後東西才不見的。但是，誰也沒辦法證明。我跟司馬勒太太談過，她到現在還認為是你們偷了她丈夫的財物。」

「法律已經判定法醫組是清白的了，勞伯。」馬克看完報導後道：「不過，這裡寫說你們給司馬勒太太一張支票，金額與遺失品的價值相符。」

「正確。」我冷淡的說。

「感情的東西是無價的，」史巴拉辛諾批評道：「就算妳給她十倍金額的支票，還是不會讓她快樂。」

這眞是個天大的笑話。警方至今仍懷疑司馬勒太太涉及她先生的謀殺案，而且她在先生墳墓開始長草前，就嫁給一個有錢的鰥夫了。

「根據報載，」史巴拉辛諾說：「你們法醫組找不到殯儀館開立的收據，來證明妳的確移交了司馬勒先生的所有物。我還知道，收據是被妳們的行政人員收走，而那位行政人員又辭職到別的地方工作了。最後，妳們跟殯儀館的人各說各話，事情是不了了之。」

「你到底想說什麼？」馬克以平板的語調問。

史巴拉辛諾看馬克一眼，又轉向我。「很不幸，司馬勒的案子還不是唯一的控訴。去年七月妳們法醫組收到一具自然死亡的屍體，死者名爲亨利．傑克森。他到妳們那兒時，口袋裡有五十二塊錢，可是後來錢不見了，使你們不得不付一張支票給他兒子。他兒子在地方電視台曾經抱怨過此事，我有錄影帶，如果妳想知道他對外說了什麼，倒是可以看看。」

「傑克森死的時候口袋裡是有五十二塊錢，」我幾乎控制不了脾氣了，「但是他的屍體已經腐爛，那些錢已經污穢到連最貪心的小偷都不會碰。我不知道錢到哪裡去了，但我認為是跟傑克森那長滿蛆的衣服一起火化了。」

「我的天。」馬克喃喃叫道。

「妳的法醫組有問題，史卡佩塔醫生。」史巴拉辛諾微笑說。

「每個地方都有自己的問題，」我起身反駁道：「妳要貝蘿．邁德森的東西，找警察！」

「我很抱歉。」馬克在我們搭電梯的時候道：「我沒想到那混蛋會用那種方法攻擊妳。妳應該先告訴我的，凱……」

「先告訴你？」我不悅的瞪他。「告訴你什麼？」

「關於丟掉遺物，影響名聲的事情，史巴拉辛諾最會找這種事對付別人。我毫不知情，結果讓我們遭到攻擊，該死！」

「我沒告訴你，」我的聲音越來越大，「是因為那跟貝蘿的案子絲毫不相干。他提的事情根本是小題大做，每天都有新的屍體運來法醫組，警察和殯儀館的人又每天來組裡領死者物品，這種事情難免會發生……」

「請不要對我發脾氣。」

「我沒對你發脾氣！」

「我警告過妳史巴拉辛諾的為人，我也試著保護妳。」

「我根本不確定你想做什麼，馬克。」

我們持續拉著嗓子爭執，馬克四處找計程車。街上的車幾乎都停下來了，喇叭聲此起彼落，引擎隆隆響著，我已經快要爆炸了。一輛計程車終於出現，馬克打開後門，將我的旅行袋放進車裡。當他讓我坐進去，並交給司機兩張紙鈔後，我才發覺馬克不跟我一起走。他把我直接送往機場，不跟我一起吃中飯。我還沒來得及拉下窗子問他，司機就踩足了油門衝進車陣裡。

到拉瓜狄亞機場途中，我與司機沒有交談。距離飛機起飛時間還有三個鐘頭，我生氣、難過，甚至有些不知所措，我不能忍受這樣的離別方式。走進酒吧，我找了張靠吧台的椅子，點了杯酒，燃起一根菸。我望著藍色的輕煙往上捲，消失在空氣中。幾分鐘後，我站在公共電話前，投進一枚硬幣。

「歐度夫與布吉法律事務所。」一名女子接聽道。

「請接馬克·詹姆斯。」我一面說，一面想起那些黑色的柱子。

等了一會兒，對方回答：「很抱歉，妳一定打錯了。」

「他是從芝加哥辦公室來的，只是出差而已。我剛才還在你們辦公室跟他見過面。」我說。

「請等一下。」

他們讓我聽一曲傑瑞·萊福提的「貝克街」，至少聽了兩分鐘。

「很抱歉，」總機回答說：「這裡沒有妳要找的人。」

「兩個鐘頭前，我才在你們大廳跟他見過面。」我不耐煩的說。

「我查過了，小姐。很抱歉，可能妳把我們公司跟其他公司搞混了。」

我掛了電話，心裡咒罵著。又打了一通電話到查號台，詢問「歐度夫與布吉」在芝加哥的電話。這回我插進電話卡，打算留話給馬克，要他盡快回電話給我。

芝加哥公司的總機小姐回答：「很抱歉，小姐，我們事務所沒有馬克．詹姆斯這個人。」一瞬間，我的身子全冷了。

6

芝加哥市查號台也查不到馬克的電話。整個城市有五個馬克·詹姆斯，三個M·詹姆斯。我回到家後，每一個都試過，接電話的不是女人就是陌生男子。我震驚到無法入眠。

第二天早上，我才想到打電話給芝加哥的首席法醫岱斯納，馬克曾說他們認識。

誠實是最好的計策。在簡單的寒暄後，我告訴岱斯納：「我在找馬克·詹姆斯，一個芝加哥律師，我相信你們認識。」

「詹姆斯……」岱斯納想了一下說：「我不認識這個人，妳說他在芝加哥當律師？」

「是的。」我的心往下沉。「在『歐度夫與布吉』。」

「我知道『歐度夫與布吉』，是個很響亮的公司，但是我不記得……馬克·詹姆斯……」我聽到他打開抽屜，翻著紙張。過了好一會兒，岱斯納終於說：「沒有，電話簿上也沒這個人。」

我掛上電話後，給自己重新倒了一杯咖啡，望著窗外引鳥過來的飼料器。灰色的天空暗示要下雨了。我的辦公桌上必然有數不盡的文件要處理。今天是週六，週一是國定假日。辦公室一定空無一人，同事們都已經去享受長假了。我應該去辦公室，趁著安靜多做一點事。但我管不了那麼多了，我腦子裡全是馬克。他好像根本不存在，只是我想像出來的，是一場夢。我越想理出個頭緒，就越陷入迷思。這到底是這麼回事？

我已經到了無法忍耐的地步，於是又打了一次查號台，看看能不能找到史巴拉辛諾家裡的電話，結果沒查到，我悄悄鬆了口氣。打電話給他等於是自投羅網。馬克騙我，他告訴我他在「歐度夫與布吉」工作、住在芝加哥、認識岱斯納，全都是騙人的！我不斷的期待電話鈴響，希望馬克能打來。我開始整理房子、洗衣服、燙衣服，煮了一鍋番茄醬，做了一點肉丸子放進去，然後看我的信件。

到了下午五點鐘，電話終於響了。

「嘿！醫生，我是馬里諾，」熟悉的聲音向我打招呼，「我無意在週末打擾妳，只是找妳兩天了，想確定妳沒事。」

馬里諾又在扮演守護神了。

「我想讓妳看一捲錄影帶，」他說：「既然妳在家，我可以拿過去給妳。有錄影機嗎？」

他知道我有，他以前也拿過錄影帶給我。「什麼樣的錄影帶？」我問。

「今天我花一早上詢問這傢伙有關貝蘿．邁德森的事情。」他停頓下來，我知道他感到很自滿。

我認識馬里諾越久，就越成爲他想自我炫耀時的訴求對象。也許因爲他救過我一命，使我們註定要綁在一起，不管我們的性格差異有多麼懸殊。

「你今天值班嗎？」我問。

「媽的，我永遠在值班。」他抱怨道。

「我說真的。」

「不算正式值班好嗎？本來是四點鐘下班，可是我老婆到紐澤西找我岳母去了，而我又有一堆事情還要處理，所以一直忙到現在。」

老婆不在，小孩長大離開了，加上陰霾的週六，馬里諾當然不想回到空虛的家中。我自己一人待在空蕩的家裡，情緒也不怎麼高昂。我望了一眼鍋裡熱騰騰的醬汁。

「我哪裡也不去，」我說：「把錄影帶拿來，我們一起看。喜歡義大利麵嗎？」

他遲疑的說：「呃……」

「有肉丸的，我正要開始下麵，要不要一起吃？」

「也好，」他說：「我可以過來。」

貝蘿想洗車的時候，都習慣到南區的「洗車大師」去。

馬里諾訪遍城裡的高級洗車廠，才打聽到這個消息。其實高級洗車廠並不太多，只有十幾家有自動洗車設備，幫你把車送上軌道，讓一些夏威夷草裙似的機器打上一層肥皂，再由噴射器噴出細細的水柱洗清車子表面。很快的在一陣熱氣烘乾後，有人會進車裡把車開到旁邊空地上，由專人親手吸塵、上蠟、磨光等等。馬里諾告訴我，洗車大師的超級豪華型洗車費是十五元。

「我運氣奇佳，」馬里諾用湯匙將麵條推上叉子的時候說：「否則怎麼查得出來？每個工人一天要洗七十輛，甚至一百輛車。誰會記得一輛黑色本田？根本不可能？」

他像個滿載而歸的快樂獵人。上星期給他纖維報告的時候，我就知道他一定會走遍每家洗車場和修車廠。馬里諾的脾氣就是這樣，如果要他到沙漠裡找根草，他也會去的。

「一直到昨天才查到的。」他繼續描述，「基於『洗車大師』的所在位置，我把它列在名單後面，我以爲貝蘿會把車送到西區去洗，結果不是，她送到南區去。我想唯一的理由是『洗車大師』有修車保養廠。去年十二月她買車後不久，就把車送過去，花了一百塊多錢上了一層保護漆，又成了那裡的會員，這樣一來，她每次洗車可以省兩塊錢，還可以免費享受當週的特別服務。」

「你就是這樣查到的？」我問：「因爲她是會員？」

「對。」他說：「他們沒有電腦，害得我得過濾每一張收據，才找到她加入會員的那一張。我們到過她的車庫，看過她那光亮如新的車子，我猜想她逃到基韋斯特島以前，車必定剛送洗。我查過她的信用卡帳單，唯一在『洗車大師』消費的就是我剛才告訴妳的一百塊錢。顯然在那之後，她都是付現金。」

「洗車工人都穿什麼顏色衣服？」我問。

「不是橘色的，不符合妳找到的那根橘色纖維。大部分工人都穿牛仔褲、球鞋，上衣是清一色的藍色襯衫，口袋用白線繡了『洗車大師』的字樣。我在那裡什麼都看過了，沒什麼重要的。唯一找到的另一種布料，是他們擦車子用的白毛巾。」

「聽起來有些掃興。」我下結論道，將盤子推開。幸好馬里諾還有胃口，我的胃自紐約回來以後始終糾結，心裡掙扎著要不要告訴馬里諾事情的經過。

「說得也是，」馬里諾說：「但是在我跟那傢伙交談之後，就有了大大的轉機。」

我等待著下文。

「那傢伙名叫艾爾·杭特，二十八歲，白人。我一眼就看到他了。他在那裡監督工人做事，可是卻和那地方顯然格格不入。他看起來聰明，外表也修飾得整整齊齊，應該是那種穿西裝、打領帶、提公事包上班的人。我問我自己：『這種人怎麼會待在這種地方？』」他拿一塊大蒜麵包沾著盤裡的肉醬。「我慢慢晃過去，開始試探他，問他關於貝蘿的事，拿貝蘿駕照上的相片給他看，看他是否記得貝蘿曾經去過，結果……哇塞！他居然緊張起來。」

我想，要是馬里諾向我「晃」過來，我也會緊張起來。他八成像一輛大卡車似的向那可憐的小子輾過去。

「然後呢？」我問。

「然後我們到室內，倒了杯咖啡，開始辦正經事了。」馬里諾說：「艾爾·杭特不是個簡單人物。他唸過研究所，得了心理學碩士，在大都會醫院當了兩年的男護士。當我問他為什麼從醫院轉到『洗車大師』，他說洗車場是他老爸開的。老杭特在城裡投資好幾樣生意，『洗車大師』只是其中一項。他還有好幾家停車場，也是北區許多住家的房東。老杭特一定是想訓練兒子，有一天讓他繼承衣缽。」

我開始感興趣了。

「艾爾應該是衣冠楚楚的上班族，結果他不是，這代表什麼？代表艾爾是個失意的人。他老爸不喜歡他去上班，他居然就可以遵照老爸的意思，站在洗車場上指揮工人怎麼上蠟、怎麼擦保險槓。我猜他這裡一定有問題。」馬里諾用油油的手指了指頭。

「也許你應該聽聽他父親的想法。」我說。

「對，他會告訴我，他唯一的希望竟然是個傻蛋。」

「你決定怎麼追蹤這個人？」

「已經開始了。」他答道：「看看錄影帶，我在總部花了一個早上盤問艾爾．杭特。那傢伙能言善道，對貝蘿的事情非常好奇，他說他在報上讀到消息……」

「他怎麼知道貝蘿是誰？」我打斷道：「報上跟電視都沒有播出她的照片，難道他知道她的名字。」

「他說他不知道死者就是會去洗車場的金髮女郎，一直到我讓他看了駕照相片之後，他才曉得。然後他裝作很震驚、很難過的樣子。他注意聽我的每句話，想聽我談到貝蘿。對於一個根本不認識貝蘿的人來說，他顯得過分關心。」他把皺掉的餐巾放到桌上。「妳自己看吧！」

我煮了一壺咖啡，把髒盤子收到水槽後，便和馬里諾到客廳看錄影帶。畫面地點對我來說並不陌生，我去過幾次。警局的詢問室是個四方形的小房間，裡面除了一張空桌以外，什麼都沒有。離桌子不遠處有個燈的開關，只有專家或特別小心的人才會注意到上方的螺絲不見了。螺絲洞的另一頭是一間錄影室，使用的是特殊的廣角攝影機。

乍看杭特，不覺得他是個可怕的人。他看來溫和，臉色略青，金色頭髮開始向額頭上方退。要不是他那嫌小的下巴，使臉部像是直接連著脖子，他應該還滿好看的。他穿著栗色皮夾克、牛仔褲，尖細的手指不安的玩弄著七喜汽水罐。馬里諾就坐在他正對面。

「貝蘿．邁德森到底有什麼特別的地方，使你注意到她？」馬里諾問道：「你們洗車場每天有那麼多車子進出，難道你記得所有客人的樣子？」

「我記得的可能比你想像的還要多，」杭特回答：「特別是熟客。我也許不知道他們的名字，不過我會記得他們的長相，因爲大部分的客人都會站在廣場上看工人擦他們的車，許多客人甚至是在那兒監督，確定工人沒省略任何一個步驟。有的人會自動拿塊毛巾幫忙，特別是在趕時間的時候，不過有些是因爲閒不下來，非找點事做不可。」

「貝蘿也是那種會監督洗車的人嗎？」

「不是，警官。我們那兒有兩條板凳，她習慣坐在板凳上等。有時她會看報紙或讀書。她不太注意工人做什麼，也不是我會認爲很友善的人。也許這就是我會注意到她的原因。」

「說清楚一點。」馬里諾道。

「我是說她會發出一些訊號，我收得到她的訊號。」

「訊號？」

「每個人都會發出某種訊號，」杭特解釋道：「我都可以接收到。我可以從一個人的訊號判斷出他是怎麼樣的人。」

「我也在發訊號嗎?艾爾?」

「是的，警官，每個人都會發出訊號。」

「我發的是什麼樣的訊號?」

杭特很認眞的回答：「淡紅色。」

「啊?」馬里諾愣住了。

「我收到的訊號其實是顏色。也許你認爲很玄，其實並不會，有些人就是感受得到別人放射出的顏色。你放出的顏色是淡紅色，有些暖意，可是又帶點怒氣，就像警示訊號一樣，能引起別人注意，可是又含著某種危險……」

馬里諾按下停止鍵，不以爲然的對我笑。

「這傢伙很會蓋吧!」他說。

「事實上，我覺得他很敏銳，」我說：「你的確是有些暖意，有些怒氣，又有點危險。」

「狗屁!那傢伙根本是胡說八道，照他那麼說，人都成了活彩虹了。」

「他說的話是有心理學基礎的。」我平心論道：「人類的心情與顏色有關。一些公共場合、旅館房間都根據這種理論選擇裝潢的色系。舉例說，藍色跟壓抑有關，因此你絕不會發現任何一家精神病院是藍色的。紅色是憤怒、暴力、熱情，黑色代表病態、不吉利等等。你剛才不是說過杭特是心理學碩士嗎?」

馬瑞諾看起來不太高興，又重新放錄影帶。

「……我想你的顏色可能跟職業有關，你是刑警。」杭特說：「現在你很需要我的合作，可是你又不相信我，如果我有所隱瞞，你會對我產生危險。這部分是淡紅色中的警告部分。暖意部分是你外向的性格，你希望別人與你沒有距離。也許你自己也希望親近人群，你看起來很剽悍，可是你希望別人喜歡你……」

「好了！」馬里諾打斷他。「貝蘿．邁德森呢？你也從她身上接收到顏色嗎？」

「哦！當然，她的訊號讓我印象深刻。她很不同，眞的很不同。」

「怎麼說？」馬里諾雙臂交叉的靠到椅背上，椅子發出嘎吱聲。

「從很遠之外，我就收到她散發出的北極色系。涼爽的藍、微弱陽光般的淡黃，還有冷冷的白，冷到像白熱的乾冰，好像是在警告你，只要碰她，一定立刻被灼傷，這白色部分很特別。一般女人都會散放粉色系列，就跟她們常穿的衣服一樣，粉紅色、黃色、淡藍色、粉綠色。這些女人都比較被動、沉靜，容易受傷害。有時我也會感受到女人散發又深又強烈的顏色，像是深藍色、棗紅色，甚至大紅色，那麼她一定是個比較強悍的人，企圖心通常很強，可能是律師、醫生或是公司的主管。她們身上穿的經常就是剛才說的那幾種顏色。這一類型的人喜歡站在車旁，手背在後面監督工人，只要發現擋風玻璃上有一點水痕或污點，她們都會毫不客氣的指出來。」

「你喜歡這一型的女人嗎？」馬里諾問道？

他稍微遲疑了一下。「老實說，不喜歡。」

馬里諾大笑，向前傾身道：「嘿！我也不喜歡那一型，粉色寶貝比較好。」

我瞟了馬里諾一眼。

他沒理我。螢幕上的他對杭特說：「再談談貝蘿，說你還感受到什麼。」

杭特皺著眉頭，努力的想了一下道：「她所散發的粉色系並不算不尋常的顏色，只是我不會將它們解讀成容易受傷害，也不是被動。我說過，那些顏色是涼爽的北極色系，不是花朵的色系，好像是在告訴世人別接近她，給她空間。」

「你是說她冷感？」

杭特又摸著那瓶七喜汽水。「不，警官，我不會這樣解釋，她給我的感覺不是那樣，應該說是距離感。要接近她，要跨過好長一段距離，可是當你一旦成功，她的熱力會灼傷你，這就是她所散發的白色部分，也是讓我注意她的地方。我覺得她很聰明，而且城府極深，連她獨自坐在板凳上，不理會任何人的時候，都可以感覺到她在動著腦筋，感受周遭所有事物。既遙遠又白熱，她就像一顆星星。」

「你知道她還單身嗎？」

「她沒戴結婚戒指。」杭特立刻回答：「我猜她是單身。從她車上也可以知道。」

「我不懂。」馬里諾顯得困惑。「你從她車上知道什麼？」

「我記得是她第二次到洗車場那天，我看著工人清理她的車內，裡面沒有任何屬於男人的東西。比方她的藍色雨傘，放在後座地上，是那種女人常用的細長型。男人用的通常是黑色，有木頭柄的。她的乾洗衣服也掛在後座，看來只有女人的衣服。多數的已婚女人在拿回乾洗衣服時，也會順便替丈夫拿。還有後車廂，裡面沒有任何工具，連導電用的連接纜線也沒有。總之，她的車裡完全沒有男性氣味，這是很有趣的事。當你每天看那麼多車子，自然會注意這些細節，而且用不著細想，就多少能了解駕駛人的背景。」

「看來你確實細想過她的背景。」馬里諾說：「有沒有約她出去過的念頭，艾爾？你眞的不知道她的名字，沒在她的乾洗收據或車內什麼信件上看過嗎？」

杭特搖頭。「我不知道她的名字，也許，是我不想知道。」

「爲什麼？」

「我不知道……」他開始坐立不安，顯得困惑。

「來吧！艾爾，跟我說有什麼關係？換成是我，說不定我也會想約她出去，畢竟她是個漂亮的女孩，看起來很吸引人。嘿！我眞的會想約她，問問她的名字，甚至打電話給她什麼的。」

「我沒有。」杭特低頭看著自己的手。「那些我都沒試過。」

「爲什麼？」

沒有回答。

馬里諾說：「是不是因爲你交過像她那樣的女孩，結果她傷了你？」

「上大學的時候，」杭特的聲音幾乎小的聽不見，「我跟一個女孩交往過兩年，最後她跟一個念醫的走了。像那樣的女人……當她們眞想結婚的時候，就會去找特定類型。」

「她們要金龜婿。」馬里諾的嗓門開始粗了。「律師、醫生、銀行家，總之她們不會要一個在洗車場工作的男人。」

杭特突然抬頭：「那時候我沒在洗車場工作。」

「那不重要，艾爾。像貝蘿．邁德森這種熱門寶貝也不會花時間在你身上，對吧？我敢打賭貝蘿甚至不知道你存在。就算你在街上碰到她，她也不會認出你來。」

「不要說這種話……」

「我說對了嗎？」

杭特盯著緊握的雙拳。

「所以你對貝蘿有點意思，對吧？」馬里諾繼續無情的說道：「說不定你腦裡全是這個白熱的女人，你想著她，幻想和她說話，和她約會，和她做愛。說不定你不敢跟她說話，正是因爲你知道她會瞧不起你這個藍領的傢伙……」

「住嘴！你故意挑釁！住嘴！住嘴！」杭特大聲吼道：「別煩我！」

馬瑞諾狠狠瞪著對面的杭特。

「艾爾，我聽起來很像你老爸吧？」馬里諾點了根菸，揮手說道：「老杭特覺得他的獨子像個該死的天使，不像他是個惡房東，對別人的死活毫無感覺。」他噴了口煙，溫和的說：「我了解你那偉大的老爸，我還知道你去當男護士時，他告訴他的朋友說你是個娘娘腔，對你血管裡留著他的血液感到羞辱。然後他逼你到修車廠工作，如果你不依，以後就甭想繼承他的財產。」

「你怎麼知道？你是怎麼知道的？」杭特結巴的說。

「我知道的事情可多了！我還知道大都會醫院的人都說你是一流的護士，對病人非常體貼，他們都不願意你離開。他們都用什麼字眼形容你？我記得是……『敏感』。也許你的敏感已經害到了自己，嗯？艾爾，解釋一下你為什麼不約會，沒有女朋友！你怕了？貝蘿把你嚇死了，是不是？」

杭特深吸一口氣。

「所以你不想知道她的名字，這樣子你就不會想打電話找她，甚至嘗試做別的事，對吧！」

「我只是注意到她而已。」杭特緊張的回答道。

「真的，就只是這樣。我不像你說的那樣子想過她。我只是……呃……注意到她，但是我從沒多想，甚至沒跟她說過話，直到上一次……」

馬里諾再次按停止鍵，說道：「這部分很重要……」他突然停頓下來看我。「嘿！妳還好吧？」

「你一定要那麼殘忍嗎？」我激動的問道。

「如果那就叫殘忍，妳認識我還不夠深哩！」馬里諾說。

「抱歉，我忘了我客廳坐了一位野蠻人。」

「那些都是裝的。」他有點受刺激的說。

「下回提醒我提名你參加奧斯卡金像獎。」

「夠了吧！醫生。」

「你讓他挫折到極點了。」

「那是一種手段，好嗎？妳知道，這都是爲了打亂思緒，讓他們說出事先沒有考慮過的話。」他轉向錄影機，按下播放鍵，向我補充道：「有了接下來他告訴我的事，一切手段都值得了。」

「什麼時候？」馬里諾問杭特，「她上次到洗車場是什麼時候？」

「我記不得日期了。」杭特回答：「兩個多月前，不過我記得那是個星期五，接近中午的時候。我之所以記得是因爲我要跟父親一起吃午餐，我們固定在週五一起吃飯，討論生意，那天我還打了領帶。」

「所以貝蘿在某個星期五快中午的時候去洗車，」馬里諾引導他繼續，「這次你跟她說話了？」

「是她先跟我說話的。」杭特強調，他似乎覺得這很重要。「她的車從自動洗車機出來以後，她過來告訴我有東西打翻，把後車廂的地毯弄髒了，問我是不是能清理。她帶我到她的車子，打開後車廂，我看到地毯溼了。顯然她剛買完菜，把東西放後車廂，結果其中一瓶半加侖的橘子汁破了。我猜這是她馬上把車送洗的原因。」

「她到洗車場時，買的東西還在後車廂嗎？」

「不在。」杭特回答。

「你記得她當天所穿的衣服嗎？」

杭特猶豫了一會兒。「網球裝、太陽眼鏡。呃……看起來她好像剛打完球。她以前來洗車場從沒這樣穿過，都穿簡單的休閒裝，所以這次我記得特別清楚。此外，我還記得在後車廂看見她的網球拍跟其他一些東西。當我們開始清洗的時候，她把東西都拿出來擦過一遍，然後放到後座。」

馬瑞諾從胸前的口袋取出一本記事簿，打開後往前翻了幾頁，說：「這天會不會是七月的第二個星期？十二號星期五？」

「有可能。」

「你還記得什麼？她還說過什麼嗎？」

「她幾乎是滿友善的。」杭特答覆道：「這部分我記得很清楚，我想是因為我幫助她的緣故。我並不需要這麼做，我大可要她把車送到細部保養場，多花三十塊錢洗車，但是我想幫助她。工人們清洗的時候，我一直在旁邊，並且注意到她右側的車門。車門被破壞了，像是有人拿鑰匙在門把下刻了一顆心，裡面還寫了些字。當我問她是怎麼回事，她繞過來檢查刻痕。她就站著凝視，臉變得像紙一樣的白。顯然在我告訴她以前，她一直不知道有人破壞她的車。我試著安慰她，告訴她難過是應該的。畢竟是全新的車子，一條刮痕都沒有，至少價值兩萬塊錢，結果被人惡搞，大概是什麼不良青少年幹的。」

「她還說了什麼？艾爾？」馬里諾問：「她有沒有提到刮痕是怎麼來的？」

「沒有，警官，她什麼也沒多說。她好像很害怕，不停的四下張望，相當難過的樣子。後來她問我最近的電話在哪裡，我告訴她裡面有電話。等她打完電話出來，車已經洗好，她就開車離開了……」

馬里諾停掉錄影帶，並從錄影機裡拿出來。我想起了咖啡，急忙去廚房倒了兩杯。

「看起來他回答了我們提出的其中一個問題。」我出來的時候說道。

「是啊！」馬里諾伸手拿奶精和糖。「接下來，貝蘿大概是打電話到銀行或者訂機票。車上的刮痕迫使她終於採取行動，她的恐懼已經超出限度。一離開洗車場，她直接趕到銀行。我查過她的帳戶，七月十二日中午十二點五十分，她領了將近一萬塊錢現金，帳戶都領空了。她是個好客戶，銀行沒過問就給她了。」

「她沒買旅行支票？」

「沒有，難以置信。」他說：「這表示她寧可被人搶，也不願意讓人發現行蹤。她在基韋斯特島的時候，一切以現金交易。她不用信用卡，也不用旅行支票，沒人會知道她的名字。」

「她一定是嚇壞了。」我輕聲說：「身上帶那麼多現金，眞是不可思議。如果是我，一定是瘋了，不然就是害怕到無以復加的地步，才會這麼做。」

他點了根菸，我也一樣。

我熄滅火柴，問道：「你想車子會不會是在洗的時候被刮的？」

「我也問了杭特同樣的問題，想看他怎麼反應，」馬里諾答道：「他發誓不可能是洗車的時候發生。他說如果是，一定有人會當場看到。這點我不確定。你丟五十分零錢在車裡，等到車洗完以後，錢也不見了。每個人都跟強盜一樣。零錢、雨傘、支票簿，隨便什麼東西，等到你問起時，沒一個人會說他看過。也說不定就是杭特刮的。」

「他的確有點不尋常，」我同意道：「我認爲他會那麼注意貝蘿，是頗爲奇怪的事。每天有那麼多人進出洗車場，她只是其中的一個。而且她多久才去一次？每個月一次，甚至更久？」

他點頭。「她在他心裡卻跟霓虹燈一樣鮮明。他可能跟此事無關，也可能有。」

我想起馬克說過貝蘿令人「印象深刻」。

馬里諾和我靜靜的喝咖啡。我的思緒又陷入一片黑暗。馬克，一定是哪裡出了錯。「歐度夫與布吉」的員工名單裡沒有他，必定有某種合理的解釋。也許他的名字不小心被漏掉了。也許公司才剛電腦化，而他的代表號被誤鍵，所以當總機搜尋時，他的名字出不來。也許兩邊的總機都是新手，並不熟悉所有律師。但是爲什麼整個芝加哥查號台也查不到他？

「妳好像有心事，」馬里諾終於說：「從我一進來，妳就不對勁。」

「只是疲勞。」我回答。

「鬼扯。」他啜了口咖啡。

我幾乎嗆到，當我聽到他說：「蘿絲告訴我妳出城了。妳在紐約跟史巴拉辛諾談過話？」

「蘿絲什麼時候告訴妳的？」

「不重要，別找妳祕書的麻煩。」他說：「她只是告訴我妳出城了，沒說去哪裡，爲了誰，做什麼。剩下的都是我猜出來的。」

「怎麼猜的？」

「妳剛才告訴我的。」他說：「妳沒否認我的問題，對吧？跟史巴拉辛諾談了什麼？」

「他說他找過你，也許你應該先告訴我，你們談了什麼？」我這麼回答。

「沒什麼。」馬里諾從菸灰缸上拿起菸。「有天晚上他打電話到我家，也不說是怎麼知道我的名字跟電話的。他要貝蘿的文件，我不想給他。本來我打算合作一點，可是那傢伙是個混蛋。他對我直接下命令，以爲自己是哪個埃及法老王。他說他是貝蘿的遺囑執行人，還威脅我。」

「所以你就把鯊魚送上我的門？」我說。

馬里諾意外的看著我。「沒有，我根本沒提到妳。」

「你確定？」

「我當然確定。我們通話的時間不超過三分鐘，妳的名字從頭到尾沒出現過。」

「你在警方報告上列的手稿呢？史巴拉辛諾沒問起嗎？」

「他問過，」馬里諾說：「我沒告訴他任何細節，我說所有的手稿都當成證物列管，而且我不能透露案子的相關內容。」

「你沒告訴他你找到的手稿都交給我了？」我問。

「絕對沒有。」他詫異的看著我。「我跟他說那個做什麼？事實又不是如此。我親眼看范德檢查上面的指紋後，就把手稿帶回去了。現在手稿跟貝蘿的其他東西正在警局的特別儲藏室裡。」他頓了一下，「怎麼了？史巴拉辛諾是怎麼跟妳說的？」

我起身重新爲我們倒滿咖啡。回來後，我將一切告訴了馬里諾。當我說完，他以不敢置信的眼光看著我。他的眼神中還有某種令我不安的意味，我想這是我第一次看到馬里諾驚恐的樣子。

「如果他打電話來，妳打算怎麼辦？」

「你是說馬克打來嗎？」

「不，我是說七矮人。」馬里諾諷刺道。

「我會要他解釋，問他到底是不是在『歐度夫與布吉』工作，問他芝加哥爲什麼沒有他的紀錄。」我越說越疑惑。「我不知道，但我會查出到底是怎麼回事。」

馬里諾移開眼光，他的下顎肌肉不斷跳動。

「你在懷疑馬克可能涉案……跟史巴拉辛諾共謀，一起做了不法的事情……犯罪。」我幾乎無法將這駭人的疑慮變成話語。

他生氣的點起另一根菸。「不然我該怎麼想？妳已經十五年沒見到妳的前任羅密歐了，中間沒有連絡過，連他的下落都不知道。突然這傢伙從地球某個角落冒出來，跑到妳家敲門。妳怎麼知道這麼多年來，他都幹了些什麼？妳當然不知道，妳只知道他告訴妳的話……」

我們兩人同時望著響起的電話。我直覺的看了一眼手錶，還沒十點。我充滿恐懼的拿起話筒。

「凱？」

「馬克？」我嚥了一口。「你在哪裡？」

「在家。我剛飛回芝加哥……」

「我在紐約的時候打過電話給你，也打到紐約事務所找你……」我結巴了。「我是在機場打的。」

我們之間一陣意味深長的沉默。

「聽著，我沒有時間了。我只是想告訴妳，我很遺憾事情變成那樣，我要確定妳沒事，再連絡。」

「你在哪裡？」我又問了一次。「馬克？馬克？」

我得到的答覆是電話的嘟嘟聲。

7

第二天，週日。我錯過了鬧鐘的叫聲，錯過了彌撒，錯過了午餐，當我終於爬下床時，只感到自己狼狽不堪。我記不得自己做了什麼夢，但我知道絕對不是場愉快的夢。

電話在晚上七點剛過的時候響起，當時我正在切洋蔥和青椒，打算做一盤並不十分想吃的煎蛋卷。幾分鐘後，我開車在漆黑的六十四號公路上飛馳，儀表板上方放了一張紙條，上面潦草的寫著前往卡勒林園的方向。我的頭腦像不斷電的電腦，一再處理著重複的資訊。蓋利．哈博被殺了。一個鐘頭前，他從威廉斯堡的酒館驅車回家，下車時遭到攻擊。事情發生得極快，凶手手法十分凶殘。他和貝蘿．邁德森一樣，脖子被砍斷。

外頭很黑，一陣陣霧氣反射著車燈，再映回我眼裡，能見度幾乎降到零。這條公路我已走過無數次，可是現在卻顯得陌生，我不確定自己身在何方。我有點緊張的燃起一根菸，突然發現後方有車燈直射過來。黑暗中，我看不出那是什麼車，只知道它已經越過安全距離，不久又稍稍的慢了下來。駛過一哩又一哩的路，不管我是加速還是減速，那輛車始終以一定的距離跟著我。

我轉進一條沒鋪柏油、也沒畫線的小路，後面的車燈依然照著我的保險槓。我的點三八手槍放在家裡，現在我所有的防禦武器就是醫事包裡的一瓶噴霧器。當我轉了個彎，望見前方的豪宅時，我鬆了口氣，脫口叫出：「主啊！感謝你！」屋前的半圓形車道停滿了車，緊急燈光照亮了整個地方。我停下車，跟著我的那輛車居然也停在我後方。我意外的看著馬里諾走出他的車，將大衣衣領翻起來。

「我的天，」我不悅的叫道：「我眞是不敢相信。」

「我也一樣。」他說著走到我身邊，「我也不敢相信。」豪宅的後門口停了一輛白色勞斯萊斯，車周圍排了一圈照明設備，馬里諾走入燈光區。「媽的！我只能說他媽的！」

到處都是警察，他們的臉龐在燈光下看起來特別蒼白。發電機的聲音隆隆作響，間歇的無線電對答聲飄浮在溼冷的空氣中。封鎖現場用的黃條子自門梯扶手圍出了一個不吉祥的四方形。

一名穿著咖啡色舊皮衣的便衣警察朝我們走來。「史卡佩塔醫生？」他說：「我是刑警隊的波提。」

我打開醫事包，取出一包手套和手電筒。

「屍體沒動過，」波提告知我，「一切按照瓦茲大夫的吩咐。」

瓦茲大夫是執業醫師，是全州五百名特約法醫之一，也是我的十大頭痛人物之一。警方在傍晚通知他之後，他立刻就打電話給我。照慣例，凡碰到死因可疑或突然暴斃的名人，應該要通知首席法醫。但是，照瓦茲的慣例，他會迴避所有案子把責任轉給別人，因爲他覺得驗屍很痲煩而且不想寫報告。他是出了名的很少出現在命案現場的法醫，當然這次也不見他的人影。

「我們是和巡邏組同時間趕到的，」波提解釋道：「以防止他們破壞現場。屍體沒翻動過，衣服也沒動過。」

「謝謝你。」我有些分神的說。

「看來他頭上遭受過重擊，也有可能是槍擊，我們沒找到武器。附近地上有許多獵鳥用的子彈，等一下妳就會看到。他似乎是在七點一刻左右回來，把車停在現在這個位置。我們判斷他是在走出車子的時候遭到攻擊的。」

他看著白色的勞斯萊斯，這附近都籠罩在比他更高更老的黃楊樹蔭下。

「你來的時候，駕駛座的車門是開的嗎？」我問。

「不是，」波提答道：「車鑰匙在地上，他倒下的時候好像還握在手上。我剛說過，我們什麼都沒碰過，想等到妳來，或等到天氣迫使我們採取行動。快要下雨了。」他抬頭看著層層厚雲。「也許是下雪。車內沒有任何打鬥或掙扎的痕跡。我們猜凶手一直在等他，說不定是躲在樹叢裡。我只能說一切發生得很快，他姊姊在裡面甚至沒聽到槍聲或其他可疑的聲音。」

我將他留給馬里諾，俯身穿過黃條子走向勞斯萊斯，眼睛緊盯著所踩的每一步。車子所停的位置與後門階梯平行，距離不到十呎。我停下來取出相機。

蓋利．哈博仰躺在地上，頭部離前輪只有幾吋，擋泥板上灑滿了血。他身上的米黃色針織毛衣幾乎全染成紅色。距離臀部不遠的地上有一串鑰匙，從燈光下看正閃著黏稠的血光。他的白髮已經染紅了，臉上和頭皮有許多開口，是重擊敲碎了皮膚所造成。頸部有道從耳朵到另一耳的刀傷，幾乎把他的頭切了下來。不管我的手電筒照到哪裡，都可以看見亮晶晶的獵鳥小彈珠。他的身上和四周至少有幾百顆，連車頂上都有。這種獵鳥彈珠不是從槍裡射出來的。

我在死者身旁不停移動，照相存證，然後蹲下來取出溫度計，小心的塞入毛衣，固定在他的左腋下。測得的體溫爲華氏九十二點四度，目前室外是三十一度，屍體的溫度正以每小時三度迅速下降。氣溫已經低於冰點，哈博所穿的衣服也不是很厚，他部分的小肌肉已經開始僵硬。我估計他的死亡時間不到兩個鐘頭。

接下來，我開始蒐集送往停屍間途中可能掉落的證物，主要是纖維，毛髮或其他會附著在血上的東西倒是不那麼急。我慢慢的檢查屍體和周圍，當細長的光線照射到頸部附近，我注意到一塊綠色的東西，看起來有點像是黏土，裡面藏了幾粒小子彈。我將這塊東西謹愼裝進一個塑膠信封時，豪宅後門突然打開，一個女人睜著驚嚇的眼睛正對著我。她站在走廊上，旁邊陪同一名拿著報告夾的警察。

馬里諾和波提穿過黃條子來到我身邊，那名拿著報告夾的警察也走了過來。後門輕輕關上了。

「會有人來陪她嗎？」我問。

「哦！會，」拿著報告夾的警察一面說，一面吐出霧氣，「哈博小姐的朋友會過來，她說她不會有事。我們也派了兩組人守在附近，確定凶手不會再回來。」

「有什麼線索嗎？」波提問我。

他將雙手插進皮夾克口袋，肩膀拱起來抵禦寒氣，二十五分銅板般大小的雪片開始飄落。

「凶器不只一項，」我回答：「他頭上跟臉部的傷口是遭重創所致。」我指著屍體，手套上已經染滿了血。「他頭部的傷口顯然是爲利器所割。至於那些獵鳥彈珠，沒有一顆變形，似乎也沒有打穿他的身體。」

馬里諾望著四散的彈珠，呈現出疑惑的樣子。

「我也是這種感覺，」波提點頭說：「那些子彈不像是射出來的，只是我不大確定。這麼說，我們的目標不是獵槍，而是刀子和其他類似修車工具的東西？」

「有可能，但是還不能下斷論，」我答道：「我能告訴你的就是他的頸部是被利器所傷，頭上被重物打過。」

「這樣子範圍就太大了，醫生。」波提皺眉說。

「是的，很多東西都有可能。」我同意道。

雖然我也懷疑那些彈珠和獵槍無關，可是我不願下斷言。根據過去的經驗，大膽的假設常會被別人詮釋爲肯定的答案。有一回，由於我說凶器是「類似」冰錐的東西，結果警察忽略了死者客廳裡一根沾血的沙發布粗針。

「可以將他運走了。」我宣布，並將手套脫下來。

哈博被包在一塊乾淨的白布裡，裝進了屍袋。我站在馬里諾旁邊，望著救護車緩緩駛上黑暗而偏僻的路，運送死人不需要搶時間。雪又下得更大了。

「妳要走了嗎？」馬里諾問我。

「你打算再跟蹤我一次嗎？」我臉上沒笑容。

他望著後門旁被燈光包圍的老勞斯萊斯。雪花落在沾血的碎石上，一會兒就融化了。

「我沒跟蹤妳，」馬里諾認真的說：「我是在快回到里奇蒙的時候，收到無線電通知的……」

「快回到里奇蒙？」我打斷道：「從哪裡回到里奇蒙？」

「從這裡。」他伸手進口袋找鑰匙。「我發現哈博是考匹柏酒館的常客，就到那裡強迫他聊聊。半個鐘頭前，他罵了我一句王八蛋，轉身就走。我才離開沒多久，離里奇蒙大概還有十五哩的地方，就收到波提的通知。我飛快的趕回來，恰好認出妳的車，一路跟著妳，怕妳迷路。」

「你是說你今晚在酒館跟哈博說過話？」我吃驚問道。

「沒錯。」他說：「我離開才五分鐘，他就被宰了。」他氣沖沖的走向他的車。「我要跟波提談談，看還能有什麼線索。明天一早我會過去看驗屍，如果妳不介意的話。」

我看著他走開，抖落一頭的雪花。他駕車離開了，我也插進鑰匙發動車子。玻璃刷推開薄薄一層的積雪，突然就停在玻璃中間再也不動了。我的車再度發出一次掙扎的叫聲之後，便成了今晚的第二具屍體。

哈博家的圖書室是個溫暖而氣派的地方。紅色的波斯地毯，上等木材雕成的古董，還有一套十八世紀英國的齊本德爾式沙發（譯註：齊本德爾為十八世紀著名的設計師）。我從來沒有摸過眞正的齊本德爾式沙發，更別說是坐在上頭了。這裡的屋頂很高，屬洛可可的建築風格。四面全是書牆，大部分的書籍封套是皮做的。我正對面是一座大理石的壁爐，裡面正燒著新堆的柴火。

我傾身向前，伸手取暖，順帶欣賞壁爐上掛的畫像。畫中人物是個非常可愛的小女孩，穿著一身白衣，坐在一張小板凳上。她的頭髮很長，是純金黃色。雙手自然的放在腿上，握著一把銀色的小梳子。她半垂眼簾，半張嘴唇，低胸的衣服露出純淨如白瓷般未發育胸部。在升起的滿室暖意裡，她正隱隱的發光。我好奇這張略顯怪異的油畫為何放在這麼顯眼的地方。蓋利．哈博的姊姊進來了，她輕輕帶上門，就像她開門時那麼小心。

「我想這個應該可以使妳暖和點。」她端給我一杯酒。

她將托盤放在小桌上，坐入旁邊一張巴洛克的紅色絨布椅，雙腿斜併一旁，就像長輩口中說的淑女坐姿。

「謝謝。」我說，然後我再次道歉。

我車裡的電池已經與世長辭，連導電線都不能令其起死回生。警察用無線電替我叫了拖車，而且答應在處理完現場後，讓我搭便車回家。我沒有選擇。我不願意在雪中等待，也不想在警車裡坐一個鐘頭，於是我敲了哈博小姐的後門。

她喝了一口酒，雙眼空洞的望著爐火。她和身邊那些名貴擺設一樣美麗，是我見過最高雅的女人之一。銀白色的頭髮柔和的襯托出她貴族般的相貌，高高的顴骨，細緻的五官，骨架纖柔卻又十分硬挺，身穿米黃色高領毛衣和絨布裙。當我看著思德琳．哈博，腦中絕對不會出現「老處女」這樣的字眼。

她很安靜。白雪冰冷的吻著窗子，屋簷下的風瀟瀟吹著，我無法想像獨自住在這間屋裡會是什麼樣子。

「妳還有其他家人嗎？」我問。

「都不在世上了。」她說。

「我很遺憾，哈博小姐。」

「妳不需要再這麼說了，眞的，史卡佩塔醫生。」

她再度扶眼鏡，手指上的綠寶石輝映著火光。她注視著我，使我想起剛才在檢查她弟弟屍體時，她開門瞬間露出的驚恐眼神。然而現在的她卻顯得格外沉靜。

「蓋利早就知道了，」她突然說道：「讓我驚訝的是事情發生的方式，我沒想到居然是有人大膽的等在門外襲擊。」

「妳什麼都沒聽到？」我問。

「我聽到他的車來到門外後，就什麼也沒聽見。他一直沒進來屋裡，我開門出去才發現出事了，便立刻打九一一。」

「除了考匹柏酒館外，他還常光顧其他地方嗎？」我問道。

「不，沒有其他地方了。他每個晚上都到考匹柏，」她移開眼光，「我警告過他不要去那種地方，以他的年齡，加上現在的治安，實在不安全。他身上總是帶現金，而且又容易得罪人。他去酒館從不待久，頂多一、兩個鐘頭。他說爲了靈感，需要接觸一般大衆。蓋利自從出了《銳齒角落》之後，就再也寫不出東西來了。」

我在康乃爾大學的時候曾經讀過那本書，我依稀記得內容是透過一名成長於維吉尼亞農莊的年輕作家的眼睛，來看當時大南方的暴力、亂倫與種族歧視。我記得讀完書後心情很低落。

「很不幸，我弟弟是所謂才華洋溢的一書作家。」哈博小姐又指出。

「許多傑出作家都是這樣的。」我說。

「他只活了年輕時候的歲月，」她繼續以平淡的口吻說道：「之後他變得完全空虛，從此過著沉默且挫折的生活。他對自己所寫的任何一段開頭都不滿意，總是把稿子扔進爐火裡，望著燃燒的紙咒罵。然後他會像一頭憤怒的野牛，在屋裡到處瘋狂的咆哮，直到他願意重新開始。多少年下來，他一直是這樣子。」

「妳對妳弟弟似乎很嚴厲。」我低聲說。

「我是對自己嚴厲，史卡佩塔醫師。」她說道，我們彼此相望著。「蓋利和我有著同樣的血脈，我們之間唯一的不同，是我從不去想已經不能改變的事。蓋利不同，他總是反覆分析他的本性、他的過去，以及是什麼造成他後來的狀況。當然，這種習慣讓他得了普立茲文學獎。至於我，我選擇不去對抗那些顯而易見的事情。」

「像是？」

「像是哈博家族已經家道中落，窮途末路了，而且後繼無人。」她說。

我手上的酒是廉價的紅酒，很酸而且帶著淺淺的金屬味道。警察還要多久才能結束？不久前，我好像聽到卡車的聲音，應該是來拖我的車子。

「我把照顧弟弟看成是我的命運。」哈博小姐說：「我會想念蓋利，只因爲他是我弟弟。但我不會假意辯稱他是多麼好的一個人。」她又淺嚐一口酒。「妳一定覺得我聽起來很冷酷。」

冷酷不是正確的字眼。「妳很誠實。」我說。

「蓋利很有想像力，而且極富感情。我兩者都沒有，也許正是因爲沒有才能忍到現在，否則我絕對不會住在這裡。」

「住在這裡很孤獨。」我猜想哈博小姐是這個意思。

「我不介意孤獨。」她說。

「那麼妳介意什麼？哈博小姐？」我問，一面拿出香菸。

「要不要再來一杯酒？」她問，半邊臉映著火光。

「不，謝謝。」

「眞希望不曾搬到這裡，這屋裡從沒發生過好事。」她說。

「以後妳打算怎麼辦？哈博小姐。」她空虛的眼神讓我發冷。「妳會繼續住在這裡嗎？」

「我沒有別的地方好去了，史卡佩塔醫師。」

「要賣掉卡勒林園應該不難。」我說。我的注意力又游移到壁爐上的畫像。那個小女孩在火光中陰森森的微笑，她知道這裡的祕密，但永遠不會說。

「要離開鐵肺是件很困難的事。」

「對不起，請再說一遍。」

「我是說我已經太老了，老到無法適應改變，」她解釋道：「老到無法追求健康和新的人際關係，回憶才是我的生命。妳還年輕，史卡佩塔醫生，有一天妳會了解這種感覺。妳會發現回顧是難以避免的，妳的個人歷史會把妳推回熟悉的空間，感受曾經發生的事情，讓妳更貼近生命。妳會發現，曾令妳心碎的事情不再那麼讓妳不舒服，那些背叛妳的人也不那麼可憎了。妳會擁抱曾經逃避的痛苦，覺得一切都好受多了。我只能這麼說，一切都好受多了。」

「妳知不知道是誰對你弟弟下手的？」我直接問她，急著想轉移話題。

她什麼都沒說，張大眼望著爐火。

「貝蘿呢？」我執意問道。

「我知道她死前幾個月一直受到威脅。」

「死前幾個月？」我問。

「貝蘿與我很親近。」

「妳知道她受到威脅？」

「是的。」

「是她告訴妳的嗎？哈博小姐？」

「當然是。」

馬里諾查過貝蘿的電話帳單，他沒查到任何一通打到威廉斯堡的長途電話，也沒看過哈博小姐或她弟弟寫給貝蘿的信件。

「所以說，這麼多年來，妳一直和她保持密切的連絡？」

「十分密切，」她回答：「或者說，我們盡可能保持連絡。由於她手上的那本書可能違反跟蓋利簽的合約，而令他非常憤怒，整件事變得很不愉快。」

「他怎麼知道她寫什麼？她跟他說過嗎？」

「她的律師說的。」

「史巴拉辛諾？」

「我不知道他跟蓋利說了什麼，」她說道，臉色變得僵硬，「總之我弟弟知道貝蘿要出書的事，而且十分憤怒。律師在幕後攪局，在貝蘿與蓋利之間反覆嚼舌根，好似他和兩邊都是好朋友。」

「妳知道她的書目前在哪裡？」我小心問道：「在史巴拉辛諾手上嗎？已經在出版的階段了嗎？」

「幾天前，他打過電話給蓋利，我聽到幾句，知道手稿遺失了。他們還提起妳的辦公室，我聽到蓋利說了法醫，指的應該就是妳。後來我弟弟變得很生氣，我想是因爲史巴拉辛諾懷疑我弟弟擁有手稿。」

「這可能嗎？」我想知道。

「貝蘿絕不可能交給蓋利，」她語帶激動的說：「她怎麼可能交給他？他那麼反對那本書。」

我們沉默了一陣子。

然後我問：「哈博小姐，妳的弟弟爲什麼那麼反對？他怕什麼？」

「生命。」

我注視著她，等著她說下去，她再次望著爐火。

「他越害怕，就越遠離生命。」她的語調變得有點奇怪。「隱居對一個人的心理會形成某些影響，會把人腦裡的東西全倒出來，使所有的想法傾囊而出，失去重心，以各種瘋狂的角度彈跳。我想我弟弟唯一愛過的人就是貝蘿，他緊抓著她不放，想全盤占據她，與她永遠的結合。當他發現貝蘿背叛了他，不再受制於他，他變得非常瘋狂，開始懷疑她會洩漏自己所有的祕密，會說出我們在這裡的生活實況。」

當她再度拿起酒杯時，手竟在發抖。她談起她弟弟的方式，就好像他已經死了很多年。她的語氣透著對他的不滿，愛弟弟的心還夾雜了怨氣與痛苦。

「當貝蘿來的時候，蓋利與我已經沒有親人。」她往下說道：「我們的父母都已過世，只剩我們彼此相依爲命。蓋利的脾氣很壞，他是個下筆像天使的魔鬼。他需要人照顧，我願意幫助他，讓他在世上留下作品。」

「這樣的犧牲通常會引來怨忿。」我冒險說道。

沉默，火光閃爍在她細緻的臉龐。

「你們怎麼發現貝蘿的？」我問。

「是她找到我們的。當時她和父親、繼母一起住在加州中部的福瑞思諾。她喜歡寫文章，對寫作非常著迷。」哈博小姐繼續凝視著爐火說道：「有一天，蓋利透過出版商收到了她的來信，信中還附了一篇短文。我到現在還記得那篇文章的內容。她有潛力，只要用心栽培必成大器，於是他們開始通信。幾個月後蓋利寄機票給她，邀請她來這裡。不久，蓋利就買了這棟房子，開始裝潢，全是爲了她。她是如此可愛，爲蓋利的世界帶來了活力。」

「對妳呢？」

她沒有馬上回答。

爐火中的柴移動了位置，掀起火花。

「自從她搬進來以後，事情就開始它複雜的一面，史卡佩塔小姐。我看著他們之間發生變化。」

「妳弟弟和貝蘿之間。」

「我不想和他一樣囚禁她。」她說：「可是蓋利不顧一切想抓著她，要她完全屬於他，結果，他失去了她。」

「妳很愛貝蘿。」我說。

「我無法解釋。」她的聲音很富磁性。「情況變得很爲難。」

我繼續刺探：「妳弟弟不要妳和她連絡。」

「特別是過去幾個月，因爲她的書。蓋利對她完全絕望，這屋裡再也不提貝蘿的名字。他禁止我和她有任何連絡。」

「可是妳還是和她連絡。」

「很有限。」她似乎有難言之隱。

「跟親近的人斷絕關係，一定令妳很痛苦。」

她別開臉，眼光又回到爐火。

「哈博小姐，妳什麼時候知道貝蘿過世的？」

她沒有回答。

「有人告訴妳嗎？」

「我是隔天早上從收音機知道的。」她模糊說道。

天啊！我心想，多可悲呀！

她不再說什麼。我撫慰不到她的創傷，即使我很想安慰她，但卻說不出一句話，於是我們同處靜默中，過了好長一段時間。我終於偷瞟手錶一眼，發現幾乎要午夜了。

房子裡非常安靜，太安靜了，我驚覺。

在溫暖的圖書室待久了，外面的走廊跟教堂一樣冷。我打開後門，所見到的情景令我震驚。車道已經鋪上一片白色的雪毯，上面已經沒有輪胎印，那些混蛋警察就這麼走了。我的車子早就被拖走，他們竟然把我忘在屋裡。該死！該死！該死！

當我回到圖書室，哈博小姐又加了一塊柴到壁爐裡。

「看來他們忘了我。」我說道，我知道我的語氣帶著不悅。「我需要借用電話。」

「沒有辦法，」她平靜的說：「警察走以後，電話就故障了。天氣不好的時候，時常這樣。」

我望著她叉著燃燒的木柴。絲帶似的輕煙從木柴底部往上飄，點點火花往上面的煙囪飛去。

我幾乎忘了一件事。

我現在才想起來。

「妳的朋友……」我說

她又叉了一次柴。

「警察告訴我，妳會有朋友來和妳一起過夜。」

哈博小姐緩緩的直起身軀，轉過頭來，火光讓她臉紅。

「是的，史卡佩塔醫師，」她說：「妳能來眞好。」

8

圖書室外高大的立鐘敲了十二下，哈博小姐又端了酒進來。

「那座鐘慢十分鐘，總是這個樣子。」她似乎急於解釋。

電話眞的故障了，我查過。徒步到城裡要走好幾哩，而且現在的積雪最少有四吋深，我哪裡也去不了。

她的弟弟死了，貝蘿也死了，哈博小姐是唯一活著的人，我希望這一切只是個巧合。我點了根菸，喝了一大口酒。

哈博小姐的體力不足以謀殺她弟弟和貝蘿。可是，如果凶手也想殺哈博小姐怎麼辦？如果他回來怎麼辦？

我的手槍在家裡。

警方會派人在附近埋伏。

怎麼埋伏？搭雪車嗎？

我忽然意識到哈博小姐對我說了些什麼。

「對不起。」我擠出微笑。

「妳似乎很冷。」她再次說道。

她坐回那張巴洛克椅子，面容蒼白的盯著爐火。高張的火焰發出舞動旗子的聲音，偶爾吹起的風將灰燼吹到了壁爐前。我的陪伴似乎讓她感到安心。如果我是她，我也不想孤伶伶一個人。

「我很好。」我說謊，我是很冷。

「我可以替妳拿件毛衣。」

「不用麻煩了，我很舒服，眞的。」

「很難把這棟房子弄得很溫暖。屋頂太高、牆壁又沒有防寒層，不過住久就習慣了。」

我想念我在里奇蒙有暖氣的現代房子，我想念那張有堅實床墊、舖著電毯的雙人床，我想念冰箱旁櫃子裡的那條香菸，以及酒吧裡的上好威士忌。我想到卡勒豪宅又黑又陰沉的樓上。

「我在樓下就好了，睡沙發就可以了。」我說。

「那可不行，柴火一下子就燒完了。」她的手指輕觸著毛衣上的鈕釦，眼睛始終沒離開過爐火。

「哈博小姐，」我再試一次，「妳想是誰對你弟弟和貝蘿下手的？或者，妳知道原因？」

「妳認爲是同一個人做的。」她的話像是結論，而不是問題。

「我會這麼想。」

「我希望自己能幫妳，」她答道：「但是那已經不重要了。不管是誰做的，事實不容改變。」

「妳不要他受到懲罰嗎？」

「已經太多懲罰了，夠了。況且，一切都已無法挽回。」

「難道貝蘿不想要他接受制裁？」

她轉向我，張大眼睛。「但願妳認識她。」

「我想我認識她，某種程度而言。」我溫和的說。

「我無法解釋……」

「妳不需要解釋，哈博小姐。」

「現在一切都好了……」

我看到了短暫的悲傷，她的面容扭曲了一下，又立刻恢復平靜。她不用把話說完，我知道她要說的是現在一切都好了，再也沒有人會將貝蘿和她分開。她們是同伴，是好友。當妳只剩下一個人，無人能讓妳付出時，生命就徹底空虛了。

「我很遺憾，」我同情的說：「我眞的非常遺憾，哈博小姐。」

「現在是十一月中旬，」她又將轉移眼光，「雪下得眞早，一定融化得很快。史卡佩塔醫生，妳明天早上就可以走了，那些忘了妳的人到那時就會想起來的。妳能來眞好。」

她似乎早就料到我會留下來。我腦裡浮出一個可怕的想法，這一切是她計畫好的。當然，那是不可能的事。

「我對妳有個請求。」她說。

「什麼請求，哈博小姐？」

「春天，四月的時候再來這裡。」她望著火焰說道。

「好，我會。」我回答。

「到時候勿忘我會盛開，景象美極了。那是一年當中我最喜歡的時節，貝蘿和我經常採花。妳有沒有近看過那種花？還是妳和大部分人一樣，因為它們很小，從不正視它們？如果妳近看，會發現它好美好美，像是陶瓷燒好後，再由上帝親手上色。貝蘿和我會把花戴在頭上，或裝在一盆水裡，放在屋內欣賞。妳一定要在四月回來，答應我，可以嗎？」她望著我，眼中的情感使我難過。

「好，好，我當然答應。」我是眞的答應。

「妳早上有特別喜歡吃什麼？」她起身問道。

「妳吃什麼，我就吃什麼。」

「冰箱裡有很多東西。」她的回答有點不相稱。「拿著妳的酒，我帶妳去房間。」

她搭著扶手，領著她的客人走上豪華的手雕樓梯。上方沒有頂燈，只有沿路幾盞檯燈照著我們的路。這裡的空氣像地窖一樣冷。

「我就在走廊的另一端，離妳三個門，如果妳需要什麼，可以來找我。」她帶我進入一個小房間。

房間裡面的家具都是桃花心木，中間還鑲著緞木花紋。淡藍色的壁紙上掛了幾幅油畫，有的是花草，有的是河景。遮篷式的床上鋪了厚重的棉被，旁邊有門，通往鋪瓷磚的浴室。房裡空氣沉悶，帶有灰塵的味道，窗子好像從沒開過，只讓回憶在裡面繞。我可以肯定的說，這房間已經有許多許多年沒人睡過了。

「化妝檯的上層抽屜裡有絨睡衣，浴室有乾淨的毛巾和其他用品。」哈博小姐說：「還需要什麼嗎？」

「沒有，謝謝妳。」我向她微笑。「晚安。」

我關了門，帶上脆弱的小門鎖。絨睡衣是抽屜裡唯一的衣物，下面塞了個香包，只是早就失去了香氣。其他的抽屜都是空的。浴室有一支還封著玻璃紙的牙刷，一小管的牙膏，一個從沒用過的紫蘿蘭香皂，還有許多條毛巾，正如哈博小姐所說的。洗手槽已經乾涸多日，當我轉動金色的把手時，流出的水是泥黃色的。過了好久以後水終於清澄，也終於溫熱，我才敢開始洗臉。

睡衣很舊，不過很乾淨，是勿忘我的淡藍色。我爬上床，把帶著霉臭的棉被拉到下巴，熄了燈。枕頭很鬆，我拍打了幾下，還感覺得到裡面羽毛細細的羽管。我實在睡不著，鼻子太冷了，最後決定坐起來把酒喝完。這房間一定曾是貝蘿的。房子裡沒有一點聲音，我似乎聽得見窗外飄雪的聲音。

我不記得自己何時睡著，但是當我睜開眼睛的時候，心臟正強烈的跳著。我做了個惡夢，卻已完全忘記內容。我一時想不起自己身在何處，甚至不確定耳邊的聲音是眞是假。浴室的水龍頭在漏，滴滴答答的敲擊著水槽，門外的地板再次發出嘎吱的響聲。

我開始過濾所有的可能性。是溫度太低，造成了木板的移動；也許是老鼠，可是更像有人在走廊上走動。我摒住呼吸仔細聽，拖鞋的聲音從我門外掃過。是哈博小姐，我心想。聽起來她要下樓。我翻身躺著，似乎又過了一個鐘頭。終於，我開燈下床。已經過了三點半，我想我已經睡不著了，睡衣下的身體正在打顫。我披上大衣，打開門，在漆黑的走廊上緩緩前行。我總算辨出樓梯上方的弧形扶手。

大門兩旁的窗子透著月光，微弱的照著寒冷的大廳。雪停了，星星都出來了，霜下的樹影顯得模糊。圖書室飄出暖氣，引領我走了進去。

哈博小姐坐在沙發上，身上披著毯子。她凝視著火焰，兩頰滿是淚痕。我清了清喉嚨，輕聲叫著她的名字，不希望嚇著她。

她動也不動。

「哈博小姐？」我又叫了一次，更大聲一些。「我聽到妳下樓……」

她倚在沙發的蛇型椅背上，眼睛絲毫不眨的盯著爐火，頭突然無力的側到一邊。我立刻在她身旁坐下，伸手摸她的頸部。她還有體溫，但已經沒有脈搏。我將她拖到地毯上，拼命的嘗試將生命吹入她的肺部，逼她的心臟跳動。不知過了多久，我終於放棄了。我的雙唇發麻，背部和手臂肌肉感到陣陣痙攣而且全身顫抖。

電話依然故障，我無法連絡任何人，完全無計可施。我站在圖書室的窗前，打開窗簾隔著眼淚望著月光照亮的一片雪白。遠方河面一片黑暗，看不到對岸。我已經將她的身體放回沙發，輕輕的蓋上了毯子。爐火滅了，畫像裡的女孩也成了黑影。思德琳．哈博的死完全出乎我預料，令我錯愕。我坐在沙發前的地毯上，望著爐火一分分滅盡，照樣無法使它起死回生。只是這一次，我試都沒試。

我父親過世的時候，我沒有哭。他病了好多年，這期間我成了痲痺感情的專家。我童年的所有時光，他都在病榻上。一天晚上他終於死了，我母親那呼天搶地的悲傷，更使我學會完全抽離。我學會從一個遙遠的位置，俯瞰我支離破碎的家庭。

然後我冷眼看著母親和我那從小自戀、無責任感的姊姊桃樂絲感情破裂。我從她們的尖聲爭吵中悄悄抽身，默默追求自己的生活。我越來越常去修道院與修女爲伍，也越來越喜歡封閉在圖書館裡。在書堆裡我意識到自己智能的早熟，並發現知識能帶給我力量。我在科學方面成績過人，對人體生理學興趣濃厚，並且專心投入自我教育，十五歲時就開始研究解剖方面的書籍。我終於離開了邁阿密去上大學。在女人都當老師、祕書、家庭主婦的年代，我已經決定要當醫生。

我高中成績全是甲等，我打網球，利用假日和暑假的時間不停閱讀。我的家人還在掙扎，他們就像戰敗的受傷南軍，而南北戰爭早已結束。我對約會毫無興趣，也沒什麼朋友。我以優異的成績進入康乃爾大學，領的是全額獎學金。接著到霍普金斯大學念醫學院，到喬治城大學念法律，再回到霍普金斯大學修病理學。我只是模糊的做著選擇，我沒想到我所從事的職業竟會反覆帶我回到父親的死亡現場。我不下千次分解死亡，再組裝回去。我了解它的一切現象，並且在法庭上陳述。我對死亡的一切現象瞭若指掌，但是卻始終無法讓父親重新活過來，而我心中有個小女孩也始終不曾停止哭泣。

壁爐裡的炭灰動了一下，我睡著了。

幾個小時之後，冰冷的藍色晨光讓我更能看清楚身處的這片監牢。我僵硬的站起來，背脊和大腿感到無比疼痛。來到窗前，太陽像一個慘白的雞蛋，浮現在灰色河面上。樹幹在白雪的襯托下，都成了黑色。爐火已冷了，我的腦子裡浮出兩個問題。如果我不在這裡，哈博小姐會死嗎？她為什麼要下來圖書館？我試著想像她走下樓梯，升起爐火，坐入沙發。她望著火焰，心臟也停止了跳動。或者，她注視的是那幅畫？

我打開檯燈，拖了張椅子到壁爐前，爬上去將油畫從掛鉤上取下來。近看油畫，整體效果化為層層色澤和渾厚筆觸。我下了椅子，將畫放在地上，畫上的灰塵飛揚起來。圖畫上沒有簽名或日期，也沒有我想像的舊。畫家故意選擇看來古老的顏色，事實上油畫表面並沒有古畫上常見的裂紋。

我將畫翻過來，檢查後面的裱褙。棕色的包裝紙中央貼了一個金色的商標，上面是威廉斯堡一家裱褙店的名字。我將名字抄下來，重新爬上椅子將畫掛回原位。接著，我從袋裡取出一枝鉛筆，小心的撥著壁爐裡的餘屑，發現黑炭上面有一層薄薄的奇怪白屑，用筆去撥的時候，即勾起像蜘蛛絲一樣的東西。在這之下還有一塊像是融化的塑膠。

「醫生，老實說，」馬里諾一面倒車出停車場，一面說道，「妳看起來像鬼。」

「多謝。」我含糊說道。

「別見怪，我猜妳沒怎麼睡。」

早上我沒赴約執行解剖，馬里諾便立刻打電話到威廉斯堡的警察局。十點左右，兩名難堪的警員出現在豪宅，綁鐵鍊的車輪在雪上留下深深的印子。他們問了我許多關於思德琳暴斃的問題之後，便將她的屍體抬入前往里奇蒙的救護車裡。兩名警員將我載到威廉斯堡市中心的警察總局，那裡的人堆了許多甜甜圈和咖啡在我面前，最後馬里諾終於來接我。

「要是我，絕對沒辦法在那裡過夜，」馬里諾說道：「管他零下二十度，我寧可冒著凍僵的危險，也不要和一具殭屍……」

「妳知不知道公主街在哪裡？」我打斷道。

「幹嘛？」他把帶鏡子的遮陽板移到我面前。

陽光下的白雪亮得刺眼，街上已經泥濘不堪了。

「我想去公主街五〇七號。」我讓他知道我要他載我去。

這個地址位在傳統老街的邊緣地帶，夾在幾家商號中間。剛鏟過雪的停車場上只有不到十輛車，車頂都堆了雪。幸好「鄉村裱褙畫廊」還是開著的。

我出了車子，馬里諾沒多問什麼，他大概感覺到我現在不想回答任何問題。店裡只有一個客人，是一個穿黑外套的年輕人，正隨意翻著架上的海報。一名金長髮女子站櫃檯後面敲著計算機。

「我能爲妳效勞嗎？」金髮女子柔聲問道。

「那要看妳在這裡工作多久了。」我答道。

她以冷淡、疑慮的態度看著我，讓我發現自己看起來可能眞的像鬼。我穿著大衣睡覺，頭髮又一團亂。當我不好意思的撥撥頭髮時，又發現一支耳環掉了。我只好直說自己的身分，取出皮夾讓對方看我的法醫證明。

「我已經在這裡工作兩年了。」她說。

「我想了解你們店裡裱褙過的一幅畫，可能是在妳來之前的事情。」我告訴她，「一幅也許是蓋利．哈博親自送來的畫。」

「哦！天啊！我在收音機裡聽到他的消息了。哦！天啊！眞是糟透了。」她飛濺著唾沫叫道：「我請席吉門先生跟妳談。」她到後面去叫人。

席吉門先生是個矮小卻很有紳士派頭的人。他見面便直接告訴我：「蓋利．哈博已經很多年沒光顧本店了，據我所知，這裡的人跟他都不熟。」

「席吉門先生，」我說：「蓋利．哈博家裡的壁爐上，有一張金髮女孩的畫像是在你們店裡裱的，可能是很多年前，請問你記得嗎？」

他的灰色眼珠隔著眼鏡望著我，眼神裡沒有一點憶起的光芒。

「乍看下像是很有歷史的一張畫。」我解釋道：「畫中人物的處理方式有點特別，大約是九、十歲，最多十二歲，卻穿得像一個女人。白色的衣服，坐在板凳上，手上握著銀梳子。」

我真氣自己沒拍下拍立得照片，我的相機一直放在醫事包裡，卻忘了拿出來用。當時我太茫然了。

席吉門先生的眼睛亮了起來。「我想我記得妳所說的那幅畫，是一個很漂亮的女孩，但是不太尋常。有點曖昧，是的。」

我沒有插嘴。

「至少是十五年以前的事了……讓我想想。」他的中指輕觸嘴唇。「不，」他搖頭，「不是我。」

「不是你？什麼不是你？」我問。

「不是我裱的，應該是可拉蕾，她是當時在此工作的助手。我相信……事實上我肯定是可拉蕾裱的。用最高級的畫框裱的，但是並不值得，那幅畫並沒那麼好。」他皺眉道：「算是她比較差的一幅……」

「她？」我打斷道。「你是說可拉蕾？」

「我是說思德琳．哈博。」他若有所思的看著我。「她是個畫家。」他停頓一會兒。「多年前她常畫畫，據我了解，他們的房子裡還有個畫室。當然，我從沒去過就是了。以前她經常帶畫來裱，她都畫靜物、風景。如果我記得沒錯，妳剛才說的那幅畫是她畫的唯一一幅人像。」

「她是多久以前畫的？」

「至少十五年前了，我剛說過。」

「有人當她的模特兒嗎？」我問。

「也有可能是照著相片畫的……」他依然皺著眉頭。「我沒有回答妳的問題。我是說，如果有人當模特兒，我也不知道哪是誰。」

我有點意外，但是沒有表現出來。貝蘿住到卡勒林園的時候大約十六、七歲。難道席吉門先生和城裡的人都不知道這件事？

「很悲哀，」他沉思道：「像他們這麼聰明有才華的人，居然沒有親人，也沒有孩子。」

「朋友呢？」我問。

「不清楚。我並不太認識他們。」他說。

你也沒機會認識他們了，我有點惡劣的這麼想。

我回到停車場的時候，馬里諾正拿著抹布擦擋風玻璃。他那漂亮的車子已經被融雪和鹽弄得污穢不堪。看起來他爲此不太高興。駕駛座旁的地上有一堆菸蒂，是他從菸灰缸裡倒出來的。

「兩件事，」我們繫安全帶時，我十分認眞的對他說：「哈博家的壁爐上有一張畫像，畫的是一個金髮的小女孩。十五年前，哈博小姐將畫帶來這裡裱褙。」

「是貝蘿．邁德森？」他取出打火機。

「可能是她的畫像。」我回答：「如果是，畫中的年紀比她認識哈博的時候還要小。而且，處理方式有點怪異，看起來像是個雛妓……」

「啊？」

「性感。」我坦率的說：「故意將小女孩畫得誘人。」

「嘿！妳是在告訴我蓋利．哈博是個變童癖？」

「可是畫是他姊姊畫的。」

「媽的！」他罵道。

「第二件事，」我往下說：「我直覺認爲裱褙店的老闆不知道貝蘿住在哈博家，不曉得其他人知不知道。假設他們不知道，但是，怎麼可能不知道？她住在那棟宅院裡好多年。馬里諾，那兒只離市中心兩哩路，這只是個小鎭啊！」

他開著車，眼睛直視前方，沒有回答我。

「不過，」我轉念道：「他們是隱居人士，如果蓋利．哈博刻意要將貝蘿隱藏起來，人們是不會知道的。不管怎麼說，這之間必定有不健康的隱情，只是可能跟他們的死沒關係。」

「『健康』不是恰當的字眼。不管是不是隱居，也不應該完全沒有人知道她住在那裡，除非他們將她關起來，或把她銬在床柱上。該死的變態狂！我討厭變態狂！我最討厭虐待孩子的人，妳知道嗎？」他轉頭看我。「我恨死了那種人。我又有那種感覺了。」

「什麼感覺？」

「我們的普立茲先生約貝蘿出去，」馬里諾說：「她說要在新書裡揭他的瘡疤，他火大了，下次去見她的時候帶了把刀。」

「那麼又是誰殺他的？」我問。

「或許是他那古怪的姊姊。」

不管是誰殺了蓋利．哈博，他應該有足夠的力量重擊哈博，使得哈博立刻陷入昏迷狀態。再者，在脖子上開一道口不像是女性凶手的行爲。我從來沒見過女人犯下這種案子。

經過一段沉默後，馬里諾問：「哈博小姐看起來老態龍鍾嗎？」

「有點怪異，但是不老。」我說。

「精神不正常嗎？」

「不。」

「基於妳所說的，我認爲她對她弟弟被殺的反應不太正常。」他說道。

「她受到了驚嚇，馬里諾，受到驚嚇的人反應都不正常。」

「妳想她是不是自殺？」

「有此可能。」我回答。

「現場有沒有藥？」

「有一些家常用藥，沒有足以致命的。」我說。

「沒有外傷？」

「我沒發現。」

「妳知道她到底是怎麼死的嗎？」他望著我，神情嚴肅。

「不知道。」我回答。「目前完全不知道。」

「我猜你要去卡勒林園了。」馬里諾將車子停在法醫大樓前，我說道。

「很想去一探究竟。」他說。「回家去，好好睡一覺吧！」

「別忘了蓋利．哈博的打字機。」

馬里諾掏著口袋找打火機。

「記下廠牌跟型號，還有墨水帶。」我提醒他。

他點著菸。

「還有其他文具或打字紙。我建議你也蒐集一點壁爐裡的灰，別忘了那些東西很難保存……」

「別見怪，醫生，可是妳現在跟我媽一樣嘮叨。」

「馬里諾，」我生氣的說：「我跟你說眞的。」

「對，眞的，妳應該好好的睡一覺。」

馬里諾跟我一樣不耐煩，他可能也需要睡一覺。

停車場上空無一車，水泥地上滿是機油斑點。走進停屍間，我注意到平時上班時間聽不到的電流聲和發電機的響聲。今天冰箱裡的臭味似乎特別重。

他們的屍體併躺在左牆邊。可能是我太累的緣故，當我掀開思德琳．哈博的白布時，膝蓋突然感到一陣虛軟，醫事包掉落地上。我想起她美麗的面容，以及她打開後門看到我檢驗她弟弟屍體、雙手手套沾滿血時的驚惶眼神。姊弟二人都在這裡了，我只需要確定這點。我輕輕將白布蓋回她空洞如橡皮面具般的臉龐。

剛走進冷藏室時，我沒太注意到思德琳腳邊的黃色底片盒。當我彎腰拿醫事包時，好好的看了它一眼，這下才意識到事情的嚴重性。柯達三十五釐米二十四張軟片。我們組裡買的一向是富士軟片，而且是三十六張的。運送哈博屍體的人員幾個小時前就走了，何況他們不可能照相。

我回到走廊。電梯上面的燈引起我的注意，電梯在二樓，大樓裡有別人！也許是巡邏的警衛。但是當我想到軟片空盒的時候，頭皮不禁開始發麻。我緊抓著醫事包的帶子，決定走樓梯。到了二樓，我小心的推門，仔細傾聽裡面的聲音。東面的辦公室沒人，燈是關著的。我繞到前廊，經過空教室、圖書館、費爾丁的辦公室，沒看到人也沒聽到什麼。為了安全起見，我決定回辦公室打電話給警衛。

當我看到他，我的呼吸簡直停止，連頭腦也停止運轉了。他敏捷而安靜的翻著檔案櫃裡的文件，藍色夾克的領子翻到了耳邊，鼻子上架著飛行員的太陽眼鏡，手上戴著手術手套。他看起來結實冷酷如大理石，我無法在他發現前及時撤離。他的雙手停止了動作。

他邁出步子，我的反射動作命我將醫事包當鐵鎚朝他雙腿間揮了過去，用力之猛，連他的眼鏡都歪了。他痛得往前傾，失去了重心，使我有機會往他的腳踝再猛踢一下。他跌倒在地，肋骨因他胸前照相機的緣故而沒有直接撞地，我想那肯定不好受。

我將醫事包裡的東西全倒出來，瘋狂的找出我總是隨身攜帶的那瓶噴霧器。霧氣噴了他一臉，他痛苦得不住狂叫，掩著臉在地上打滾。我趁此時打電話求救。警衛趕到前，我又拿噴霧器對準他直噴。警察到了。我那歇斯底里的人質哀求我們送他到醫院。毫無所動的警察將他的雙手銬在背後，搜他的身。

根據他的駕駛執照，這個入侵者名叫杰普．布萊斯，三十四歲，住華盛頓特區。他的絨布長褲後口袋插了一把九釐米的自動手槍，有十四顆子彈，一顆已經上膛了。

我不記得自己曾走進辦公室拿公用配車的鑰匙，但是我一定做了，因為快天黑時，我駕著一輛深藍色的箱形車回到家門口。我們組裡專門用這種車運屍體，所以車身很大，後車窗故意用窗簾遮著。車廂裡有一塊活動木板，方便運送屍體的時候進出，一個星期至少用上幾次。這種長度的車，是我開過最難停車的一種。

我沒有聽留言，也沒有把答錄機關掉，就直接走到樓上。我的右手肘和肩膀十分酸疼，手掌的小骨也隱隱作痛。我將衣服丟在椅子上，洗了個熱水澡就麻木的倒在床上睡著了。睡得很沉、很沉，沉得跟死去似的，身軀像鉛一樣在黑夜裡游著。

電話鈴響，答錄機直接接聽。

「……我不知道什麼時候還能打來，所以聽好，凱，我聽說蓋利．哈博的事了……」

我睜開眼睛，心跳加速。馬克焦急的聲音將我從痲痺中拖出。

「……不要插手，不要介入，拜託！我會盡快再跟妳連絡……」

當我終於找到話筒，只聽到嘟嘟聲。我把馬克的留言又重新聽了一次，然後將自己埋進枕頭裡開始啜泣。

9

隔天早上，馬里諾來到停屍間時，我正在蓋利．哈博身上劃下Y字形刀痕。

我將肋骨拿起來，從胸腔裡取出些許內臟。馬里諾無聲的在一旁觀看，房間裡只聽到水槽的滴水聲，手術器材的敲擊聲，還有對面助手霍霍的磨刀聲。我們今早要檢驗四具屍體，解剖台都客滿了。

既然馬里諾不發問，我便自動引發話題。

「從杰普．布萊斯那裡查出什麼？」

「警察沒有他的檔案，」他瞪著眼，倉促的回答：「沒有前科，也不招供。如果他開口說話，我猜他會變成男高音，因爲妳那好身手。我來之前到過偵訊局，他們正在沖洗他照相機裡的照片。一洗好，我就拿過來給妳看。」

「你看過了嗎？」

「只看到底片。」

「結果呢？」我問。

「在冰庫裡拍的，都是哈博兩姊弟。」他說。

不出我所料。「他會不會是哪家八卦雜誌的記者？」我戲謔的說。

「異想天開。」

我抬頭看馬里諾，他似乎心情不佳，看起來也比平常狼狽，刮鬍子刮出兩道傷，眼睛又充滿血絲。

「我認識的記者不會帶葛雷茲九釐米的槍。」他說：「被逮到的時候也會囉唆的吵著要銅板打電話給報社律師。但是，這傢伙一語不發，非常職業。他破了門鎖進來，選的是國定假日，沒人上班的星期一下午。我們找到他的車，停在三條街外的超市停車場，是租來的，車上有行動電話。後車廂有大批的彈匣，夠一小支軍隊用了，還有一支麥克十號機關槍跟防彈背心。他絕不是記者。」

「我不認爲他是職業級的。」我表示道：「將底片盒留在冰庫裡是很大意的行爲。再說，如果他眞的很小心，應該選擇半夜兩、三點進來，而非光天化日。」

「妳說得沒錯，留下底片盒確實太大意，」馬里諾附議道：「但是我可以解釋他選擇的時間。如果布萊斯在冰庫的時候，殯儀館或警察剛好來運屍，他可以表現出是在這裡工作的樣子。要是他在半夜兩點進來，一旦被抓到就毫無藉口。」

不論如何，杰普．布萊斯是有目的而來。他那把葛雷茲九釐米手槍是最恐怖的武器，其子彈可以在撞擊的剎那間立刻散裂，像鉛製冰雹般把肌肉內臟炸爛；麥克十號機關槍是恐怖分子跟毒梟的最愛，在中美洲、中東和我的家鄉邁阿密，可用極低廉的價格獲得。

「你們的冰庫可能要上鎖了。」馬里諾提議道。

我早就想到，只是一直沒有實現。殯儀館和警察經常在下班以後進出冰庫，上鎖會對他們很不方便。此外，還得另配鑰匙給安全警衛和值班的地方法醫，他們都會抗議，引發問題。該死！我最討厭問題！

馬里諾的注意力轉回到哈博身上。不需要解剖或專家就能得知哈博的死因。

「他的頭顱上有多處裂傷，腦子也一樣。」我說明道。

「他的頸子最後被割，跟貝蘿一樣？」

「他的頸靜脈和頸動脈都被切斷，如果他仍有血壓，應該會在幾分鐘內因失血過多而死。可是他的內臟顏色並沒有變得很淡，也就是說，他不是因流血過多致死。他死於頭部受創，因此在脖子被割前就死了。」

「沒有因自衛而受傷的痕跡嗎？」

「沒有。」我放下手術刀，將哈博的指頭一隻隻扳開。「指甲沒裂，沒有挫傷，完全沒有抵禦武器的襲擊。」

「也不知道是被什麼重擊的。」馬里諾思量道：「天黑後他開車回家，凶手早已經在等他了，大概是躲在樹叢裡。哈博停了車走出勞斯萊斯，預備關車門的時候凶手出現，重擊他的後腦……」

「左前下行的冠狀動脈呈現百分之二十的狹窄現象。」我說出檢查結果，一面尋找鉛筆。

「哈博已經斷氣，凶手還在逞凶。」馬里諾繼續他的分析。

「右冠狀動脈呈百分之三十的狹窄現象。」我將數據寫在空的手套包裝袋上。「沒有血管梗塞的痕跡。心臟健全，不過有點擴大。大動脈開始鈣化，顯示初期的動脈硬化。」

「然後那傢伙抹了哈博的脖子，像是爲了確定他送命。」

我抬起頭。

「不管是誰做的，他要哈博非死不可。」馬里諾重複道。

「我不確定兇手會做這麼合理化的思考。」我反對道：「看看他，馬里諾，」我將頭皮蓋回破蛋似的頭骨，指出上面的傷口解釋，「他的頭部至少被撞七次，已經足以讓他致命，結果他又被割斷了脖子，這是蓄意殺人，跟貝蘿的案子一樣。」

「好吧！是蓄意殺人，我不跟妳爭。」他說道：「我只是說兇手要確定貝蘿跟哈博是眞的死了。整個頭幾乎都快砍下來了。他非要這樣才能高枕無憂，不怕受害者活過來指控他了。」

我開始將胃裡的東西倒進容器裡，馬里諾做了個怪臉。

「不用檢查了，我可以告訴妳他吃了什麼，我就坐在那裡看他吃的，花生跟兩杯馬丁尼。」他說。

哈博死的時候，胃裡的花生已經消化的差不多了，只剩下褐色的液體，我還能聞到酒味。

我問馬里諾：「你跟他談了什麼？」

「什麼也沒談。」

我瞥了他一眼，將標籤貼在容器上。

「我到酒館後，喝了一點檸檬汽水，」他說：「等了十五分鐘。五點鐘的時候，哈博走進來。」

「你怎麼知道是哈博？」他的腎有一點結石，我將它們放在秤上，記下重量。

「看他的白髮就知道了，」馬里諾說：「就跟波提描述的一樣，我一眼就認出來了。他找了張桌子坐下，沒跟任何人說一句話，點了他的『一樣』，就開始吃花生等酒。我觀察好一陣子才走過去，抓了張椅子坐下來自我介紹。他說他幫不了我也不想談話。我逼問他，貝蘿被人威脅了幾個月，他知不知道。他顯得很不耐煩，說他不知道。」

「你認爲他說的是眞話？」我也想知道哈博的飲酒習慣，他的肺部脂肪過多。

「我無法得知。」馬里諾將菸蒂彈到地上說道：「接著，我問他貝蘿遇害的當晚，他在哪裡。他說跟往常一樣在酒館喝酒，喝完就回家了。我又問他的姊姊能否爲他作證，他說她不在家。」

我驚訝的抬頭，手術刀還懸在空中。「她去哪裡？」

「出城了。」他說。

「他沒說是什麼地方？」

「沒有。他這麼跟我說：『那是她的事情，別問我。』」馬里諾看著我切下一片肝臟，覺得噁心。「我原來最喜歡吃洋蔥肝片，妳相信嗎？我所認識的警察中，沒有一個看過解剖後還吃肝的……」

我拿電鋸鋸開頭顱的時候，馬里諾投降了。他退到後面，骨頭屑在刺鼻的空氣中飄揚。就算屍體沒有腐爛，打開內部時還是會發出臭味，看起來也很不舒服。我必須稱讚馬里諾，不管解剖情況多糟，他總是會出現。

哈博的頭腦很軟，有幾處損傷，出血不多，表示受傷後沒活多久就斃命。幸好如此，他和貝蘿不同，他還沒來得及感到恐怖或痛苦，也不用求饒就死了。此外，他的死法跟貝蘿還有幾點不同。他沒有受到威脅，至少我們還沒發現。他的死沒有性侵害的成分。他是被打死，不是被砍死，而且他的衣物沒有遺失。

「他的皮夾裡有一百六十八塊錢。」我告訴馬里諾，「他的手錶跟戒指也登記了。」

「他的項鍊呢？」

我不知道他在說什麼。

「他有一條很粗的金項鍊，上面有一枚紋章，是個盾牌。」他描述道：「我在酒館看到的。」

「他來的時候身上沒有，昨晚在凶殺現場也沒看到……」我說『昨晚』，已經不是昨晚了。哈博是在上星期日死的，今天已經是星期二，我已經弄不清時間了。過去兩天完全不眞實，要不是早上我將馬克的留言重聽了一次，我也會懷疑那通電話不是眞的。

「可能是凶手拿走了，又是紀念品。」馬里諾說。

「這不合理，」我說：「殺死貝蘿的凶手對貝蘿有瘋狂的占有慾，所以拿走她的東西當作紀念品，但是拿哈博的東西又是爲了什麼？」

「可能是戰利品，」馬里諾提議道：「跟打獵剝皮的道理一樣，有可能是職業殺手作爲工作成績的證據。」

「我以爲職業殺手會更俐落一點。」我辯駁道。

「對，妳以爲，就像妳以爲杰普．布萊斯如果夠職業，不至於會把底片留在冰箱裡。」他有點諷刺的說。

我脫下手套，將所有的試管與取樣標上籤條，收拾好文件，上樓回辦公室，馬里諾跟著我。蘿絲將晚報留在我的記事簿上。哈博的凶案和他姊姊的暴斃都上了頭條，旁邊一則新聞將我的心情打落谷底：

首席法醫涉嫌「遺失」爭議性手稿

消息發出點爲紐約，報導最後還提到我昨天下午當場制伏一個名叫杰普．布萊斯的行竊者。我猜關於手稿的指控是來自史巴拉辛諾，杰普．布萊斯的部分來自警察報告，我手邊成堆的電話留言，則是來自記者。

「你有沒有查過她的電腦磁片？」我將報紙丟給馬里諾時問道。

「有，」他說：「我看過了。」

「有沒有找到大家搶著要的那本書？」

他看著報紙，含糊說道：「沒。」

「不在裡面？」我感到困惑。「不在她的磁片裡？怎麼可能？她是用電腦工作的呀！」

「別問我，」他說：「我看了大概有一打磁碟片，沒有最近寫的東西，看起來都是以前寫的小說，沒有關於她自己或哈博的內容。我找到幾封信，包括兩封寫給史巴拉辛諾的商業信函，沒什麼令人興奮的東西。」

「也許她離開基韋斯特島前，將磁片放到什麼安全的地方了。」我說。

「也許，不過我們還沒找到。」

這時候費爾丁走了進來。他穿著綠色的短袖手術衣，露出那雙看似猩猩的手臂，結實的雙手上還沾有手術手套裡的白色滑石粉。費爾丁像是自己的造物主，天知道他要花多少個小時在健身房雕琢他的身體。在我看來，他對健身和對工作的熱愛程度不成比例。他才進來一年多也很有能力，不過已呈現倦怠的跡象。他越不愛工作，就變得越健壯。我打算再留他兩年，才讓他轉到比較乾淨、收入也更好的醫院病理科。希望他不要太早變成大力士。

「我還不能交思德琳·哈博的報告，」他大步繞到我桌角來，「她血液裡的酒精濃度只有〇·三，胃裡的消化物也沒給我什麼線索，沒有出血、沒有異味、心臟很好、沒有梗塞、動脈血管很乾淨、頭腦也正常。只有一個地方有問題，她的肝有肥大現象，大約是兩千五百公克重。脾臟重一千公克，有被膜增厚現象。此外一些淋巴結似乎有問題。」

「有沒有轉移？」我問。

「沒有大量的轉移現象。」

「顯微觀察，送急件。」我指示道。

費爾丁點頭，快步離開。

馬里諾大惑不解的看著我。

「可能性很多，」我說：「白血球過多、淋巴瘤，或任何一種膠原方面的疾病，有些是惡性的，有些不是。脾臟和淋巴都是免疫系統的一部分，換句話說，脾臟跟所有血液方面的疾病有關。至於肝臟肥大則無助於我們診斷這方面的疾病。總之，我一定要透過顯微鏡觀察組織變化，才能知道結果。」

「妳能不能說得白話一點？」他點燃香菸。「簡單的告訴我阿諾史瓦辛格大夫發現了什麼。」

「她的免疫系統對某種東西有反應，」我說：「她病了。」

「嚴重到在沙發上暴斃？」

「我不認爲。」我說。

「會不會處方藥害的？」他提道：「說不定她吃了大量的藥，把藥罐丟到火爐裡，這可以解釋妳在炭灰上發現的融化塑膠，甚至可以解釋我們在她屋裡除了家常用藥外，沒找到任何處方藥罐的原因。」

用藥過量也是我考慮的因素，但是現在怎麼猜都沒有用。不管我怎麼要求，不管她的案子有多重要，毒物報告都要幾天、甚至幾星期才能出爐。

至於她的弟弟，我已經有了想法。

「我想蓋利・哈博是被人用自製武器打死的，馬里諾。」我說：「可能是一段金屬管，中間塞獵鳥彈珠增加重量，兩端以類似黏土的東西封起來。凶手拿它猛揮了幾次以後，有一塊黏土飛出來，才使得子彈散落滿地。」

他思索著，彈了彈菸灰。「跟布萊斯車上找到的武器不一樣，也不是哈博老太婆會想得出來的東西。」

「我猜你在哈博家沒找到黏土、陶土或獵鳥子彈一類的東西。」

他搖頭說：「他媽的，沒有。」

我的電話鈴聲整天沒有停止過。

我在「神祕而珍貴的手稿」遺失案中所扮演的關鍵角色，以及關於我「收服歹徒」的誇張描寫已經傳遍了所有媒體。記者們都想來分一杯羹，有些守在停車場，有的出現在大廳，手中的麥克風和攝影機都準備妥當，像是上了膛的來福槍一樣。一名無禮的電台DJ居然在廣播中說我是全國唯一戴金黃手套，而非一般橡皮手套的首席女法醫。情況很快演變成無法控制，我開始認眞考慮馬克的警告。史巴拉辛諾非常懂得怎麼讓我的生活變得很悲慘。

每當湯馬士．愛斯瑞吉五世有什麼新想法，他總是不經過蘿絲，直接撥我的專線。當我接到他的電話，心裡並不驚訝，甚至覺得鬆了口氣。下午，我們在他的辦公室見面。他的年齡足以當我父親，有著邱吉爾的面容，年輕時親切樸實的特質經過了歲月的焠鍊，已經使他成爲一個令人尊敬的長者。我們一直相處得很好。

「公關替身？妳認爲會有人相信嗎？凱？」檢察長順手摸摸繞著背心的錶鍊。

「我覺得你已經不相信我了。」我說。

他的反應是拿起萬寶龍鋼筆，慢慢轉開筆套。

「沒有人有機會懷疑眞假，」我的立場其實有些無力，「他們對我的指控毫無根據，湯姆，我就照這說法還一記給史巴拉辛諾，讓他嚐嚐滋味。」

「妳感到孤立，是不是？」

「是的，我本來就是個孤立的人，湯姆。」

「這種情形經常會變得無法收拾，」他沉思道：「總是會越鬧越大。」

他揉揉牛角眼鏡後面那雙疲憊的眼睛，將筆記簿翻到新的一頁，開始習慣性地在紙上分析。他在紙中央畫一直線，一邊列下優點，另一邊列下缺點。至於是什麼事情的優缺點，我不知道。等他寫完半張紙，我看見一邊顯然比另外一邊長。他往後靠，皺眉抬頭。

「凱，」他說，「妳有沒有發現妳比前幾任首席法醫更常涉入經手的案子？」

「我不認識前幾任法醫。」我回答。

他淺淺一笑。「妳沒有回答我的問題。」

「老實說，我從來沒想過這個問題。」

「我猜妳也不會想到，因爲妳太專注了，凱。妳的專注是當初我支持妳當首席法醫的原因。好處是妳鉅細靡遺，是一流的法醫，也是個傑出的行政主管；壞處是妳有時會讓自己陷入泥淖。比方說一年多以前的那個案子，要不是妳，不但無法破案，而且還會有更多的女人受害。不過，妳自己也差點送命。」

「至於昨天發生的事情，」他稍微停頓，搖頭笑著，「我必須承認我很佩服妳『修理他』，我記得早上收音機是這麼說的。那是眞的嗎？」

「不完全是。」我不自在的回答。

「妳知道他是誰，在找什麼？」

「不確定。」我說：「他去停屍間拍蓋利和思德琳．哈博的照片。他被發現時所翻的檔案內容並沒有提供別的線索。」

「檔案是照字母順序排列的？」

「他正好翻到M和N的部分。」

「邁德森的M？」

「可能是，不過邁德森的檔案都鎖在前面辦公室，我的檔案櫃裡沒有她的東西。」

他的中指點著筆記簿，沉默了一段時間。「我寫的是我所知道的最近幾件案子。貝蘿．邁德森、蓋利．哈博、思德琳．哈博。這些案子的懸疑性已經足以寫成一部偵探小說，現在又加上了法醫捲入手稿遺失案。凱，我想告訴妳兩件事：第一，如果有人再向妳要手稿，妳可以建議對方和我連絡，我會讓他們吃官司。我可以動員我的人手，看看能不能讓那些人改變主意。第二，經過我慎重考慮之後，我認為妳應該像座冰山。」

「請問是什麼意思？」我不安的問。

「冰山浮出水面的部分只是整體的一小塊。」他答道：「我不是要妳低調行事，即使妳的確需要低調行事，因為目前來說那是最保險的。我是希望妳不要對媒體說太多，盡量讓自己看起來像是無足輕重的人物。」他又碰碰錶鍊。「讓妳的曝光率跟一切行動成反比。」

「你是想告訴我專心工作，不要讓聚光燈照亮我的部門？」我抗議道。

「可說是，也可說不是。專心工作，是。至於不讓媒體光臨妳的部門，我想那不是妳能控制的。」他靜了一下，交疊的雙手放桌上。「我很了解勞伯．史巴拉辛諾。」

「你見過他？」

「很不幸的，我和他是在法學院認識。」他說。

我不可置信的望著他。

「哥倫比亞大學，一九五一年畢業的那屆。」愛斯瑞吉說道：「他是個肥胖又傲慢的年輕人，性格上很有問題。不過他也很聰明，如果不是我的介入，他會以第一名畢業，直接為司法部長工作。」他稍稍停頓。「後來是我到了華盛頓，很榮幸的為雨果．布來克先生服務，勞伯則留在紐約。」

「他原諒你了嗎？」我問，頭腦裡一團疑雲。「你們之間必會存在某種心結。他能原諒你擊敗他，以第一名畢業嗎？」

「他每年都寄聖誕卡給我。」愛斯瑞吉淡淡的說：「是電腦印出來的卡片，署名是用圖章蓋上去的，我的名字也拼錯了。那種卡片也算是一種侮辱了。」

我現在了解爲什麼他要接手手稿的事了，他要直接和史巴拉辛諾對決。「你想他是不是故意引起這一切，好利用我來對付你？」我略顯遲疑的問。

「妳的意思是說遺失手稿只是他的陰謀，他弄得天翻地覆只爲了間接給我黑眼圈跟頭痛嗎？」他苦笑。「他不會只爲這個。」

「說不定是額外的誘因呢？」我推論道：「他知道凡和我部門有關的爭議跟訴訟，最後都會由州檢察長出面處理。況且從你剛才的描述中，我覺得他是個報復心很重的人。」

愛斯瑞吉的雙手指尖互觸，盯著我說：「讓我告訴妳我在哥倫比亞聽到的一個關於勞伯·史巴拉辛諾的故事。他來自於離異家庭，跟母親同住。他的父親在華爾街賺了不少錢，每年勞伯會去紐約與父親見幾次面。他很早熟，熱愛閱讀，對文學相當著迷。有一次，他說服父親帶他到阿根昆餐廳吃中飯，因爲名作家桃樂蒂·派克和她的文人朋友也會在那裡。當時的勞伯特不過九歲左右，據他自己長大後告訴哥倫比亞的酒友，那次的見面是他計畫好的。他已經想好到時候走向桃樂蒂·派克，伸出手自我介紹：『派克小姐，很榮幸見到妳。』結果，他走上前去，說的竟是：『派克小姐，很見到榮幸妳。』對方的回答也很薄情，她說：『很多男人都這麼對我說過，不過沒見過像你這麼小的。』全桌的人大笑，傷透了史巴拉辛諾的心。他覺得這是奇恥大辱，一輩子都不能忘。」

我想到一個胖小孩伸出汗溼的手，說出那樣的話，心裡只覺得同情，一點也笑不出來。如果我在孩提時也被心目中的偶像這麼羞辱，一樣也不會忘記。

「我告訴妳這個故事，」愛斯瑞吉說道：「是要讓妳知道這個傷痛怎麼延續到現在。當史巴拉辛諾告訴哥倫比亞的朋友這件往事時，他已經醉了而且很難過，還大聲發誓說他要報復，他要讓桃樂蒂．派克跟全世界的人知道，他不能被嘲笑。結果呢？他成了國內最有名的出版界律師，在編輯、經紀人、作家之間自由穿梭，所有業界的人心裡都恨他，但是表面上都敬他三分。據說他現在經常到阿根昆吃中飯，堅持所有的書籍、電影簽約事宜都在那裡進行。他心裡一定常對桃樂蒂．派克的鬼魂嗤鼻。」他中斷了片刻。「很離譜是嗎？」

「不，不需要心理醫師也能了解。」我說。

「聽我的建議，」愛斯瑞吉注視著我，「讓我應付史巴拉辛諾，妳盡可能不要跟他聯絡。不要低估他，凱，就算妳以為沒跟他說過什麼，他也會在字裡行間揣摩訊息，他是這方面的專家。我不清楚他和貝蘿．邁德森、哈博姊弟間有什麼關係，也不知道他有什麼不懷好心的陰謀。總之，我不要他更進一步的了解這些命案的內幕。」

「他已經知道不少了，」我說：「他手上有貝蘿．邁德森的警察報告，別問我是怎麼辦到的……」

「他的人脈很廣，」愛斯瑞吉直說：「我建議妳非必要不要把任何報告流入其他管道。加強安全警衛，檔案櫃都加鎖。要求妳的部門人員保密，在未確立來者眞實身分前，不可透露任何消息。史巴拉辛諾懂得運用所有門路，對他來說，這是個遊戲。很多人可能受到傷害，包括妳，更不要說案子出庭後會變成什麼局面。他隨便利用媒體吹一陣風，我們都要到南極才躲得掉。」

「他可能料到你會這麼做。」我低聲說。

「妳是說他料到我會出面，不假手他人直接處理這件事？」

我點頭。

「嗯！可能。」他回答。

我確定是的。我不是史巴拉辛諾的目標，他的老同學才是。史巴拉辛諾無法直接挑戰州檢察長，因爲在檢察長之前有守衛、祕書、助理等層層關卡。於是史巴拉辛諾選中了我，而且如願以償。他這樣利用我使我更爲氣憤。我突然想到了馬克，他在這其中究竟扮演什麼角色？

「難怪妳要生氣。」愛斯瑞吉說：「現在妳只能放下自尊跟情緒，凱，我需要妳的協助。」

我聆聽著。

「能讓我們走出史巴拉辛諾陷阱的，就是那份人人都要的手稿。妳有沒有辦法追蹤到？」

我感覺我的臉熱了起來。「湯姆，東西根本沒進過我部門……」

「凱，」他堅定的說，「妳答非所問。很多東西不需要進妳的部門，妳還是有辦法追蹤到。

有人突然死了，妳可能在其生前偶然聽他抱怨過胸口痛，可能看過他的處方籤，甚至有可能聽過他家人不小心說出他有自殺傾向。我的意思是妳也許沒有執行權，可是妳還是能調查得出來。有時候妳甚至可以探知沒有人願意跟警察說的內情。」

「我不想當個普普通通的證人，湯姆。」

「妳是個專業證人。妳當然不是普通人，那太糟蹋妳了。」他說。

「警察都是精通盤問的人，」我澄清道：「他們也預料到人們不一定告訴他們實話。」

「妳認爲人們會告訴妳實話嗎？」

「一般醫生都相信人們會說眞話，至少會盡量說眞話，他們不認爲患者需要對他們說謊。」

「凱，站在妳自己的立場說話。」

「我不想進入那種狀況……」

「凱，妳的工作明文規定法醫應該調查死因，並且將發現寫成報告。這條規定涵蓋的範圍其實相當廣泛，它賦予妳完全的調查權，只是不能逮捕嫌犯而已，妳應該了解。警察絕對找不到手稿，只有妳找得到。」他平視著我。「這對妳和妳的清譽，比對警察更重要。」

我別無他法，愛斯瑞吉向史巴拉辛諾宣戰，我被徵召了。

「把手稿找出來，凱。」檢察長看了眼手錶。「我了解妳，只要妳願意，妳就能找到，或至少查出背後發生了什麼事。已經有三個人送命，其中一個還是普立茲文學獎得主，他的書是我最喜歡的。我們一定要調查到底。還有，妳查到任何有關史巴拉辛諾的事，都要轉達給我。妳會盡力的，是嗎？」

「是的，長官，」我回答，「我當然會盡力。」

我的第一步是壓榨部門研究人員。

文件分析是少數幾個能立刻看到結果的手續之一，答案就跟白紙黑字一樣，再清楚不過了。星期三下午，文件分析室主任維爾、馬里諾和我三人在分析室裡一待就是幾個鐘頭。我們得到的結果使我們只想出去喝酒解悶。

我不知道自己究竟想得到什麼結果。如果我們可以證明哈博小姐扔進壁爐裡的東西正是貝蘿的手稿，那麼事情就簡單了。我們大可由此推論貝蘿將東西交給了朋友保管。我們也可以假設手稿中有不爲人知的祕密，使得哈博小姐不願意與世人分享。當然，更重要的是我們能就此證明手稿不是從殺人現場遺失的。

但是我們所拿到的稿紙分量跟紙質並不支持這種假設。我們所蒐集到的都是燒毀的紙灰，未燒盡的碎片最大只有十分硬幣的大小，不值得我們放到影像比對測定器的紅外線濾鏡下做進一步觀察。現代的技術跟藥水也無法替我們鑑定剩下的捲曲絲狀白灰。這些白灰極易碎，我們甚至不敢從盒子裡取出來。我們不但關了門也關了風扇，盡量減少房間內的空氣流動。

檢驗程序是惱人的、瑣碎的，不停的拿夾子將無重量的灰夾到這裡，夾到那裡。目前我們所得知的是哈博小姐燒了數張二十磅重的棉紙，上面有碳製墨帶所引的字。有幾個原因可以證明這一點。以樹木紙漿所生產的紙經燃燒後會變黑，以棉製造的紙燒出來則非常乾淨，束狀的白屑和在哈博小姐壁爐裡蒐集到的非常近似。沒有燒完的碎紙經比對與二十磅重棉紙相符。再者，碳不燃燒，火的溫度只能使碳字縮成最細小的印刷體，所以我們還能從白色的薄屑上辨識出幾個完整的字，其他的字就碎裂不堪了。

「a－r－r－i－v，」維爾唸出字母，年輕的臉已經透著疲憊，古板的黑邊眼鏡後面是一雙充血的眼睛，但是他工作的必備條件就是耐性。

我將這不全的字抄到已經寫了半頁的筆記上。

「arrived（已到達）、arriving（正到達）、arrive（到達），」他嘆息道：「不知道還能代表什麼。」

「arrival（剛到的）、arriviste。」我邊想邊說著。

「arriviste？」馬里諾不客氣的問：「什麼鬼東西啊？」

「熱衷追求社會地位的人。」

「對我有點艱深。」維爾認真的說。

「對每個人恐怕都太艱深了。」我同意道。眞希望樓下的頭痛藥現在在我身邊，也希望我的頭痛純然出自眼睛的過度疲勞。

「主耶穌啊！」馬里諾抱怨道：「字，字，字！我一輩子沒見過這麼多字。一半以上都沒聽過，也不覺得丟臉。」

他靠入旋轉椅背，雙腳翹在桌上，讀著維爾從蓋利．哈博的打字機上所抄下的文字。他的墨帶不是碳製的，也就是說哈博小姐所燒的文件並非來自她弟弟的打字機。顯然蓋利．哈博嘗試開始寫另一本書，不過馬里諾正在閱讀的內容並不成文。稍早我讀的時候，曾經懷疑哈博的靈感是否來自酒精。

「這爛東西怎麼賣呀？」馬里諾說。

維爾又從灰燼中拼出一點什麼來，我傾身仔細檢查。

馬里諾往下發表道：「每次有什麼名作家翹辮子的時候，就會有人出版他以前沒出過的文章，其實那些都是作家不願意發表的東西。」

「啊？」

「對，那種東西就叫『文學饗宴上的殘渣』。」我含糊說道。

「沒什麼。你手上的東西不到十頁，」我隨意說說：「很難出書。」

「對，但還是可以印在《君子》雜誌上，說不定《花花公子》也可以，大概可以值不少錢。」馬里諾說。

「這個字一定代表著某個地方或公司，」維爾完全沒聽到我們的對談，兀自沉思道，「Co的C字是大寫。」

「有意思，很有意思。」我說。

馬里諾站起來看。

樣。

「小心，不要呼吸。」維爾警告著，他手上的夾子穩穩的夾住一塊白屑，上面有bor Co的字

「Co可能代表County（縣）、Company（公司）、Country（國家）、College（大學）。」我猜測道。我的血液又開始流動，使我甦醒過來。

「前面怎麼會出現bor？」馬里諾疑惑著。

「Ann Arbor（安·雅柏）？」維爾推測道。

「會不會是維吉尼亞州的某個縣？」馬里諾問。

我們想不出任何一個是以bor做字尾的縣。

「Harbor（海港）。」我說。

「後面是Co？」維爾懷疑著。

「也許是什麼海港公司？」馬里諾說。

我著手查電話簿。有五家公司的名字包含「海港」這個字：東海港、南海港、海港村、海港進口、海港廣場。

「我們的方向好像錯了。」馬里諾說。

我撥了查號台，收獲也不大。我問查號員威廉斯堡是否有什麼叫海港這個或海港那個的公司，得到的答案是除了一處公寓外，沒有其他的。接著我又打電話給威廉斯堡的波提警官，除了那棟公寓外，他也想不出別的。

「我們不要再鑽牛角尖了。」馬里諾煩躁的說。

維爾又埋首那盒灰燼。

馬里諾從我背後看著我們所列出的單字。

You（你）、Your（你的）、I（我）、My（我的）、We（我們）、Well（好），都是常見的字。還有一些造句上的連接字，像是and（與）、is（是）、was（曾是）、that（那）、this（這）、which（哪）、a（一）、an（一）。有的字有特定意義，比方說town（城鎮）、home（家）、know（知道）、please（請）、fear（畏懼）、work（工作）、think（想）、miss（遺失或思念）。至於一些不完整的字，我們只能猜測其生前是什麼字。Terri和terrib出現了好幾次，我們猜想這個字原來可能是terrible，也只能想出這個字。可是其用意是什麼？它可以代表「糟透了」的「糟」字；可以是「我甚爲難過」中，有負面意義的「甚爲」；也可以是「你眞是好極了」裡的代表善意的「極」字。

我們最有意義的發現是認出了思德琳和蓋利的名字，而且重複出現數次。

「我滿肯定她燒的是私人信函，」我下結論道：「紙質和用字使我不得不這麼想。」

維爾同意。

「你在貝蘿．邁德森家裡有沒有發現什麼文具？」我問馬里諾。

「電腦紙、打字紙，就只有這些，沒有這種昂貴的棉紙。」他答道。

「她的印表機用的是色帶，」維爾手上夾著灰屑提醒道：「我又找到了一個。」

我看了一眼。

這次出現的只有or C。

「貝蘿的電腦跟印表機都是藍尼牌，」我告訴馬里諾，「我認爲應該查查她是不是一直用這兩台。」

「我查過她蒐集的購物收據。」他說。

「從哪一年開始的收據？」我問。

「她有的我都查過，涵蓋了五、六年。」

「一直用一台電腦？」

「不，」他說：「不過一直是同一台印表機，一六〇〇號機型，用的都是同一種色帶。在這之前用的是什麼，我就不知道了。」

「我懂了。」

「幸好妳懂，」馬里諾揉著背部肌肉怨道：「我可是什麼都不懂。」

10

位於維吉尼亞州匡提科市的聯邦調查局訓練中心是由玻璃與紅磚組成的建築。我永遠忘不了幾年前在那裡的情形，早上總是被機關槍聲吵醒，一不小心走錯方向，便差點被迎面而來的坦克車輾斃。

這天是週五早上，班頓·衛斯理與我們約好見面。我到的時候，馬里諾已在水池邊等候。我跟著他走往新大樓，他走一步，我得走兩步才趕得上。大樓前廳非常寬闊，光線充足，像一個高級旅館，所以這裡有個綽號叫「匡提科希爾頓」。馬里諾將手槍交給櫃檯，把我們兩人的資料登記好。在我們配戴來賓證的同時，櫃檯人員通知衛斯理，說我們已經完成了安檢手續。

這裡像個迷宮，由許多玻璃走廊連接各區的辦公室、教室和實驗室。從一棟大樓到另外一棟大樓，完全不需要經過室外。不管我來得多頻繁，都一定會迷路。馬里諾似乎知道方向，於是我亦步亦趨的跟著他，看著一群群以顏色區分身分的學生與我們擦身而過。紅色襯衫加卡其褲的是警察；灰色上衣，黑色褲子塞入亮長靴的是新的緝毒組探員，他們的學長則穿全黑制服；新的聯邦調查局探員穿藍色上衣，卡其色長褲；最菁英的人質組穿全白色。這些學生不管是男是女，每個人的身材都很適中，儀容也極爲整齊。我可以嗅出他們軍人般的氣質，還有一股擦槍劑的味道。

我們走進電梯，馬里諾按下標有ＬＬ的按鈕（大家都戲稱LL代表Low Low，最低階層）。那是地下六十呎深的地方，也就是室內射擊室底下的第二層樓。我認爲訓練中心把「行爲科學組」放在這樣接近地獄的地方是滿合理的。「行爲科學組」是新的名稱，從前裡面的工作人員都叫做犯罪研究探員（Crimimal Imvestigative Agents），簡稱ＣＩＡ，與中央情報局一樣，容易搞混。現在名字雖是新的，工作內容卻沒改變。他們永遠研究變態殺人狂，也就是那些專以造成別人極端痛苦爲樂的魔鬼。

出了電梯，我們走進一條土褐色的長廊，又走進一個土褐色的辦公室。衛斯理出現了，領我們進入裡面的一間會議室。朗．韓諾威已經坐在長桌的一端。這名纖維專家總記不得我是誰，每回他伸手，我就要再自我介紹一次。

「是，是，史卡佩塔醫生，妳好嗎？」每回他都這麼問候。

衛斯理關上門。馬里諾東張西望，因找不到菸灰缸而嘮叨，好不容易才找到一個可樂罐子代替。我抵抗自己也想從袋子裡拿菸的慾望，但訓練中心就跟加護中心一樣沒有煙味。

衛斯理背部的白襯衫都皺了，雙眼疲勞的看了看資料夾裡的文件，然後很快的破題。

「思德琳．哈博的案子有沒有新發展？」他問。

昨天我看過她的組織片，對所發現的結果並不感到意外，但是卻無助於我了解她猝死的原因。

「她有慢性骨髓性白血病。」我回答。

衛斯理抬頭。「是死因嗎？」

「不是。事實上，我不確定她是否知道自己有此病症。」

「奇怪，」韓諾威表示道：「怎麼可能不知道自己生了白血病？」

「白血病的發作是在不知不覺中進行的，」我向他們解釋，「有些症狀非常溫和，像是夜間盜汗、疲倦、體重減輕。說不定一段時間前，醫師已經診斷她患此病症，而一切都在控制中。總之，她的生命尚未遭受威脅，白血球也還沒增加到不可收拾的地步，也沒有出現任何嚴重感染的情形。」

韓諾威有些困惑。「那麼她到底是怎麼死的？」

「不知道。」我承認道。

「藥物中毒？」衛斯理一面寫筆記一面問。

「藥物組已經開始第二輪的測試，」我回答，「初步的調查顯示〇．三的酒精濃度。此外，她的血液中含有類似嗎啡的右旋美沙芬（譯註：dextromethorphan，中樞性鎮咳劑，長期服用無成癮性和耐藥性）是普通咳嗽藥裡含有的成分。我們在她家樓上的浴室洗手台上找到一瓶咳嗽藥，裡面還剩下一半的分量。」

「所以不是咳嗽藥害的。」衛斯理自言自語道。

「喝掉一整瓶也無害。」我告訴他，並又加了一句，「我同意這的確很難解釋。」

「一有新發現立刻通知我好嗎？讓我知道她究竟是怎麼回事。」衛斯理說。他又翻了幾頁筆記，開始計畫中的下一步。「朗研究過貝蘿凶案的纖維，我們現在就開始討論這部分，之後，」他抬眼看著我們，「我要跟你們談另外一件事。」

衛斯理看起來有些沉重，我感覺他這次召集我們的理由不會讓我們太高興。韓諾威的表現剛好相反，他還是那付鎮定自若的樣子。他的頭髮、眉毛、眼珠全是灰色，甚至連他的西裝都是灰的，如此平靜，又如此平淡的顏色，讓我不禁懷疑他有沒有血壓。

韓諾威簡潔有力的開場：「史卡佩塔醫生，你們要求我做的纖維調查，除了一項例外，並沒有其他意外的結果。沒有特別的色素，橫切面也沒有任何不尋常的形狀。我的結論是六根尼龍纖維都是來自六種不同的物件，和你們里奇蒙的檢測人員說的一樣。還有，其中四種與車上的地毯材料吻合。」

「你怎麼看得出來？」馬里諾問。

「尼龍沙發布跟地毯在陽光和高溫下都容易褪色，」韓諾威說：「如果事先不經過金屬色素染色，也就是抗紫外線與抗熱處理的話，車上的地毯會在短時間內褪色。我以X射線螢光檢測後，發現有四種纖維含有金屬成分。雖然我不能斷言說那四種纖維就是來自車內地毯，可是兩種材料的確是吻合的。」

「有沒有辦法追蹤出是什麼車的地毯？」馬里諾想了解。

「恐怕沒辦法。」韓諾威回答，「除非這幾種纖維很特別，才有可能追查到專利廠商，否則一定徒勞無功，尤其是日本製的車子。我以豐田汽車爲例。地毯的最前身是小珠子，這些珠子是從美國出口到日本的。日本人將珠子紡成纖維紗後，又運回美國織成地毯。地毯又送回日本加裝到車內，車子再運回美國來賣。」

他越說希望越渺茫。

「就算是美國本土生產的車子，也是頭痛的問題。比如克萊斯勒汽車，它可能會跟三個不同的供應商訂購同一種顏色的地毯。車子生產到一半，它可能又會更換供應商。假設你跟我都開八七年黑色的LeBavons車子，內裝都是棗紅色。但是，我的地毯製造商還是可能跟你的地毯製造商不同。所以說，這次纖維調查的唯一發現，就是它們來自不同的物件，其中四根可能來自車上地毯。所有纖維的顏色跟橫切面都不同，有的材料是烯烴類，有的是戴諾，有的是壓克力棉，五花八門，眞是奇怪的很。」

「很顯然的，」衛斯理判斷道：「凶手的職業或環境會使他接觸到不同種類的地毯。還有，他殺害貝蘿．邁德森時所穿的衣服布料容易使纖維附著在身上。」

毛料、燈芯絨、法蘭絨屬於這種布料，我心想，但是我們沒找到任何毛纖維或染色棉纖維。

「戴諾纖呢？」我問。

「通常拿來做女人的洋裝，有時也用來生產假髮、假皮草。」韓諾威答覆。

「是，但不全然是。」我說：「以戴諾纖製成的襯衫或長褲會像多元酯一樣容易引起靜電，使東西容易附著，這樣就可以解釋凶手身上爲什麼帶有這麼多纖維。」

「有此可能。」韓諾威答道。

「說不定那混球戴假髮。」馬里諾提議道：「我們知道是貝蘿讓他進門的，也就是說她不覺得來者具侵略性。如果敲門的看起來是女人，大多數的婦女都不會感到害怕。」

「你是說男扮女裝？」衛斯理道。

「說不定，」馬里諾回答：「有些扮相還眞迷人，連我都看不出來，除非走近仔細觀察他們的臉蛋。」

「如果凶手是個變裝者，」我指出，「又怎麼解釋那些附著在他身上的纖維？假使那些纖維是來自他的工作場合，他不可能在工作時男扮女裝。」

「搞不好他是男扮女裝的妓女，」馬里諾說：「一整個晚上進出別人的車子，或在汽車旅館的地毯房間來來去去。」

「那麼他所選擇的對象不應該是貝蘿。」我說。

「對，可是這就能解釋他爲什麼沒有留下精液。」馬里諾說：「男扮女裝、男同性戀通常都不會強暴女人。」

「他們通常也不會謀殺女人。」我說。

「我最先提到，纖維調查結果有一項例外，」韓諾威說道，瞄了一眼手錶。「也就是妳所好奇的那根橘色纖維。」他灰色的眼睛注視著我。

「三葉型的那根。」我回想起道。

「是的，」韓諾威點頭，「是很少見的形狀，製成這種形狀的主要目的是藏灰塵與分散光線。據我所知，七〇年代末出產的普里茅斯汽車上有三葉型纖維所製的地毯，其橫切面和貝蘿案的那根一樣。」

「但是我們找到的纖維是壓克力棉，」我提醒他，「不是尼龍。」

「妳說對了，史卡佩塔醫生。」他說：「我之所以那麼說，只是要提供妳一個比較完整的背景，凸顯出那根纖維的罕見性。它是壓克力棉，又是鮮橘色，鮮橘色永遠不會出現在車子的地毯上。因此，我們可以排除幾種可能的出處，包括七〇年代末的普里茅斯汽車，甚至妳所能想到的任何一種車子。」

「所以說，你過去從來沒看過類似的橘色纖維？」馬里諾問道。

「我現在就要跟你們說這個。」韓諾威略顯遲疑。

衛斯理替他說道：「去年我們看過和這根橘色纖維完全一樣的纖維，那是來自一樁雅典劫機案。朗受託研究波音七四七在希臘雅典被劫後，所留下的微物證據。我相信你們都記得那樁案子。」

無聲。

連馬里諾都暫時說不出話。

衛斯理繼續說著，雙眼因難題而黯淡下來。「劫機者殺了兩名美國軍人，將他們的屍體丟出機外。二十四歲的卻特．藍茲是第一個被拋出來的人，橘色的纖維黏在他左耳的血上。」

「纖維是來自機艙的裝潢嗎？」我問。

「不像是，」韓諾威答道：「我將纖維與地毯、座椅、上方行李櫃所存放的毯子做過比較，沒有一樣相符。藍茲應該不是從飛機以外的地方沾上纖維，因爲纖維是附著在溼血上，顯示是出血後立即沾上。所以纖維有可能是從恐怖分子身上轉移給他的。還有一種可能，就是纖維出自機上其他旅客，假設如此，那麼帶纖維的旅客應該在藍茲受傷後碰過他。不過經目擊者的描述，沒有旅客接近過他。恐怖分子將藍茲帶離其他乘客到飛機前面，在那裡毆打，並開槍射殺他。然後拿機上的毛毯包裹他的屍體，將其丟到跑道上。那條毛毯是土黃色的。」

馬里諾不顧一切的問道：「請說明一下希臘的劫機跟兩個作家在維吉尼亞州被殺有什麼關係？」

「一樣的纖維。」韓諾威答道：「我並不是說劫機案跟貝蘿．邁德森謀殺案有直接的關係，但因爲那根纖維是相當稀有的東西，所以我們必須考慮兩案之間可能有交集點。」

不是可能，是一定。一定有交集點，人、地、物，必然是三者之一，我自忖，並且漸漸想起劫機案的細節。

「辦案人員始終沒機會盤問恐怖分子，其中兩個死了，另外兩個依然逍遙法外。」我說。

衛斯理點頭。

「那些人眞的是恐怖分子嗎？班頓？」我問。

他停頓片刻才開口：「我們一直無法證明他們和任何恐怖組織有關聯，但是我們假設他們的行動是一項反美宣言。飛機是美國的，機上有三分之一乘客是美國籍。」

「劫機者穿什麼衣服？」我問。

「平民服裝，長褲，開襟上衣，沒什麼特別的。」他說。

「兩個死亡劫機者身上沒發現其他的橘色纖維？」我問。

「我們不知道，」韓諾威答覆，「他們在跑道上被殺，我們來不及要求讓他們與遇難的美軍一起運回接受檢驗。很不幸，我只拿到希臘當局所做的纖維報告，沒辦法親自檢查劫機者的衣物，我們可能錯過了很多線索。不過，就算我們從兩名死亡劫機者身上蒐集到一、兩根橘色纖維，恐怕還是無法推測其出處。」

「什麼！你的意思是說一個逃走的劫機犯現在跑到維吉尼亞殺人？」馬里諾語氣強烈的問道。

「我們不能完全排除這種可能，彼德。」衛斯理說：「即使看起來很荒謬。」

「沒辦法證明那四個劫機犯跟任何恐怖組織有關聯，」我回想道：「也不知道他們的身分跟犯罪目的，只知道其中兩人是黎巴嫩人，另外兩個逃走的可能是希臘人，如果我沒記錯的話，當時政府當局曾經懷疑他們的眞正目標是美國大使，因爲大使去度假，預定與家人搭乘那班飛機返國。」

「沒錯，」衛斯理說：「巴黎的美國大使館在那之前幾天遭到炸彈攻擊，於是大使祕密改變了旅行計畫，但是訂位依舊保留。」

他瞥了我一眼，手上的原子筆輕敲著指關節。

他又說道：「劫機者也有可能是受雇的職業殺手小組。」

「夠了！夠了！」馬里諾不耐煩的回到主題：「我們也懷疑貝蘿．邁德森和蓋利．哈博的命案可能是職業殺手幹的。從案情分析，的確像是職業殺手所爲。」

「我認爲我們還是應該繼續追蹤橘色纖維的出處。」我立刻表示，「我們也該更注意史巴拉辛諾，看看他與那位原是劫機者目標的大使有沒有任何關係。」

衛斯理沒有搭腔。

馬里諾正拿著隨身小刀修指甲。

韓諾威看看大家，覺得我們似乎都沒問題要問他了，便告辭離去。

馬里諾又點著一根菸。

「這種做法是白費工夫，」馬里諾噴出一口煙，「根本說不通嘛！爲什麼需要僱請國際殺手去襲擊一個浪漫女作家跟一個過氣的小說家？」

「很難說，」衛斯理說：「要看誰跟誰有關係而定。媽的，要看很多事情而定，彼德，什麼都一樣，我們現在所能做的只是盡力研究證物而已。說到這裡，我要跟你們提議程的下一步，杰普．布萊斯。」

「他已經被釋放了。」馬里諾自動回答。

我難以置信的看著他。

「什麼時候的事？」衛斯理問。

「昨天。」馬里諾道：「保釋金五萬。」

「請問你，他是怎麼辦到的？」我對馬里諾沒告訴我這事感到相當氣憤。

「別發火，醫生。」他說。

我知道申請保釋出獄有三種方法。第一個是簽下私人具結書。第二個是交付現金或以財產抵押。第三個是由保釋經紀人出面保釋，但是他需要收取百分之十的服務費，還要一個保證人簽名承擔責任，一旦罪犯逃走，他才有地方討債。馬里諾說杰普．布萊斯採取的是第三種方法。

「我想知道他是怎麼辦到的。」我又重複了一遍，並且取出我的香菸，把可樂罐移得離我近些。

「我只知道他打電話給律師，律師替他開了一個銀行帳戶，再把存摺寄到好運之家。」馬里諾說。

「好運之家？」

「對，『好運之家保證經紀公司』，位於第七街，離監獄只有一條街，眞方便。」馬里諾答道：「查理．洛克開的公司，等於是犯人的專用當鋪，外號叫『當，就走』。查理跟我認識很久了，偶爾我們會在一起喝個小酒，講講笑話。有時他會透露一點什麼，有時他又守口如瓶。不巧這次他決定守口如瓶，不管我怎麼挖，他就是不肯告訴我布萊斯的律師是誰。不過我覺得那律師不是當地人。」

「布萊斯顯然認識一些有力量的人。」我說。

「顯然是。」衛斯理同意。

「他從來沒招供過什麼嗎？」我問。

「他有權保持緘默，他還眞徹底的行使這項權利。」馬里諾說。

「有沒有調查過他那些武器？」衛斯理再次記筆記。「登記過嗎？」

馬里諾答：「都登記在他的名下。他居然還有攜帶強力武器的執照，六年前由一個北維吉尼亞州的老法官簽發的，那個老法官已經退休，搬到南方去了。布萊斯的執照申請書上顯示他未婚，在特區一家名為『芬寇斯坦』的金銀交易中心工作。『芬寇斯坦』現在已經關了。」

「監理處有沒有他的資料？」衛斯理繼續抄寫著。

「沒收過罰單，名下有一部八九年的寶馬，住址設於特區杜旁街的一處公寓，不過他去年冬天就搬走了。房東找出他的租約，工作欄上寫的是自聘。我還在追蹤，最近會請國稅局將他過去五年的報稅資料調出來。」

「他會不會是私家偵探？」我問。

「至少在特區沒有登記。」馬里諾答道。

衛斯理抬起頭看著我說：「他受人雇用，只是我們不知道雇用目的為何。他的行動失敗了，幕後指使者必定會再試一次，我不希望下回再讓妳碰上，凱。」

「如果我說我也不想碰上，你們會相信嗎？」

「我的意思是，」他突然像一個嚴肅的父親，「我希望妳避免一切可能讓自己陷入危險的狀況，比方說，我認為妳最好不要在大樓無人的時候工作。我不光是指週末，妳平常也不要工作到晚上六、七點，那時大家都回家了，隻身一人走到黑暗的停車場是非常危險的。最好是在五點鐘離開，同事才能照應妳。」

「我會記住。」我說。

「如果妳一定要加班，凱，至少打電話請警衛陪妳走到車上。」衛斯理還沒說完。

「碰到那種情況，乾脆打電話給我。」馬里諾自願道：「妳有我的呼叫器號碼，要是我不在，叫他們派警車送妳。」

好，我心想，今晚若能十二點以前回到家就算幸運了。

「務必格外小心。」衛斯理認眞的看著我。「畢竟已經有兩個人被殺，凶手又還沒抓到。行凶動機不明，案情離奇，我不得不相信任何情況都可能發生。」

我開車回家路上，不只一次回想起他的話。任何情況都可能發生，也就是說沒有情況不可能發生。一加一不等於三，也可能等於三。思德琳的死與他弟弟和貝蘿的死不能劃上等號，說不定也能畫上等號？

「你曾告訴我，貝蘿死的那晚，哈博小姐不在家，」我對馬里諾說：「你有沒有更進一步的線索？」

「沒有。」

「不管她去哪裡，你認為她是開車去的嗎？」我問。

「不是，哈博家裡只有那輛白色的勞斯萊斯。貝蘿死的那晚，開車的是她弟弟。」

「你怎麼知道？」

「問過考匹柏酒館的人，」他說：「那晚，哈博到酒館的時間一如往常，他一個人開車去，六點半左右離開。」

一連串的事件後，我竟然在週一早上的會議中宣布休年假，在場同仁無不吃驚。大家都猜我是在杰普·布萊斯事件中受到過度驚嚇，所以需要休息療養。我沒有告訴他們我會去哪裡，因爲連我自己也不知道。我就這麼走出大樓，身後是悄悄鬆口氣的祕書，跟一桌待處理的公事。

回到家後，我花了整個早上打電話給有班機飛到里奇蒙拜爾德機場的航空公司，那是對思德琳·哈博最方便的機場。

「我知道改變行程需付百分之二十的罰金，」我告訴全美航空的票務員，「妳誤會了，我不是要改期，我是在問妳幾個星期前，她有沒有上飛機？」

「不是妳個人的票嗎？」

「不，」我已經說三次了，「機票是她的。」

「那麼她要親自打電話來才行。」

「思德琳·哈博死了，」我說：「她不能親自打電話給妳。」

對方無聲。

「她在啓程前不久突然暴斃，」我說明著，「妳能不能查一下電腦……」

我不斷解釋已經到了覆誦的程度。全美航空沒有資料，達美航空、聯合航空、美國航空、東方航空也都沒有資料。根據這些公司的辦事人員表示，哈博小姐不曾在十月最後一個星期飛離里奇蒙，那是貝蘿遇害的同個星期。哈博小姐也沒有開車，我不認爲她會選擇公車，那麼只剩下火車了。

美國鐵路公司一名叫約翰的專員表示他的電腦壞了，說他稍晚會回我電話。我掛下電話後，門鈴響了。

還不到中午，空氣依然十分清新。陽光透過窗子在我家劃上一格格四方形白色光影，也使得門口所停的一輛陌生的銀色馬自達汽車分外顯眼。我從窺視孔看到門外站著一名金髮年輕人，低著頭，皮夾克領子拉到了耳邊。堅實的手槍沉沉的握在我手上，我將其藏在外衣口袋，鬆開了門鎖。面對面時，我終於認出他來。

「是史卡佩塔醫生嗎？」他緊張的問。

我沒有請他進門的意思。我的右手放在口袋裡，手指扣著扳機。

「請原諒我這麼冒昧，」他說：「我打電話到妳辦公室，他們說妳休假。我從電話簿上查到妳的電話，可是一直講話中，我想妳一定在家。我很需要跟妳談談，可以讓我進來嗎？」

他本人看起來比錄影帶上更不具侵略性。

「你想談什麼？」

「關於貝蘿．邁德森的事。」他說：「我叫艾爾．杭特，不會占用妳太久的時間，我發誓。」

我退後幾步讓他進門。他坐入客廳沙發，臉色蒼白如紙。我挑了扶手椅坐下，離他有一段安全距離，他看到我外套突出的槍柄。

「呃……妳有槍？」他說。

「對。」我說。

「我不喜歡槍。」

「槍不算可愛的東西。」

「是的，小姐。」他說：「我小時候，父親曾帶我去打獵。他射到一隻鹿，鹿哭了，是隻母鹿，躺在地上不停的哭。從那以後，我再也無法用槍了。」

「你認識貝蘿．邁德森嗎？」我問。

「警察……警察跟我談過她，」他結結巴巴的表示，「一位組長，叫馬里諾，馬里諾組長。他到我工作的洗車場和我聊過，然後又在警察局跟我談過一遍，談了好久。邁德森小姐會到我們車場裡洗車，我是這樣認識她的。」

我一面聽他說著，一面開始懷疑自己散發出什麼顏色。鋼鐵般的藍？也許是鮮紅光，因爲我現在正提高了警覺，而且還拼命掩飾？我思索著是否該叫他離開，是否該報警，我簡直不敢相信這個人正坐在我屋裡。也許是他的禮貌加上我的困惑，使我暫且按兵不動。

我打斷他：「杭特先生……」

「請叫我艾爾。」

「好，艾爾！」我說：「你爲什麼要來找我？如果你有任何消息，爲什麼不通知馬里諾組長？」

他的雙頰紅潤起來，不自在的看著雙手。

「我所要說的並不是警方想要的東西，」他說：「我覺得妳才會了解。」

「你爲何這麼想？你並不認識我。」我說道。

「妳在處理貝蘿的案子。一般來說，女人比較相信直覺，而且比男人慈悲。」他說。

也許杭特會來找我，是因爲他相信我不會羞辱他。他正望著我，眼神裡充滿委屈和憂傷，而且到了瀕臨崩潰的地步。

他問我：「史卡佩塔醫師，妳是否曾經確認某些事情，即使妳沒有任何證據支持妳的看法？」

「我沒有超能力。」我答道。

「妳的回答硬得像科學家。」

「我的確是科學家。」

「但是妳一定有過那種感覺，」他迫切的追問：「妳知道我的意思，對吧！」

「是的。」我說：「我想我知道你的意思，艾爾。」

他像是鬆了一口氣。「我知道一些事，史卡佩塔醫師，我知道是誰殺貝蘿・邁德森的。」

我完全沒有反應。

「我認識他，我知道他的想法、他的感受，還有他爲什麼殺她。」他語帶情緒的說：「如果我跟妳說，妳一定要認眞的聽，不要隨便跟警察說，他們不會懂的。好嗎？」

「我會認眞地聽你說。」我回答。

他微微傾身，眼睛亮了起來。我的右手在口袋裡，手心緊貼著槍柄。

「警察完全不了解我，比方說他們不懂我爲什麼放棄心理學。我有碩士學位，結果呢？我居然擔任男護士，現在又在洗車場工作。妳也認爲警察沒有能力了解這點，是吧？」

我沒有回答。

「當我還是小孩的時候，就夢想自己成爲心理學家，或是社會工作者，或是心理醫生。」他說：「這一切對我來說都很自然，我的天性指引著我走這條路。」

「可是你沒走下去，」我提醒他，「爲什麼？」

「因爲這條路會毀了我，」他迴避眼神，「我無法收拾它對我造成的影響。我對別人的問題跟特質感同身受，我經常因此感到迷失、痛苦。一直到我投入犯罪精神科以後，才意識到事態的嚴重性。我是到那裡做研究，寫論文。」他益發入神了。「我永遠忘不了法蘭奇，他是一個精神分裂患者，用壁爐裡的木柴打死了他媽媽。我開始接觸法蘭奇，引導他重新回溯生命。一個冬天的下午，我跟他說：『法蘭奇，法蘭奇，究竟是為什麼？是什麼讓你動了殺機？你記不記得當時自己腦子裡想的是什麼？感覺到什麼？』他說他跟往常一樣，坐在壁爐前的椅子上，望著燃燒的爐火，忽然有人在他耳邊說話，說的都是嘲弄他、令他害怕的話。那時，他的媽媽恰好經過，朝他瞟了一眼。她總是那樣瞟他，不過這次他看到了她的眼睛深處。耳邊的聲音越來越大，他再也無法思考，之後他就發現自己身上沾滿黏稠的血，媽媽的臉已經爛了，耳邊的聲音也停止下來。他告訴我之後，我失眠了好幾個晚上。每當我閉上眼睛，就看到法蘭克哭泣的樣子，身上還沾著他媽媽的血。我了解他，我明白他為什麼那麼做。不管我跟誰談過，他們的故事都會深深影響我。」

我平靜的坐著，事實上想像能力已完全遭受阻礙，科學家跟醫生的身分現在完全起不了作用。

我問他：「你有沒有想殺過人？」

「每個人在某些時候都會這麼想過。」他說道，我們的眼光相遇。

「每個人？你真的這麼想？」

「是的，每個人都有這種能力，絕對有。」

「你想殺誰？」我問。

「我沒有槍或其他武器，」他回答：「因為我不想屈服於一時的衝動。一旦你想像自己殺人，設想到之間的種種細節，那危險的大門就悄悄打開了，事情便有可能會發生。這世上所有害人的事情，都是先在腦子裡成形。我們不是天生的好人或壞人，」他的聲音顫抖了，「甚至連公認的瘋子都有他們自己行事的理由。」

「貝蘿被殺的理由是什麼？」我問。

我理智而清楚的提出我的問題，但是私底下我已感到難受，因爲我又想起了那些畫面：牆上的黑色血跡，集中在她胸前的刀傷，她書架上那些靜靜等待翻閱的書籍。

「殺她的人其實是愛她的。」他說。

「這種愛的方式很殘忍，你不覺得嗎？」

「愛可以很殘忍。」

「你愛她嗎？」

「我們是很類似的人。」

「怎麼說？」

「跟世界不搭調。」他又專注的看自己的雙手。「寂寞、敏感、被曲解，這些特質使她與人疏離，使她有很強的防禦心，外人完全無法接近。其實我對她一無所知，沒有人跟我談過她，可是，我感覺得到眞正的她。她非常明白自己是怎樣的人，了解自己優於他人，不過她很憎恨自己必須付出這麼大的代價才能與衆不同。她的內心受過很深的傷，這也是我關心她的原因，我想伸出我的手，因爲我知道我能了解她。」

「你爲什麼始終沒伸出你的手？」我問。

「情況不允許，也許我會找其他機會認識她。」他回答。

「談一談殺她的人，艾爾。」我說：「如果情況允許，他會主動出面認識她嗎？」

「不會。」

「不會？」

「情況永遠不會允許，因爲他自知配不上她。」杭特說。

他的態度有了一百八十度的轉變，現在儼然像個心理學家，非常的專注，腿上的雙手緊緊握著。

他說道：「他很自卑，無法以正常合理的方式表達自我，於是暗戀變質爲妄想，愛情變質爲病態。當他愛上一個人，他總是不安，害怕失去，他寄望占有對方，尤其當他的愛得不到回報，更會變本加厲。當他整個人專注於此，將失去所有基本應對能力，再也無法自我克制。就像法蘭奇一樣，他聽到外來的聲音，無法再掌控自己。」

「他聰明嗎？」我問。

「基本上算聰明。」

「教育程度呢？」

「他的心理問題使他失去了應對能力，自我控制能力遠不及他的智力。」

「爲什麼是她？」我問他，「他爲什麼挑上貝蘿．邁德森？」

「她擁有自由、名聲，他沒有。」杭特的眼神變得略微呆滯。「他以爲自己被她的容貌氣質所吸引，其實理由更複雜。他想要那些他沒有的特質，透過占有，他就可以成爲她。」

「你的意思是他知道貝蘿是作家？」我問。

「很少有他不知道的事。他會不斷打聽她的消息，等到她忽然發現他對自己無所不知，變得非常震驚，非常害怕。」

「說說那個晚上。」我說：「她死的那天晚上，發生什麼事情？艾爾？」

「我只知道報上說的那些。」

「從報上的消息，你整理出什麼？」我問。

「她在家裡，」他望著遠方說：「已經晚了，他出現在她家門口。看起來是她讓他進門的。午夜來臨以前，他離開她家，警鈴作響。她被刺死了，有性侵害的跡象。我就讀到這麼多。」

「在報上的敘述之外，有沒有自己的想法？」我溫和的詢問。

他往前靠，神情又有了大幅轉變，眼睛充滿了情緒跟熱力，下唇開始顫抖。

「我可以看到案發現場。」他說。

「比方說？」

「比方說那些我不會告訴警察的事情。」

「我不是警察。」我說。

「他們不會懂的。」他說：「我可以看到、可以感覺到一些事情，可就是無法解釋，像法蘭奇一樣。」他強忍住淚水。「像其他那些罪犯一樣。我看到所發生的種種情形，我了解爲什麼會那樣發生，即使從來沒有人告訴過我細節。我不需要細節，事實上也沒有人會知道細節爲何，妳明白那是什麼原因嗎？」

「我不確定……」

「因爲全世界像法蘭奇這樣的人，都不知道到底發生了什麼事！就像一般人記不起那些曾經發生在自己身上的意外事故一樣。等他們終於意識到出事了，一切已經太晚，他們只能如同大夢初醒般的望著眼前的屍體，望著已經顏面模糊的母親，或是躺在血泊裡的貝蘿。然後他們開始潛逃，或是等到他們不記得連絡過的警察出現在門口。」

「你是說殺貝蘿的凶手已經不記得他所做的事？」我小心的問。

他點頭。

「你肯定嗎？」

「連最厲害的心理醫生花一百萬年都問不出案發的情形。」杭特說：「永遠沒有眞相大白的一天，所有的細節都是外人推論出來的。」

「你所看到的也是你推論出來的。」我說。

他潤溼下唇，呼吸中帶著戰慄。「要不要我告訴妳我所看到的情形？」

「要。」我回答。

「從他第一次見到她，已經有很長一段時間了，」他開始說道：「但是她沒有注意到他，可以說對他視若無睹，完全沒有感覺到此人的存在。他的困惑和占有慾驅使他出現在她家。有事情惹惱他了，使他突然感到有必要面對她。」

「什麼事？」我問：「什麼事惹惱他了？」

「我不知道。」

「當他決定面對她的時候，心裡是什麼感覺？」

杭特閉上眼睛說：「憤怒，無法隨心所欲的憤怒。」

「因爲不能和貝蘿交往而產生的憤怒？」我問。

他依然閉著雙眼，緩緩的搖頭。「不是，表面上看起來如此，但是有更深一層的理由。他的憤怒來自一開始凡事就不能如其所願。」

「從他的童年開始？」我問。

「對。」

「他受到虐待嗎？」

「情緒上的虐待。」杭特說。

「誰虐待他？」

眼睛還是閉著，他答道：「他的母親。他殺了貝蘿，同時也殺了他母親。」

「你讀過犯罪心理學的書嗎，艾爾？你常讀那些書嗎？」我問。

他睜開眼睛望著我，好像沒聽到我說了什麼。

他語帶激動的往下說著：「妳知道他心裡已經暗自排練過幾次見面情形嗎？他會出現在她家

門口並不完全是出於衝動，出發的時間也許是衝動使然，但是他早就計畫好所有細節了。他知道不能令她起疑，那樣她就不會邀請他進門，而且會報警，如此就再也不能接近她了。他的計畫周詳，沒有任何瑕疵，不讓她有起疑的空間。於是在那一晚，他來到她門口，贏得了她的信任，讓他進門。」

我的腦海裡出現一個男人走進了貝蘿的玄關，可是我看不見他的臉或頭髮的顏色。他向她自我介紹，我只感到他模糊的身影，還有長長的刀光。

「然後他的意識開始模糊，」杭特繼續描述，「接下來的事他都不記得了。她的痛苦和恐懼其實並沒有取悅他，他的計畫中沒有這部分。她開始逃，試著遠離他，當他看到她眼裡的驚慌時，忽然覺得自己遭到拒絕。他對自己的鄙視轉換爲對她的鄙視。他感到狂怒，越是無法控制她，就越露出猙獰的面目，成了一個殺人犯，一個毀滅者，一個失去理智、亂砍亂刺造成極度傷害的野蠻人。她的尖叫，她的濺血也使他極爲難受。他不停的破壞這座心中崇拜已久的聖殿，同時又無法接受自己所造成的殘破亂象。」

他看著我，眼睛深處是一片空，臉上全無表情。「妳能想像嗎？史卡佩塔醫生？」

「我在聽著。」我只能這麼說。

「所有人心中都有他的影子。」他說。

「他感到悔恨嗎？艾爾？」

「比那還糟，」他說：「我不認爲他對自己所做的事感到驕傲，他甚至對自己做了什麼還一知半解，情緒經常飄忽不定。他沒讓心中的貝蘿就此死去，仍然常常想起她，回憶與她相處的每一刻，想像自己和她的愛情是世上最神聖的，因爲她在最後一口氣時，心裡想的是他，這是人類最親密關係的體現。在他的幻想中，她連死後都還惦記著他。可是他的理智並沒有得到滿足，而且還繼續感到困惑，因爲他發現沒有一個人能夠永遠屬於另一個人。」

「什麼意思？」我問。

「他的行爲沒有達到預期的效果，」杭特回答：「他開始懷疑自己與貝蘿是否眞達到了終極親密關係，就像他永遠不確定與母親之間是否眞正親密，尤其這時他又察覺有些人與貝蘿產生了比他更合理的關係。」

「像是誰？」

「警方。」他的眼睛凝視著我。「還有妳。」

「因爲我們調查她的案子？」我問，突然感到一陣涼意爬上我的背脊。

「對。」

「因爲她成了我們的生活重心？因爲我們跟她的關係比他更公開？」我說。

「對。」

「這會導致什麼結果？」我接著問道。

「蓋利．哈博死了。」

「是他殺了哈博？」

「對。」

「爲什麼？」我緊張的點了根菸。

「他殺貝蘿是因爲愛。」杭特反應道：「他殺哈博是因爲恨。他開始走入憎恨的境界，所有跟貝蘿有關的人都慘了。我試著警告馬里諾警長，可是我知道他不會相信。他……他們只會認爲我哪根筋不對。」

「是誰？」我問：「誰殺了貝蘿？」

艾爾．杭特移到沙發邊緣，雙手搓著臉。當他抬起頭，兩頰都紅了。

「吉吉。」他低聲道。

「吉吉？」我茫然的問。

「我不知道，」他突然大聲說道：「這個名字一直在我腦袋裡響著，我不斷不斷的聽到……」

我僵直的坐著。

「我在瓦哈拉療養院工作已經是很久以前的事了。」他說。

「犯罪精神科？」我叫道：「吉吉是你的病人？」

「我不確定，」情緒集結在他的眼底，像一場暴風雨，「我聽到他的名字，我看到那個地方。我的思緒被拖到那段黑暗的回憶裡，像捲入水槽底的漩渦一樣。那已經是很久以前的事了，好些回憶已經不再清晰。吉吉、吉吉，如火車似的響聲吵個不停，令我頭痛欲裂。」

「多久以前的事？」我的語氣強烈。

「十年前。」他吼道。

十年前的杭特不可能寫碩士論文，他那時應該不到二十歲。

「艾爾，」我說：「你在療養院不是寫論文，你是那裡的病患，對吧？」

他遮著臉嚎啕起來。當他稍微控制住自己，便拒絕再說話了。他明顯的感到挫折，含糊說了自己還有約即逃出門外。我的心不住的狂跳，緩不下來。我倒了一杯咖啡，在廚房裡無端的摸索，心想下一步該做什麼。電話突然響了，我幾乎跳起來。

「請找凱．史卡佩塔。」

「我就是。」

「我是美國鐵路公司的約翰，我終於找到妳要的資料了。讓我看看……思德琳．哈博訂了一張十月二十七日維吉尼亞號的來回火車票，回程是十月三十一日。根據記錄，她的確搭乘了火車，或至少有人拿她的票上了火車。要不要火車時間？」

「要，請說。」我將時刻寫下來。「什麼車站？」

他回答：「從費德瑞克斯堡出發，目的地是巴爾的摩。」

我打電話給馬里諾，他不在警局。傍晚他回電給我時，先宣布了他的最新消息。

「需要我過來嗎？」我感到震撼。

「看起來沒有必要，」馬里諾的聲音從電話那頭傳來，「死因很清楚。他寫了張紙條別在內褲上，說他很抱歉，他不能再忍受下去了，就這樣。現場沒有可疑的地方，我們快要處理完了，而且柯門醫生在場。」他所說的是我的駐地法醫。

艾爾·杭特離開我家後，隨即開車回到津特園住宅區，他和父母一起住在那裡。他從父親的書房裡拿出紙和筆，走到地下室，抽出腰際的細黑皮帶，鞋子和長褲留在地上。當他的母親下樓洗衣服的時候，發現兒子吊死在洗衣房的水管上。

11

午夜過後，下起一陣寒冷的雨。早晨的世界如玻璃一樣清澈潔淨。整個週六我都待在屋裡，艾爾·杭特的話不斷的在我腦裡重複，占據了我原本獨立隱密的思緒，好似屋簷斷裂的冰柱，突然插入了平靜的土壤。我有罪惡感，就像所有接觸過自殺者的人一樣感到不安，我覺得我應該可以阻止這場悲劇的發生。

我麻木的將他的名字塡入死亡名單。已經有四個名字了，兩個被惡意謀殺，兩個不是，可是所有人的死亡彼此相連，聯繫彼此的東西是那根橘色纖維。週末兩天我都在家工作，因爲城裡的辦公室只會提醒我，我已經暫時失去工作權。沒有我，他們仍能照常運作。此時，來找我傾吐的人死了。我所敬愛的檢察長來向我要答案，但我無法提供任何東西。

我只能以最無效的方式對抗目前的心境。我在電腦前輸入所有案子的線索，埋首閱讀相關參考書籍，還打了很多電話。

週一早上，我在馬槽街的火車站與馬里諾見面。我們走在兩列靠站火車的中間，引擎溫暖了冬天的空氣，也帶來一陣機油味。我們在火車尾找到了座位，延續著先前的談話內容。

「麥斯特森醫生話不多。」我提到杭特的心理醫生，一面將購物袋小心放好。「不過我感覺他對杭特印象深刻，只是他不肯多說。」爲什麼我總會坐到腳踏板壞掉的椅子？

馬里諾慵懶的打了個大呵欠，調整好椅背半躺下來，他的椅子完全沒問題。他沒提議交換椅子，要是他提議，我一定接受。

他回答：「所以杭特入院的時候，大概只有十八、九歲。」

「對，他患有重度憂鬱症。」我說。

「我猜也是。」

「什麼意思？」我問。

「他那型的人都有憂鬱症。」

「什麼叫他『那型』？馬里諾？」

「這樣說吧！當我和他說話的時候，總會想到『病態』這個字眼。」

馬里諾跟任何特殊的人說話的時候，都會想起「病態」這個字眼。

火車靜靜的往前滑行，像船隻駛離港灣一樣。

「我眞希望妳錄下了你們的對話。」馬里諾又打了一次哈欠。

「跟麥斯特森的對話？」

「不是，跟杭特的，他到妳家對妳說的話。」他說。

「他說的話很抽象，不太重要。」我回答得有些不自在。

「很難說，我覺得那傢伙好像知道不少，眞希望他可以活久一點。」

警察搜過他父母的住處，沒有找到任何能證明杭特與貝蘿．邁德森或蓋利．哈博死亡有關的東西。況且，貝蘿死的那晚，杭特與父母在俱樂部用餐。哈博遇害的時候，他與父母正在欣賞歌劇。警察查證過，他的父母所言屬實。

我們一路搖晃著朝北方去，火車發出刺耳的笛聲。

「貝蘿的事將他推下了懸崖，」馬里諾說：「他對凶手強烈的情緒感同身受，終於到了不能承受的地步。」

「我猜是貝蘿掀開了他的舊傷，」我說：「讓他意識到自己沒有能力與人發展正常關係。」

「他跟凶手像是同一個工廠製造的，兩人都不能發展正常男女關係，都是失意人。」

「杭特不像凶手那麼凶暴。」

「說不定他已經意識到自己開始變得殘暴的性格，又無法接受而自殺。」馬里諾說。

「我們不知道是誰殺了貝蘿跟哈博，」我提醒他，「不能斷言凶手和杭特相像，也不知道行凶的動機是什麼。凶手也可能是像杰普．布萊斯這樣的人，或是像吉吉。」

「吉吉個屁。」他嗤鼻道。

「我不認爲我們現在有條件把任何可能排除在外，馬里諾。」

「怎麼可能？他在瓦哈拉療養院碰到個叫吉吉的人，現在這個叫吉吉的傢伙突然成了身上帶橘色纖維的恐怖分子？饒了我吧！」他躺入椅子，閉上眼睛喃喃自語：「我需要放假。」

「我也需要，」我說：「我需要沒有你的假期。」

昨晚班頓．衛斯理打電話與我討論杭特的事情，我提到我必須要出差一趟。他認爲我不該單獨前往，堅持馬里諾陪我去。我並不介意馬里諾同行，只是沒想到會變成一樁苦差事。早上六點三十五分的火車已經客滿，所以馬里諾訂的是凌晨四點四十八分的車票。我在半夜三點鐘趕到城區辦公室拿保麗龍盒，也就是現在放在購物袋裡的東西。我感覺自己的身體遭到了懲罰，睡眠不足的情況已經嚴重到無以復加。即使如此，世上所有跟杰普·布萊斯同類的人都別想趁機碰我一根汗毛，我的守護神馬里諾會讓他們好看。

別的乘客都在打瞌睡，車頂上的閱讀燈都關掉了。沒多久，我們已經穿過愛西蘭的一半，許多圍著整齊白欄杆的房子面對著鐵道，空旗桿和空陽台向我們打招呼，我一直在猜想裡面住的是什麼樣的人。經過了一間間沉睡中的商店、理髮廳、文具店、銀行，蘭道夫麥根大學的英式建築出現眼前，覆蓋著霜雪的運動場上已經有身穿球裝的美式足球球員了。火車繞過校區後，漸漸加快了速度，城鎮的遠方是紅土河岸。我靠入椅背，火車規律的聲音催我入眠。離里奇蒙越遠，我感到越輕鬆，不知不覺中我睡著了。

我沒有做夢，一個鐘頭裡完全失去知覺。再度睜開眼睛的時候，隔著窗子看出去天色已經透藍，我們正跨過匡提科溪。溪水像磨過光的白鑞，彎道和波浪間閃著晶亮的晨光。我想起了馬克，想起我們在紐約的那晚，還有過去的種種。自從上次的電話留言後，就沒有他的消息了。我想知道他在做什麼，可是又害怕知道。

馬里諾坐直起來，瞇著眼看我。是吃早餐跟抽菸的時候了，不過前後順序不拘。

餐車裡坐了五成的人，這些人是在美國任何一處公車站都會看得到，都呈半昏睡狀態，相當鬧適。一名年輕人打瞌睡點頭的節奏，大概和他隨身聽裡的音樂完全一致。一個疲倦的女人抱著蜷縮的小孩。一對老夫婦正在玩撲克牌。我們在角落處找到一張空桌，我點了根菸，馬里諾去看有什麼可吃。他帶回來一個包裝好的火腿蛋三明治，唯一可稱道的地方就是東西是熱的，咖啡也還不壞。

他用牙齒咬開三明治的保鮮膜，看了我椅角的購物袋一眼。袋中是一個保麗龍盒，盒內用乾冰裝著思德琳．哈博的肝臟、血塊和胃中物。

「多久會化掉？」他問。

「還能撐一段時間，只要火車不改道就好。」我回答。

「說到時間，既然我們現在有的是時間，何不再談談妳說過的咳嗽藥？雖然妳昨晚大致解釋過，可是當時我已經快睡著了。」

「你今天早上也一樣是這種狀態。」

「難道妳不累嗎？」

「我累透了，馬里諾，累到快活不下去了。」

「妳最好活下去，我可不想一個人提那一袋亂七八糟的東西。」他喝了一口咖啡。

我故意像授課一樣開始講解。「我們在哈博小姐的浴室所找到的咳嗽藥，其主成分是右旋美沙芬，那是一種可待因，類似鴉片中的催眠劑。除非你服用過量，否則基本上無害。它算是化合物中的右旋異構體，如果我說出全名，可能對你沒有多大意義……」

「哦？是嗎？妳怎麼知道對我有沒有意義？」

「三－甲氧－N－甲嗎啡。」

「算了，的確一點意義也沒有。」

我往下說：「還有一種相同的化合物，其異構體有別於右旋異構體，稱爲左旋異構體。左旋異構體是由左旋美沙芬（levomethorphan）組成，這是一種相當強的麻醉劑，藥性比嗎啡強五倍。這兩種成分很難分辨，唯有以一種叫做偏光計的光學儀器才測得出來。右旋美沙芬會將光線轉到右邊，左旋美沙芬則將光線轉移到左邊。」

「也就是說，沒有這種器材，就沒辦法區分這兩種藥。」馬里諾下結語道。

「對，一般的毒物試驗程序是檢測不出來的，」我回答，「左旋美沙芬跟右旋美沙芬看起來完全一樣，因爲兩者的化合物是一樣的，唯一的不同就是它們會將光線轉到不同的方向。這道理就跟右旋蔗糖跟左旋蔗糖一樣，它們在組成架構上看起來是同一種蔗糖，但是右旋蔗糖是食用糖，左旋蔗糖則對人體沒有營養價值。」

「我不是很懂，」馬里諾揉著眼睛道：「化合物怎麼會看起來一樣，事實上又不一樣？」

「你把右旋美沙芬跟左旋美沙芬當成雙胞胎，」我說：「他們不是同一個人，可是看起來一模一樣，唯一明顯的差異在於一個是右撇子，一個是左撇子；一個無害，一個足以致命。這樣能不能幫助你了解？」

「嗯，我懂了。要多少左旋美沙芬才會讓哈博小姐送命？」

「三十毫克大概就夠了，也就是兩粒十五毫克的藥丸。」我說。

「假設她吃了，會怎麼樣？」

「她會很快進入昏迷狀態，然後死亡。」

「妳認爲她懂那些異構物的事情嗎？」

「或許。」我回答：「我們知道她有血癌，也可以從火爐裡融化的塑膠跟其他燒毀物推測出她想隱瞞自殺的事實。她有可能故意留下那瓶咳嗽藥，好讓我們在做毒物化驗時，誤以爲她體內所含的是右旋美沙芬。」

哈博小姐沒有親戚，沒有朋友，也不像是經常旅行的人。在發現她最近到過巴爾的摩後，我第一個想到的是約翰霍普金斯醫學院，那裡有全世界最先進的腫瘤科。我只打了兩通電話，就確認哈博小姐曾到霍普金斯醫學院做過幾次血液和骨髓檢測。我一聽說醫生開給她的處方，立刻理出了方向。我們辦公室沒有測試左旋美沙芬的偏光計，霍普金斯醫學院的伊斯梅爾醫生答應幫我，只要我提供抽樣。

現在還不到七點，我們還在華盛頓特區的郊外地區。樹林和沼澤一一被拋在我們身後，城市突然出現了。透過樹間，可以看見白色的傑弗遜紀念堂。高聳的辦公大樓就在我們面前，距離近到可以連窗內的植物和燈罩都清晰可見。此時火車像鑽地鼠一樣竄到了黑暗的地底下。

我們在腫瘤科的藥理化驗室找到了伊斯梅爾大夫。我打開購物袋，將小尼龍盒放在他桌上。

「這些就是我們提過的抽樣吧？」他微笑的問。

「是的。」我回答：「應該還是冰凍的，我們從火車站直接來這裡。」

「如果濃度夠，我可以在一、兩天內給妳答案。」他說。

「你到底要拿這些抽樣做什麼？」馬里諾一面問，一面觀察著化驗室。這個化驗室看起來和其他化驗室並無不同。

「很簡單，」伊斯梅爾很有耐性的說：「首先我會將胃中的成分濃縮，這部分會是整個化驗過程中最費時又最艱鉅的一部分。完成以後，我會把濃縮液放到偏光計裡。偏光計看起來很像星象望遠鏡，不過它的鏡頭是可以旋轉的。我從接目鏡看檢體，同時將鏡頭左右旋轉。如果藥物是右旋美沙芬，它會將光偏到右邊，也就是說當我將鏡頭往右移的時候，光會比較亮。如果藥物是左旋美沙芬，光就會偏到另一邊。」

他繼續解釋左旋美沙芬是一種相當有效的止痛藥，通常只開給長期受癌症煎熬的病患使用。這種藥是霍普金斯醫學院發展出來的，他記錄了所有服用此藥的病人，以便觀察臨床反應。這份記錄對我們相當珍貴，因為其中包含了哈博小姐的完整病歷。

「每兩個月她都會來這裡做血液與骨髓測驗，每次都會拿到兩百五十顆兩毫克藥丸的處方箋。」伊斯梅爾大夫一面說，一面打開厚沉沉的病歷表。「讓我看看……她最後一次來是十月二十八日。算起來，她至少還剩下七十五顆，甚至一百顆藥丸。」

「我們沒找到。」我說。

「眞是遺憾。」他的眼神帶著悲傷。「她復原的狀況非常好，她是個非常出色的女人，每次看到她跟她女兒，我總是很高興。」

我愣了一會兒。「她女兒？」

「我猜是，一個年輕的女子，金黃色頭髮……」

馬里諾插嘴。「她上次也跟哈博小姐一起來嗎？十月最後一個星期那次？」

伊斯梅爾大夫皺眉道：「沒有，我不記得那次有看到她，哈博小姐是一個人來的。」

「哈博小姐來這就醫有多長的時間了？」我問。

「我要找出她的紀錄才能確切的答覆，不過我知道已經好多年了，至少兩年。」

「她那金髮的女兒是不是都陪著她一起來？」我問。

「剛開始不常。」他回答。「但是去年的時候，每次哈博小姐來，她都一起來，除了十月的那一次，之前的一次大概也沒來。我很感動，人生病的時候有家人扶持是最好的了。」

「哈博小姐來看病都住在哪裡？」馬里諾的頰骨又活動了起來。

「多數的病人都住在附近的旅館，但是哈博小姐偏好港邊的風景。」伊斯梅爾說。

我的反應因爲緊張跟失眠而變得遲鈍。

「你知不知道是哪一家旅館？」馬里諾鍥而不捨的問。

「不，我不知道……」

突然，我的腦海出現白灰裡的鉛字。

我打斷他們倆人。「我可以用你的電話簿嗎？」

十五分鐘後，馬里諾跟我已經站在街上招攬計程車了。太陽很耀眼，但是依然很冷。

「去他的！」他說：「我希望妳沒說錯。」

「我們馬上就可以知道答案了。」我說。

電話簿裡有一家名為港口廣場（Harbor Court）的飯店。bor Co，bor C。那些紙灰上的小黑字不斷出現在我眼前。這家飯店是城裡數一數二的豪華旅館，就在港灣的對面。

「有一點我不懂，」馬里諾說著，又一輛計程車開走了，「為什麼要這麼麻煩？哈博小姐想自殺，何必用這麼神祕的方式？妳知道其中的道理嗎？」

「她是個很有尊嚴的女人，自殺對她來說可能是一種恥辱，她不想讓任何人知道，可能還故意挑我在的時候自殺。」

「為什麼？」

「因為她不想要別人在一星期後才發現她的屍體。」交通十分混亂，我開始考慮是否步行到港口。

「妳眞覺得她懂得這些藥物的事？」

「我想她知道。」我說。

「為什麼？」

「因為她想要有尊嚴的死去，馬里諾。有可能她已經計畫自殺一段時間了，她病得這麼嚴重，不想讓自己或別人受煎熬了。左旋美沙芬是個完美的選擇。一般來說，這種藥不會被檢測出來，加上警方在她家找到含右旋美沙芬的咳嗽藥。」

「他媽的！」他招手，謝天謝地，有一輛計程車駛出車陣，向我們開來。「難以置信，真的！」

「很悲哀。」

他抽出一片口香糖，用力嚼著。「不過，換做是我，我也不喜歡關在醫院裡，讓人用管子插進我鼻孔，我可能也會做出跟她一樣的事。」

「可是生病不是她自殺的唯一理由。」

「我知道，」我們步下人行道，「但是一定有關，一定有。她快離開人世了，結果貝蘿被殺，然後她的弟弟又被殺。」他聳肩。「還活著做什麼？」

我們坐上計程車，我給了司機地址。接下來的十分鐘，我們都安靜不語。計程車彎進一條窄巷，又轉進一處紅磚廣場，周圍種著裝飾形的包心菜跟小樹。穿著燕尾服，戴著高帽的門房過來扶我的手臂，領我走進寬敞明亮的粉紅色大廳。眼前所見的東西都是既新又乾淨，高級家具間綴著新鮮的花束。服務人員個個整齊俐落，爲數不多又不少的駐派在旅館各處。

我們被帶到一間高雅的辦公室，衣冠楚楚的經理正在講電話。根據他桌上的銅牌，他叫做T. M.布藍德。他抬頭看了我們一下，很快的結束電話。馬里諾毫不浪費時間，直接告訴他我們要什麼。

「我們的顧客名單一向是保密的。」布藍德先生親切的微笑道。

馬里諾自動坐到一張皮椅上，還點燃一根菸，即使牆上明明貼著「請勿吸菸」的標語。他掏出皮夾，亮出警察勳章。

「我叫彼德．馬里諾。」他簡單的說：「里奇蒙刑事組。這是凱．史卡佩塔醫師，維吉尼亞州的首席法醫。我們當然了解保密的重要性，也很尊重貴飯店。不過，布藍德先生，思德琳．哈博死了，她的弟弟蓋利．哈博死了，貝蘿．邁德森也死了，我們還不知道哈博小姐的死因，所以才來這裡。」

「我看過報紙了，馬里諾警官。」布藍德先生軟化了。「您的吩咐敝飯店會全力配合。」

「所以，他們幾個的確在這裡住過囉？」馬里諾說。

「蓋利．哈博從沒來過。」

「但是他姊姊跟貝蘿．邁德森來過。」

「是的，沒錯。」布藍德先生說。

「多常來？最後一次來又是什麼時候？」

「我需要找出哈博小姐的住房資料。」布藍德先生答道：「請給我一點時間好嗎？」

他離開不到十五分鐘，回來時手上多了電腦印出來的資料。

「正如你們所看到的，」他重新坐了下來，「哈博小姐與貝蘿．邁德森在過去一年半共來住過六次。」

「平均兩個月一次。」我瀏覽著住房日期。「八月的最後一週跟十月的最後幾天，哈博小姐都是一個人住。」

他點頭。

「她們來這裡的目的是什麼？」馬里諾問道。

「大概是商務，也有可能是購物，或單純的放鬆，我眞的不知道。飯店沒有監視房客的習慣。」

「我也沒有追查房客的習慣，除非他們被殺。」馬里諾說：「告訴我這兩位女士來的時候，你都觀察到什麼？」

布藍德先生的笑容消失了。他慌張的從記事簿上取下金筆，卻似乎忘了自己做這動作的目的。他茫然的又把筆收進漿得筆挺的粉紅上衣口袋，清一清喉嚨。

「我只能告訴你我看到的部分。」他說。

「請說。」馬里諾說。

「兩位女士來的時候都是分開登記。通常哈博小姐會比貝蘿．邁德森提早一個晚上到。她們退房以後，也不一起離開。」

「什麼意思？不一起離開？」

「我是說她們可能在同一天退房，可是不在同一個時間走。她們也不一定乘同一種交通工具離開。比方說，她們不會坐同一輛計程車走。」

「她們都是去火車站嗎？」我問。

「邁德森小姐搭的都是前往機場的交通車，」布藍德回答：「不過，哈博小姐的習慣是搭火車。」

「她們的房間呢？」我問，一面研究電腦資料。

「對！」馬里諾插嘴。「這份資料上沒有說是什麼房間。」他的中指敲著資料。「她們睡兩張床還是一張床？」

布藍德的雙頰因爲問題的含意而變紅。「她們都睡兩張床的房間，面對港灣。如果你想知道細節，又不公開的話，我可以告訴你，她們是敝飯店的特別貴賓。」

「嘿！我看起來像記者嗎？」

「你是說，她們住這裡完全免費？」

「是的，小姐。」

「可以解釋一下原因嗎？」馬里諾問。

「是喬瑟夫．麥克提格先生的意思。」布藍德先生回答。

「請再說一次。」我傾身望著他。「你是說里奇蒙那位營造商？是那個喬瑟夫．麥克提格先生？」

「已故的麥克提格先生是這一帶的開發者之一，也是本飯店的大股東之一。」布藍德先生回答。「他要求我們盡力款待哈博小姐，而我們在他過世後仍遵守這項交代。」

幾分鐘後，我塞了一塊錢給門口的接待人員，馬里諾與我上了計程車。
「現在可以請妳告訴我喬瑟夫·麥克提格是誰了嗎？」馬里諾問我。「妳一定知道。」
「我在里奇蒙拜訪過他太太，她住在錢伯連花園公寓，我跟你提過。」
「媽的！」
「是的，連我都一頭霧水。」我同意道。
「要不要試著分析給我聽？」
我什麼都不知道，可是我開始懷疑了。
「聽起來很怪，」他說，「首先是哈博小姐坐火車，貝蘿搭飛機那部分，他們兩個人難道不是往同一個方向？」
「這點倒是不奇怪，」我說：「她們當然不能同行，馬里諾。哈博小姐跟貝蘿不能冒這種險，她們不應該有往來的，記得嗎？如果她們一起搭火車，而蓋利·哈博去火車站接他姊姊的話，貝蘿絕不可能突然消失，避掉蓋利·哈博的注意。」我停了一下，因爲我又想到：「哈博小姐可能正在幫助貝蘿寫書，告訴她哈博家族的歷史背景。」
馬里諾望著他那一邊的車窗外。
「如果你要我說的話，我說那兩位小姐是同性戀。」他說。
我看到照後鏡反映著司機好奇的眼睛。
「我認爲她們彼此相愛。」我只這麼說。

「所以這兩位女士可能有那麼點關係，每兩個月來巴爾的摩幽會一次，反正沒有人會注意到她們。說不定這就是貝蘿逃到基韋斯特島的原因，她是同志，她到那裡就像回家一樣。」

「你對同性戀的偏見太深了，而且讓人厭煩。小心點，說不定人家也會認爲你是同志。」

「才怪。」他一點也不覺得幽默。

我沒說話。

他繼續說道：「說不定貝蘿在基韋斯特島還找到一個小女朋友。」

「也許你應該去查。」

「我不可能去。那是全美國的愛滋病首都，我要是讓那裡的蚊子叮了怎麼辦？跟一堆病態的人講話可愉快不起來。」

「有沒有請佛羅里達州的警方去查過她在那裡的交際情形？」我認眞的問。

「兩個警察說他們訪查過了，眞是難爲他們了。他們不敢吃任何東西，連水也不敢喝。她信上寫的餐廳，他們也去過。裡面一個侍者已經得愛滋病快死了，他們訪談他的時候還得一直戴著手套。」

「訪談的時候？」

「對呀！他們跟那個快死的人講話時還戴著口罩。他們沒有問到什麼，所有的回答都是廢話。」

「當然是，」我批評道：「你把人家當成痲瘋病患，人家也不會對你敞開心胸。」

「要是你問我，我會希望他們把那個半島鋸掉，讓它脫離佛羅里達，永遠漂浮在海上。」

「幸好沒人問你。」我說。

半夜回到家，答錄機裡面有好幾則留言等著我了。

我期待聽到馬克的聲音。我坐在床沿喝酒，不怎麼認真的聽著從機器裡飄出的聲音。我請來幫忙打掃的柏莎說她感冒了，明天不能來。檢察長明天要與我一起吃早餐，還說貝蘿的遺囑執行人正就手稿遺失的事件進行訴訟。三名記者打電話來要我表示意見。我母親想知道聖誕大餐時，我想吃火雞還是火腿。這是她徵詢我今年聖誕節是否會回家過節的一種方式。

我認不出接下來那個氣息沉重的聲音。

「……妳的金黃頭髮好美，那是天生的顏色，還是妳去染的，凱？」

我迴帶重新聽了一次。我發瘋似的打開床頭櫃的抽屜。

「……那是天生的顏色，還是妳去染的，凱？我在妳的後陽台留下了一份小禮物。」

我震驚的握著手槍，又重新迴帶一次。那是一種耳語式的聲音，非常的沉靜，而且是故意如此。是個白人，我分不出口音，也感覺不到語氣中的情緒。我被自己下樓的腳步聲弄得很不安，每經過一個地方就把燈打開。後陽台就在廚房旁，我來到可以看見後院餵鳥器的窗戶旁，心臟噗噗的狂跳。我慢慢掀開窗簾高舉手槍，槍管對著天花板。

陽台的燈光驅走草坪上的黑暗，勾勒出周邊樹木的輪廓。紅磚階上什麼都沒有。我把門鎖打開，轉動門把，感覺到心臟像鐵鎚一樣的敲著。

開門時，門後面傳來輕微的敲擊聲，輕得幾乎聽不到。當我看到外面門把上掛的東西時，立即奮力的帶上門，連窗子都震動了。

馬里諾的聲音聽起來是被我從床上挖起來。

「現在就過來！」我朝著話筒大叫，聲音比平常高了八度。

「留在那裡不要動。」他堅定的說：「不管誰來，都不要開門。等我過去，聽到沒有！我馬上到。」

我的屋前排了四輛警車，警察手電筒的光線穿透了四周的樹叢。

「獵犬隊也快到了。」馬里諾說著，並把無線電通訊器擺在我廚房的櫃檯上。「我想那混蛋已經不在附近了，但是爲了安全起見，我們還是搜索清楚。」

我第一次看到馬里諾穿牛仔褲，要不是那一雙白色運動襪跟那雙學生皮鞋，他其實可以有點格調的。咖啡香味瀰漫了整個廚房，我煮了一壺足夠半條街坊鄰居喝的咖啡。我的眼睛不安的到處亂轉，搜尋著下一件可以做的事。

「再好好跟我說一次。」馬里諾點了根菸。

「我聽著答錄機裡的留言，」我重複道：「最後一則留言就是他的，白種男人，年輕，你一定要自己聽聽看。他提到我的頭髮，想知道我有沒有染過。」馬里諾的眼光移到我的髮根，讓我很不舒服。「然後他說他在我的後陽台留了一件禮物。我來到這裡，從窗戶往外看，什麼都沒看到。我不知道東西在哪裡，不知道會是什麼。我心想難道會是一個盒子，還用包裝紙包好的？然後我聽到門外有輕輕敲擊的聲音，像是什麼東西掛在門把上。」

桌子正中央有一個證物袋，裡面是一個金色徽章，串著沉重的金鍊子。

「你確定這就是哈博遇害當晚戴的？」我又問了一次。

「沒錯。」馬里諾回答，表情凝重。「毫無疑問。那混蛋從哈博身上摘下它，結果妳提早拿到一份聖誕禮物。看起來這位朋友對妳還不錯。」

「拜託！」我不耐的說。

「嘿！我不是開玩笑，好嗎？」他的臉上眞的沒有笑容。他把信封移到面前，透過玻璃紙袋研究那條項鍊。「看到沒？扣環已經扭曲了，是他從哈博脖子上扯下的時候弄壞的，然後又自己拿鉗子修過的。他大概一直戴在身上，媽的！」他彈彈菸灰。「有沒有在哈博的脖子上看到什麼傷痕？」

「他的脖子幾乎斷了。」我淡淡的說。

「以前有沒有看過這種徽章？」

「沒有。」

徽章看起來是十八K金的，上面沒有刻任何字，只有背面有一九〇六年的日期。

「從這四個數字來看，出處應該是英國，」我說：「這些數字是全世界通用的記號，可以看出徽章的出處，什麼時候做的，以及是誰做的。珠寶商都可以看出來。我只知道它不是出自義大利……」

「醫生……」

「如果是十八K金，背面應該印有75，如果是十四K金，則應該有一個500的數字……」

「醫生……」

「我認識思瓦茲柴爾公司裡的一個珠寶顧問……」

「嘿！」馬里諾提起嗓子。「這都沒有關係，好嗎？」

我知道我像一個嘮叨不停的老女人。

「就算我們查出曾擁有這徽章的所有家族成員，也查不到最重要的一件事，就是誰把它掛在妳的門把上。」他的眼光趨於柔和，音量也降下來。「妳這裡有什麼喝的？白蘭地，妳有白蘭地嗎？」

「你正在工作。」

「不是我要喝的，」他笑道：「是妳，替妳自己倒這麼多，」他做出半杯的手勢，「然後我們再研究。」

我到酒吧去倒了一小杯。白蘭地從我嘴裡一路發燙滑落，馬上令我全身暖和起來。我不再發抖，也不再打顫。馬里諾用一種奇怪的眼光看我，使我突然意識到一些事情，我身上穿的還是在巴爾的摩穿的那套衣服，絲襪已經裂到腰際，膝蓋上還折了幾折。我突然有一種想洗臉跟刷牙的衝動，而且頭皮發癢，我確定我看來糟透了。

「那混蛋不是打打電話就會罷休的。」我喝酒的時候，馬里諾這麼說。

「大概是因爲我經手貝蘿的案子，所以才來煩我。常有凶手騷擾辦案人員的事情發生，甚至也送紀念品。」連我都不相信自己所說的話，馬里諾當然也不相信。

「我會派一、兩組人員保護妳，在妳房子四周巡邏。」他說：「我還要替妳訂幾項規定，妳要切實的遵守，不要自作聰明。」他盯著我的眼睛。「第一，不管妳日常生活習慣是什麼，我要妳盡量把習慣打亂。如果妳通常是週五下午買菜，下次改成星期三去，而且換一家超級市場。還有，踏出大門或車外以前，絕對要注意附近有沒有異常的情況。如果妳發現外面停了一輛陌生的車子，或是感到有外人踏過妳的草坪，絕對不可以出去，一定要把門鎖上，打電話通知警察。如果妳進門的時候，感受到任何不尋常的氣氛，甚至只是因爲妳自己莫名的恐懼，都要出去找電話打給警察，讓警察陪妳回家，查過屋內沒有異狀後才行。」

「我有防盜鈴。」我說。

「貝蘿也有。」

「她是自己讓凶手進門的。」

「不要讓任何妳不認識的人進門。」

「他能怎樣？逃過我的防盜系統？」我固執的問。

「什麼都有可能發生。」

我記得衛斯理也這麼說過。

「不要等天黑了或沒人了才離開辦公室。如果妳必須工作到凌晨才回家，停車場已經沒有人了，那就乾脆等天亮再走。答錄機要一直開著，把所有留言都錄下來。如果再接到另一通那樣的電話，立刻讓我知道。再收到兩通，我們就裝偵防器……」

「你們就是這樣對待貝蘿的吧！」我開始憤怒了。

他沒有回答。

「怎樣，馬里諾？你們也打算讓我等到一切太晚的時候，才採取行動是嗎？」

「要不要我晚上睡妳的沙發？」他平靜的問。

要我面對早晨的來臨已是件苦差事。倘若馬里諾可能穿著四角內褲，套著蓋住大肚皮的T恤，睡眼惺忪光著腳丫子走向廁所，甚至還忘記把馬桶蓋放回來——我光這麼想就覺得痛苦不已。

「我不會有事的。」我說。

「妳有攜帶武器的准許證吧？」

「沒有。」

他推開椅子，下定決心說道：「早上我跟萊賀法官聊聊，替妳弄一張。」

沒多久後，我又是孤獨一個人，而且無法成眠。我喝完另一杯白蘭地，又再喝完一杯，躺在床上愣愣的望著天花板。如果一個人碰到太多不幸的事情，別人便會開始私下懷疑是不是妳自己惹禍上身，認為妳可能是吸引禍端的磁鐵。不過，連我自己都開始懷疑了。愛斯瑞吉說得對，我干涉太多，讓我自己陷入危險。過去我也碰過許多千鈞一髮的時刻，一個不巧就會嗚呼哀哉。

我終於睡著了。我的夢境是一連串荒謬的事情。愛斯瑞吉的背心被雪茄燒了一個洞。費爾丁正在驗屍，竟然找不到死者的動脈，屍體被他插得像個針包。馬里諾踩著高蹺往上坡走，我知道他一定會跌倒。

12

凌晨，我站在黑暗的客廳裡望著窗外的樹影。

我的車還沒修好，我看著那輛公司的大車，想到一個大男人應該沒辦法藏在車底，趁我開車門的刹那抓住我的腿。而且他其實不需要使用任何凶器，我自己就會先嚇到心臟病發而死。街上空蕩蕩的，街燈很微弱。我掀著窗簾的一角往外窺視，什麼也沒看到，什麼也沒聽到，也沒有發現任何異常的狀況。不過，蓋利．哈博從酒館回家的時候，大概也沒發現任何異常狀況。

離我跟檢察長的見面時間不到一個鐘頭了。如果我再不提起勇氣步出大門，往前走三十英呎到車上的話，眼看就要遲到了。我觀察著前院草皮四周的矮樹叢，細細檢查樹木的剪影。天色漸亮，月亮圓而清明，草坪上鋪了一層銀色的霜。

他是怎麼進去他們的家，又是怎麼進入我的家？他應該會有某種交通工具，我們一直沒朝這方面想，從沒去研究他會搭乘什麼樣的交通工具。車子的類型可以反應凶手的年齡跟膚色，可是連衛斯理都沒推敲過這點。想到衛斯理在匡提科欲言又止的行爲，我依然感到困惑。

我與愛斯瑞吉共進早餐時談到了我的困惑。

「很簡單，衛斯禮不想讓妳知道一些事情。」他說。

「過去他對我一向知無不言的。」

「調查局的人也常常需要守口如瓶，凱。」

「衛斯理是個嫌犯人格分析專家，」我說：「他總是坦誠提出他的理論跟意見，但是這一次他沒說什麼，甚至沒有分析這幾個案子。他的個性變了，幽默感也消失了，而且很少看著我的眼睛說話。很奇怪，這點讓我很難過。」

我深吸一口氣。

愛斯瑞吉開口了。「妳依然覺得很孤立，是不是？凱？」

「是的，湯姆。」

「還有點神經質。」

「對，也有一點。」我說。

「妳相信我嗎？凱？妳相不相信我是站在妳這一邊的？」

我點頭，又做了一次深呼吸。

我們坐在國會飯店低聲交談，這裡是政客跟富豪喜歡聚集的場所。距離我們三張桌子的地方坐的是國會議員帕丁，他臉上的皺紋比我想像的多。他正認眞的跟一名年輕男子說話，我好像在哪裡見過那名男子。

「在壓力大的時候，我們都會覺得孤立而且神經質。」愛斯瑞吉慈祥的看著我，像是爲我擔心。

「我好像孤獨站在荒野中。」我回答：「我會這麼覺得，因爲事實就是如此。」

「我知道衛斯理爲什麼憂心了。」

「是嗎？」

「我爲妳擔憂，妳的推論總是來自直覺，有時候那是很危險的。」

「也許，可是有時候人們會把簡單的事情複雜化，讓情勢更危險。許多謀殺案發生的始末都是簡單到不能再簡單。」

「不完全是。」

「幾乎都是，湯姆。」

「妳不認爲史巴拉辛諾的行爲跟這幾宗命案有關？」檢察長問道。

「我覺得我們太容易被他的行爲干擾，他所做的事跟凶手所做的事可能是毫無交集的平行線。兩者都很危險，甚至都會要了人的命，但是絕對不同，沒有關係，動機完全不一樣。」

「妳不覺得交集點是遺失的手稿？」

「我不知道。」

「妳離答案沒有更近一點嗎？」

這句話讓我覺得我沒有作好功課，我眞希望他不要問。

「沒有，湯姆。」我招認道：「我不知道手稿在哪裡。」

「有沒有可能是思德琳．哈博把它丟到火爐裡了？」

「我不認爲如此。文件調查人員看過紙灰，確定是二十磅棉紙。那是相當高級的文具，就像是律師用來寫法律文件的紙張，寫書的人通常不會用那種紙。在我們看來，哈博小姐燒的應該是私人信件。」

「貝蘿．邁德森寫的信？」

「不排除這種可能。」我回答，雖然在我心裡已經排除這種可能了。

「還是蓋利．哈博的信？」

「我們在他家的確找到不少屬於他的文件。」我說：「不過看起來那些文件都塵封已久，沒有翻動過的痕跡。」

「如果是貝蘿．邁德森寫的信，哈博小姐爲什麼要燒毀？」

「我不知道。」我答道。我知道愛思瑞吉又開始在想他的宿敵史巴拉辛諾的事情。

史巴拉辛諾的動作很快，我已經看到了狀紙，一共三十頁。史巴拉辛諾告的是我、警方，還有州長。上回我和蘿絲連絡時，她告訴我《時人雜誌》打過電話來，而他們的攝影記者在採訪被拒後，在我們的辦公大樓外面照了好幾張相片。我已經聲名狼藉了，也成了拒絕接受採訪的專家。

「妳認爲我們的對象是個變態殺手，對不對？」愛斯瑞吉直接問我。

我告訴他凶手可能跟一宗劫機案有關。

他低頭看看吃了一半的食物，當他再度看我時，我愣住了。他的眼神裡有悲哀，有失望，甚至還有一種強烈的不忍。

「凱，我不知道怎麼說才好。」他說。

我伸手拿小麵包。

「妳需要知道這件事，不管妳是怎麼想的，妳必須知道。」

我決定放下麵包，先抽根菸。我把香菸拿了出來。

「我有眼線，我不需要說是祕探還是法務部告訴我的……」

「是關於史巴拉辛諾。」我打斷道。

「是關於馬克·詹姆斯。」他說。

雖然檢察長剛才警告過我，我還是表現得十分震驚。

「馬克怎麼樣？」我問。

「應該是我問妳這個問題，凱。」

「什麼意思？」

「幾個星期前，有人看到你們兩個人出現在紐約的蓋勒格餐廳。」他咳嗽，造成了一陣尷尬。

「我好久沒去那兒了。」

我望著從香菸飄出來的輕煙。

「如果我記得沒錯的話，他們的牛排很棒……」

「不要再說了，湯姆。」我低聲說道。

「很多熱情的愛爾蘭人去哪裡，盡情的飲酒作樂……」

「別說了，該死！」我說得更大聲了。

帕丁參議員看著我們這桌，他好奇的眼光掃過愛斯瑞吉，然後又掃過我。侍者突然為我們倒了更多咖啡，問我們還要什麼。我感到全身發熱。

「不要騙我，湯姆，」我說：「誰看到我了？」

他揮揮手。「重要的是妳怎麼認識他的？」

「我已經認識他很久了。」

「妳沒有回答我的問題。」

「從法學院開始。」

「你們很親密？」

「是的。」

「是情侶？」

「天啊！湯姆！」

「很抱歉，凱，我必須這麼問。」他用餐巾點點嘴唇，伸手端咖啡，眼睛看了看餐廳四周。「這樣說好了，有人看到你們兩個那天晚上幾乎都在一起，在奧姆尼飯店。」

我的雙頰紅了。

「我完全不在乎妳的私生活，凱，我認為別人也不在乎，但是這件事不一樣。我必須向妳說抱歉。」他清了清喉嚨，眼睛終於又看我了。「法務部那邊的人正在調查馬克的朋友史巴拉辛諾……」

「他的朋友？」

「這件事很嚴重，凱，」愛斯瑞吉往下說道：「我不知道你們在法學院認識的時候，他是什麼樣子，但是我知道他現在是什麼樣子。自從有人看到你們在一起，我對他做了一些調查。七年前，他惹了些麻煩，他犯下勒索、詐欺罪，爲此還進了監獄。在那之後，他跟史巴拉辛諾混在一起，史巴拉辛諾目前涉入組織犯罪。」我感到像是突然有一把老虎鉗夾住我身上每一條血管，血液完全無法流向心臟。我的臉色一定很蒼白，因爲愛斯瑞吉馬上給我一杯水，耐心的等著我恢復神態。當我再度看著他，他又開始說下去。

「馬克從沒在歐度夫與布吉法律事務所工作過，凱。事務所從來沒聽過這個人。這一點我並不意外。馬克．詹姆斯再也無法執業了，他的執照被吊銷了。他現在只是史巴拉辛諾的私人助理。」

「史巴拉辛諾爲歐度夫與布吉法律事務所工作嗎？」我終於可以發問了。

「他是他們的娛樂法律師，那一點倒是眞的。」他回道。

我無法回答什麼，只能強忍不讓眼淚流下來。

「不要接近他，凱，」他想讓自己的聲音聽起來溫和一點，可是卻顯得更不自然，「分手吧！不管妳跟他是什麼關係，都停止吧！」

「我跟他沒有任何關係。」我尖銳的說。

「妳上次和他連絡是什麼時候？」

「幾個星期前，他打電話給我。我們的談話不到三十秒。」

他點點頭，好像已經預料到了。「他已經變得神經質了，這就是犯罪的毒果。他不再會花時間與人在電話上聊天了，我猜他也不會再跟妳連絡，除非他要什麼。告訴我你們在紐約的情形。」

「他想見我，想警告我不要接近史巴拉辛諾。」我無力的加上一句，「至少這是他告訴我的。」

「他到底有沒有警告妳呢？」

「有。」

「他說什麼？」

「他說他要保護我。」

「妳相信他？」

「我不知道我該相信什麼了。」我說。

「妳愛這個男人嗎？」

我無聲的望著檢察長，我的眼睛變成像石頭一樣的呆滯。

他低聲說：「我需要知道妳在這件事情上有多脆弱，別以爲我喜歡這樣問妳，凱。」

「我也不喜歡你這麼問，湯姆。」我的聲音帶著防衛。

愛斯瑞吉從腿上拿起餐巾，折整齊後塞進盤子的下方。

「我怕的是，」他的聲音小聲到我必須靠過去聽，「馬克·詹姆斯會給妳帶來傷害，凱。他可能也是闖入妳辦公室的幕後主使者之一……」

「為了什麼？」我打斷他，聲音提高了。「你在說什麼？有什麼證據……」接下來的話卡在我喉嚨裡，帕丁參議員跟那名年輕人來到我們這桌。我沒看到他們起身走過來。從他們的表情可以看出他們現在才發現他們打斷了一段沉重的談話。

「約翰，眞高興看到你。」愛斯瑞吉從椅子上起身。「這是首席法醫凱·史卡佩塔，你們認識吧？」

「當然，當然，妳好嗎，史卡佩塔醫生？」他微笑與我握手，眼神卻顯得有一段距離。「這是我兒子，司考特。」我發現司考特完全沒有遺傳他父親粗獷而矮小的身材。這位年輕人非常的英俊、高大，不胖不瘦，黑色的頭髮像皇冠一樣罩住他細緻的臉龐。他大概只有二十幾歲，眼中帶著隱約的傲慢，讓我有些不舒服。這段客套的對談絲毫沒有讓我愉快些，他們走了以後，我的心情也沒有好起來。

「我在哪裡見過他。」侍者為我們倒了咖啡後，我對愛斯瑞吉說道。

「誰？約翰？」

「不，不，我當然見過參議員，我是說他的兒子司考特，他看起來很面熟。」

「妳大概在電視上看過他，」他回答，並且悄悄看了一眼手錶，「他是個演員，或者說他想當演員。我想他在幾齣連續劇裡擔任過小角色。」

「哦！我的天！」我喃喃的叫道。

「可能也在幾部電影裡出現過。他已經離開加州，現在定居紐約。」

「不！」我驚訝的說。

愛斯瑞吉放下咖啡，平靜的凝視著我。

「他怎麼知道我們會在這裡吃早餐，湯姆？」我盡量讓聲音平和，因爲我的腦海已經出現了畫面。蓋勒格餐廳，馬克與我吃晚飯時，那個年輕人在幾桌之外獨自喝著啤酒。

「我不知道他如何得知，」愛斯瑞吉回答，他的眼中出現一種奇特的滿足感，「不過我不意外，小帕丁已經跟蹤我好幾天了。」

「他不是法務部派出的眼線？」

「當然不是。」愛斯瑞吉平淡的說。

「史巴拉辛諾？」

「我想是的。那比較合理，不是嗎？」

「怎麼說？」

他看看帳單，說：「史巴拉辛諾想知道我們這裡的情況，所以他派人監視我們，而且讓我們感到困擾。」他抬頭看我，「隨妳相不相信吧！」

在我看來，司考特．帕丁是個不愛說話、鬱鬱寡歡的人。我記得他看著《紐約時報》，喝著啤酒，神情十分陰鬱。我會注意到他，是因爲外表出衆的人就跟一盆美麗的花一樣，很難不引人注目。

當天稍晚的時候，馬里諾跟我一起乘電梯到一樓辦公室，我衝動的告訴了他這一切。

「我很肯定，」我重複道：「他就是在蓋勒格餐廳裡，坐在離我們兩桌之外的那個人。」

「當時他只有一個人？」

「對，他正在看報，喝著啤酒。我不覺得他是去用餐的，但是我記不大清楚了。」我們抄近路穿過一間大儲藏室，沿途都是瓦楞紙跟灰塵的味道。

我的情感跟理智在賽跑，看誰可以擺脫馬克的謊言。馬克說史巴拉辛諾不知道我去了紐約，他會出現在牛排館全然是個巧合。這絕對是假話，那晚小帕丁被派到餐廳監視我，這只有在史巴拉辛諾知道我和馬克在一起，才有可能發生。

「還可以從另一個角度來看這件事，」馬里諾說，同時我們穿過辦公大樓最髒的地帶，「替史巴拉辛諾監視別人可能是帕丁在紐約生存的一種方式，也許他是被派去跟蹤馬克，不是妳。記得嗎？史巴拉辛諾向馬克推薦那家牛排館，至少馬克是這麼告訴妳的，所以說，史巴拉辛諾有理由認爲馬克當晚會去那裡吃飯。史巴拉辛諾打發帕丁過去，看看馬克都做些什麼。帕丁去了，坐在那裡喝啤酒，結果你們兩個一起出現了。也許這段時間他溜去通風報信，接下來史巴拉辛諾就去了。」

我很想相信這個說法。

「只是個假設。」他說。

我知道我不能相信。我嚴厲的告訴自己，眞相就是馬克背叛了我，他是愛斯瑞吉口中那個罪犯。

「妳必須要考慮種種可能。」馬里諾下了一個結論。

「當然。」我含糊回應。

走過另一條走廊，我們來到一扇厚重的金屬門前。我找到鑰匙打開門，走進了槍械測試間，測試人員在這裡試用所有人類發明的槍枝。這是一個單調又充滿鉛味的密閉空間，其中一面牆釘著夾板，上面掛滿了各種手槍跟機關槍，都是被法院沒收的武器，最後流落到了這裡。幾枝比較長的是獵槍跟來福槍。對面的牆是金屬打造的，中間部分特別厚，上面千瘡百孔都是長年累積下來的。角落堆了假人的肢體，有臀部、頭部、腿部，看起來像是納粹大屠殺的屍塚。

「妳比較喜歡白肉，對不對？」他選了一個白種男人的胸膛。

我沒理睬他，逕自打開背袋取出小手槍。他又選了個有棕色頭髮跟眼睛的白人頭部，套在胸膛上，找來一個箱子墊高，放在三十步外的鋼牆下。

「妳要讓他一槍斃命。」馬里諾說。

我裝上子彈，抬頭的時候看到馬里諾從長褲裡取出九釐米手槍。他推開槍匣，拉開保險，再把槍匣推回原位。

「聖誕快樂！」他把槍給我，槍柄朝著我。

「不，謝謝你。」我盡量說得委婉一點。

「妳的槍只能射五發子彈，然後妳就沒救了。」

「除非我一槍都沒打中。」

「他媽的，醫生，每個人都會失誤，問題是，妳的手槍給妳的機會太少。」

「我寧願準準的射幾槍，你那把只會噴出鉛仔罷了。」

「我的槍火力更強。」他說。

「我知道，五十呎的距離多出一百磅的力量。」

「而且可多裝三倍的子彈。」馬里諾補充道。

我曾試射過九釐米手槍，但是我不喜歡。他們不如我的點三八來得準確，而且安全性也不夠，因爲子彈有時會卡住。我向來不習慣以量取勝，我相信只要常練習，點三八就夠用了。

「夠準的話，我只需要開一槍。」我將耳罩戴上。

「對，而且那一槍還需要射在兩眼正中間的位置。」

我用左手握穩槍，連續扣扳機。假人頭上中彈一次，胸膛三次，第五顆子彈擦過左肩。這一切都發生在幾秒之間，假人的身軀飛落紙箱，傻傻的靠在牆邊。

馬里諾沒說一句話，只將九釐米長槍放在桌上，從肩上的槍套裡取出點三五七手槍。我知道我傷了他的心，他一定費了不少力氣才替我弄到九釐米手槍，還以爲我會很高興。

「謝謝你，馬里諾。」我說。

槍上膛後，他慢慢的舉起手槍。

我又告訴他，我很感謝他的關心，不過我知道他不是沒聽到，就是沒在聽。

我退後幾步看他射了六發子彈，假人的頭在地上彈跳。他重新上膛瞄準胸膛。當他結束的時候，空氣中充滿硝煙味，讓我了解到我永遠不可以惹毛他。

「當一個人倒下後，再射他是很可怕的事。」我說。

「妳說得對，」他摘下耳罩，「是很恐怖。」

我們在頭頂的軌道上套了個木框，又在框上夾了一張紙靶，開始另外一種練習。我把子彈都用完了，對於射擊成果頗感滿意。當我用布清理槍管時，清潔劑的味道又讓我想到匡提科。

「要聽我怎麼想嗎？」馬里諾也在清理他的槍。「我覺得妳一人在家的時候，需要的是一把獵槍。」

我沒說話，只是把槍收回槍盒裡。

「像是連發式的雷頓，用十五發三十二直徑的子彈痛宰那傢伙，如果妳連發三次，就是三倍的火力，也就是四十五發鉛彈，他大概不會有機會復活了。」

「馬里諾，」我靜靜的說：「我沒事，好嗎？我不需要一整個彈藥庫。」

他抬眼看我，眼光銳利。「妳知道當妳對一個傢伙開槍，他不但沒倒下，還往妳身上撲過來的感覺嗎？」

「我不知道。」我說。

「我知道。在紐約的時候，我朝一個混蛋開槍，用盡了所有的子彈，射中他的上半身四次，居然還沒辦法讓他停下來。簡直跟恐怖小說裡的情節一樣，那混蛋像殭屍一樣朝我撲來。」

我在實驗外套的口袋裡找到一些面紙，擦了擦手上的槍油跟清潔劑。

「在貝蘿家裡追殺貝蘿的人也是這一型，醫生，他就像個瘋子。一旦下手，絕不會輕易放棄。」

「在紐約的那傢伙，」我追問：「他死了嗎？」

「哦！是的，死在急診室。我們乘著同一輛救護車到醫院，眞是荒謬。」

「你傷得很重？」

我突然無法判讀馬里諾說這話的表情。「不重，縫了七十八針，皮肉之傷而已。妳沒看我光過上身吧？那傢伙手上有刀。」

「眞是糟透了。」我喃喃的說。

「我不喜歡刀，醫生。」

「我也不喜歡。」我同意道。

我們步出射擊室。槍油跟子彈殘餘讓我覺得自己很髒，大多數的人都不知道射擊可以把人搞得這麼髒。

馬里諾一面走，一面掏著皮夾。他遞給我一張白色的卡片。

「我還沒有塡申請表。」我驚訝的看著爲我開立的持槍許可證。

「對，因爲萊賀法官欠我一個人情。」

「謝謝你，馬里諾。」我說。

他微笑著替我開門。

雖然衛斯理、馬里諾跟我自己都訂下了規矩，我還是在辦公室待到天黑，停車場已經沒有人了。我沒管桌上的東西，光是看一眼行事曆就納悶起來。

蘿絲很自動的重新規畫了我的生命。所有的約會都改了期，不是延後很久就是取消了。演講和解剖示範都轉給了費爾丁。我的上司衛生署長打了三次電話給我，最後問我是否病了。

費爾丁似乎很能勝任我的工作。蘿絲開始替他打驗屍報告跟微物偵查報告，她在替他做事，不是替我。每天照樣日出日落，整個辦公室都運作如常，因爲我挑選並訓練了最棒的職員。可是我還是懷疑當上帝創造了一個世界，後來這個世界不需要祂時，祂到底是怎麼想。

我沒有馬上回家，我去了錢伯連花園公寓。電梯裡還是貼著那些過期的邀約。和我一起搭電梯的是個矮小瘦弱的老婆婆，從頭到尾她的孤獨眼光從沒離開過我身上。她緊抓著助行器，像隻小鳥緊抓著枝幹一樣。

我沒事先告知麥克提格太太我要來。我敲了三七八號的門數次，她終於開門窺看，帶著滿臉疑惑，身後是擁擠的家具跟電視的聲音。

「麥克提格太太？」我又重新自我介紹一次，我真的不確定她是否記得我。

她把門又打開了些，光線終於讓她的臉清楚了。「是的，當然記得。真高興妳再來，請進。」

她穿著粉紅色的家常外套，腳上是一雙同色的拖鞋。當我隨著她進入客廳，她關掉電視機，把沙發上的毯子移開。顯然在我來之前，她正坐在那裡吃五穀麵包跟果汁，看著晚間新聞。

「對不起，」我說：「打擾了妳的晚餐。」

「哦！沒有，我只是在吃點心而已。妳要不要喝點什麼？」她馬上問道。

我委婉拒絕了。她隨手整理周遭環境的時候，我坐了下來，心裡同時出現了對祖母的回憶，即使她後來身體不好了，仍沒失去她的幽默感。祖母過世前一年的夏天曾來邁阿密看我們。我帶她去逛街，她自己發明的尿布居然當眾滑到膝蓋，那是用男人的內褲、女人的衛生棉跟安全別針湊起來的東西。她一面扶著，一面跟我跑到女生廁所。我們在裡面大笑，笑個不停，連我差點都控制不了自己的膀胱。

「聽說今晚會下雪。」麥克提格太太坐下道。

「外面很潮溼。」我說：「溫度也很低，可能真的會下雪。」

「不過他們說不會積雪。」

「我不喜歡在雪地裡開車。」我說，同時腦中衡量著怎麼說出接下來那些沉重不愉快的話。

「也許今年可以有個白色聖誕，那不是很特別嗎？」

「會很特別。」我環視四周，搜索著打字機的蹤跡。

「我不記得上次的白色聖誕是什麼時候了。」

這個話題是爲了掩飾她的不安。她知道我是有事而來，她也知道不會是好消息。

「妳眞的不要喝點什麼嗎？一杯酒？」

「不用了，謝謝。」我說。

無聲。

「麥克提格太太，」我開始發問，而她的眼神像個孩子一樣無助，「我能再看一次那張照片嗎？上次我來時，妳給我看的那一張？」

她眨了幾下眼睛，微笑漸漸消失，臉色蒼白。

「有貝蘿·邁德森的那一張。」我強調。

「哦！當然可以。」她緩慢的起身，移到書桌去取那張照片，空氣裡帶著幾分退卻的意味。她把照片交給我時臉上出現恐懼，也可能是困惑。我同時要求看裝照片的信封跟保護照片用的信紙。

「很抱歉，」我說：「妳一定很懷疑我在做什麼。」

她不知道該如何回答。

「我很好奇，照片爲什麼看起來比信封舊？」

「是的，」她回答，驚懼的眼光沒離開我，「我是在喬的文件中找到照片的，所以就用信封裝起來保護。」

「這是妳的信封信紙？」我盡量保持友善。

「哦，不是。」她拿起果汁，小心的喝了一口。「是我丈夫的，但是我替他選的，這種信紙很適合他公司。他走了以後，我還留著空白的信封信紙，看來我這輩子也用不完了。」

我不知道除了直接問她以外，還有什麼方法。

「麥克提格太太，請問妳的丈夫有打字機嗎？」

「當然有，不過我送給我女兒了，她住在福斯教堂區。我喜歡親筆寫信，可是我沒辦法再寫了，因為我有關節炎。」

「什麼樣的打字機？」

「我不記得了，我只知道是電動的，很新。」她想了一下。「喬每過幾年就會換新的打字機。即使後來有了電腦，他還是堅持用打字機。他們的經理布特，曾經勸喬開始學電腦，可是喬還是喜歡打字機。」

「在家裡用還是公司？」我問。

「都有。他在辦公室做不完的事情，就帶回來家裡做。」

「他是否寫過信給哈博姊弟，麥克提格太太？」

她從外套口袋裡取出一張面紙，放在手中擰著。

「我很抱歉問了這麼多問題。」我溫和的說。

她低頭望著多節又皮薄的雙手，什麼也沒說。

「請告訴我，」我輕聲說：「這件事很重要，否則我不會問。」

「是關於她，對不對？」面紙已經裂了，她依然不願抬頭。

「思德琳．哈博。」

「是的。」

「請告訴我，麥克提格太太。」

「她很美、很高貴，是個特別的女人。」麥克提格太太說。

「妳丈夫是否與哈博小姐通過信？」我問。

「我想他有。」

「妳怎麼知道？」

「有一、兩次我過去，看到他正在寫信，他說是爲了生意。」

我沒說話。

「是的，我的喬，」她微笑著，但是雙眼無神，「他是個受女人歡迎的男人。妳知道嗎？他總是親吻女人的手，讓她們覺得自己像個女王。」

「哈博小姐也寫信給他嗎？」我有點猶豫的問，因爲我不喜歡掀起舊傷。

「就我所知，沒有。」

「他寫給她，但是她從沒回過？」

「喬是個善於寫信的人，總是說有一天他要寫書，他也喜歡閱讀，手上總是有書。」

「我現在知道他爲什麼這麼喜歡和蓋利．哈博相處了。」我說。

「哈博先生有煩惱時常會打電話來，我想那就是他們所謂的腸枯思竭。他會找喬聊天，他們談的話題非常有趣，都是文學一類的。」那張面紙已經成了許多碎片，散在她的腿上。「喬最喜歡福克納，他也喜歡海明威跟杜斯妥也夫斯基。我們交往的時候，我住在阿靈頓，他在這裡，他寫的信是世上最浪漫的。」

他一定也是這麼寫信給高貴、未婚的思德琳．哈博。哈博小姐在自殺前，很仁慈的將這些信燒了，因爲她不願意傷害他的遺孀。

「妳看到那些信了。」她說。

「給她的信？」

「是的，他寫的。」

「沒有。」這是我編的善意謊言，但也不完全是謊言。「我們沒有找到那樣的信，麥克提格太太。警方從哈博姊弟的遺物中，沒有找到妳先生寫的東西，更沒有看到妳先生直接寫給思德琳．哈博的信。」

她的神情明顯緩和下來，多年來的否認又得到了證明。

「妳有沒有跟哈博姊弟相處過？比方說和他們在社交場合上交往過？」我問。

「有的，我記得有兩次。一次是哈博先生來吃晚餐，另一次是哈博姊弟和貝蘿．邁德森在我們家住了一夜。」

這提高了我的興趣。「他們什麼時候到妳家住過?」

「喬過世前幾個月而已,應該是年初的時候,就在貝蘿來我們協會演講的一、兩個月後,我記得當時家裡的聖誕樹還在。能有她爲座上賓眞是榮幸。」

「妳是說貝蘿嗎?」

「是的!那時我高興極了。他們三個好像才爲了公事到紐約,我想他們是去見貝蘿的經紀人。他們飛回里奇蒙後受邀在我們家過夜,至少哈博姊弟過了夜。貝蘿本來就住在城裡,所以那天晚上喬開車送她回家。第二天早上,喬又載哈博姊弟回威廉斯堡。」

「妳記得那晚的情形嗎?」我問。

「讓我想想……我記得我做了羊腿,可是他們來得很晚,因爲航空公司把哈博先生的行李弄丟了。」

根據我們已知的情形,這幾乎是一年以前的事,是在貝蘿接到威脅電話以前。

「他們到的時候,都因爲旅途勞頓而顯得疲累。」麥克提格太太繼續說著,「可是喬很棒,他是世上最棒的主人。」

麥克提格太太察覺了嗎?

她看得出她先生看哈博小姐時的愛慕神情嗎?

我記得很久以前,就在我與馬克分手前幾天,他看我時眼神充滿距離感,我馬上就察覺了,這完全是直覺。我清楚知道他心裡想的不是我，但是我不相信他會愛上別人，除非他自己親口告訴我。

「凱，對不起。」我們在喬治城那間我們最愛的酒吧喝著愛爾蘭咖啡時，他這麼對我說。當時灰色的天空飄下細細的白雪，一對對裹著厚重外衣跟鮮豔圍巾的美麗情侶在街上走著。「妳知道我愛妳，凱。」

「但是不如我愛你。」我說道，我的心不曾這麼痛過。

他低頭看著桌子。「我從沒想要傷害你。」

「當然。」

「對不起，我眞的很抱歉。」

我知道他眞的感到抱歉，但是這依然不能改變什麼。

我不知道她叫什麼名字，也不想知道，她也沒有成爲他後來的妻子。珍妮才是，而珍妮已經死了。不過，這可能也是個謊言。

「……他發了一頓脾氣。」

「誰？」我問，我的眼睛再次注視著麥克提格太太。

「哈博先生。」她回答，而且開始顯得疲憊。「他對遺失行李的事情感到憤怒。幸好，行李跟著下一班飛機過來了。」她頓了一下。「天啊！感覺已經是很久以前的事了，事實上卻一點也不久。」

「貝蘿呢？」我問：「那天晚上的她如何？」

「他們都走了。」她的雙手平靜的放在腿上，她面對著那面黑暗而空虛的鏡子。每個人都死了，除了她。那晚她所請的賓客，如今都成了鬼魂。

「我們還在談論他們，麥克提格太太，表示他們還存在著。」

「大概是吧！」她說，眼睛泛著淚光。

「我們需要他們的幫助，他們也需要我們的幫助。」

她點頭。

「告訴我當晚發生的事情，」我又說了一遍。「談談貝蘿。」

「她很安靜，我記得她一直望著爐火。」

「還有呢？」

「發生了一些事情。」

「發生了什麼事，麥克提格太太？」

「她跟哈博先生似乎對彼此很不諒解。」她說。

「爲什麼？他們吵架了嗎？」

「是在送行李的小弟把東西送來以後發生的。哈博先生打開行李，取出一個裝了文件的信封。我並不清楚情況，可能他也喝多了。」

「然後呢？」

「他對他姊姊跟貝蘿說了許多重話，然後他把那個信封丟到火裡。他說：『這東西根本是垃圾，垃圾！』反正就是那一類的話。」

「妳知道他丟的是什麼嗎？有可能是合約嗎？」

「好像不是，」她回答：「印象中好像是貝蘿寫的什麼，像是用打字機完成的幾頁東西。他的憤怒完全是針對貝蘿。」

我猜是她寫的自傳大綱。哈博小姐、貝蘿跟史巴拉辛諾在紐約一起討論大綱，當然還有已經失去控制的蓋利．哈博。

「喬忍不住干涉他們。」她變形的雙手握在一起，也握住了她的痛苦。

「他怎麼做？」

「他載她回家。」她說：「他送貝蘿．邁德森回家。」她突然停頓，驚恐萬分的看著我。「這就是事情發生的原因，我早就知道了。」

「是什麼事情發生的原因？」我問。

「這就是他們死去的原因。」她說。「我早就知道，我當時就有這種感覺，那種感覺眞可怕。」

「請說得更清楚一點。」

「這就是他們死去的原因。」她重複道：「那一晚，屋裡充滿了怨恨。」

13

瓦哈拉療養院坐落在艾伯馬利縣的高級地帶。我常在維吉尼亞大學授課，所以經常會來這一帶。我曾注意到這棟山上的紅磚建築，但不論是私人造訪還是基於公務，我都沒來過這家醫院。

它曾是一家大飯店，光顧的都是名流富紳，後來在經濟蕭條時期破產，之後由三兄弟買下。這三兄弟都是心理醫師，他們企圖把瓦哈拉變成佛洛伊德實驗室，一個有錢精神病患的度假中心。凡是老年人或精神不正常的人都可以到這裡，讓這些人的家庭不要再爲不便和羞恥煩憂。

艾爾．杭特在青少年時期曾經待過這裡，這點我並不意外，讓我意外的是他的心理醫生似乎很不願意談及他。華納．麥斯特森專業的熱忱下隱藏某種祕密，連最頑強的人都休想問出什麼。

我將車停在訪客專用的停車位後，走進了一樓大廳。這裡的裝潢採維多利亞式，鋪著東方地毯。窗子還有雕花窗簷，垂墜的厚重窗簾已經磨損露出線頭了。我正在向櫃檯小姐自我介紹，身後卻突然有人叫我。

「史卡佩塔醫生？」

我回答，眼前是一個又高又瘦的黑人，穿著深藍色的歐式西裝。他的頭髮閃著點點亮光，頰骨和前額像貴族一樣的高聳。

「我是華納．麥斯特森。」他大方的笑著伸出手。

我以爲自己忘記在哪裡見過他，結果他告訴我是在報上跟電視新聞上看過我的照片，眞希望他不要提起這件事。

「到我的辦公室。」他愉悅的說：「我希望這趟山路沒讓妳太累，要不要喝什麼？咖啡？汽水？」

他一面走著，一面對我說。他的步伐很大，我盡量跟上他的速度。許多人不明白有些人天生配備了一雙短腿是什麼感覺。我經常覺得這世界上充斥著特快火車，而我只是一台勤快的手推車。麥斯特森大夫已經走到長廊的另一頭，他終於回頭找我。等我追上他，他帶我走進辦公室。我找了張椅子坐下，他回到桌子後面的座位，熟練的把菸草塞在菸斗裡。

「史卡佩塔醫生，」麥斯特森醫生打開一疊厚厚的檔案夾，「我對艾爾．杭特的死感到遺憾。」

「你很驚訝嗎？」我問。

「不完全是。」

「我想看看他的病歷。」我說。

他考慮了很久，我幾乎想提醒他，我有權查詢醫院資料。這時他笑著說：「當然。」然後把資料交給我。

我打開牛皮檔案夾，開始閱讀裡面的內容，菸斗散出帶有木屑味道的藍煙飄過我眼前。艾爾．杭特入院時的資料跟健康狀況十分平常。他是在十一年前的四月十日入院，健康狀況良好，但心理狀況卻是另外一回事了。

「他入院的時候，有因緊張而顯現癡呆的現象？」

「極端的憂鬱跟自閉。」麥斯特森醫生回答：「他不知道自己爲什麼入院，什麼都說不出來，他沒有足夠的心理能量來回答問題。妳可以從紀錄中看到，我們沒辦法替他做智力測驗，必須等過一陣子以後才能執行。」

智力測驗的結果也在檔案中。艾爾．杭特的智力有一百三十，這代表他不是智障。至於人格測驗的結果則顯示，他並不合乎精神分裂症的標準，也不是眞正的精神異常。根據麥斯特森醫生的診斷，艾爾．杭特的症狀是「處於精神分裂式的失常人格邊緣，以關在廁所持牛排刀割腕之方式，顯現短暫的異常狀態。」他想結束自己的生命，可是又同時叫救命。他的母親立即將他送到急診室，傷口縫合後出院，不過第二天早上，他就被送到瓦哈拉療養院了。根據杭特太太的說法，艾爾．杭特是因爲晚餐時被父親狠狠訓了一頓，才引起了自殺的念頭。

「剛開始，艾爾不願意參加任何集體治療，也不參加病患必須加入的團體活動。」麥斯特森醫生說：「他服用了抗憂鬱的藥，但效果並不理想。每次和他交談時，我都無法讓他吐出一個字。」

一個星期過去了，艾爾完全沒有進步。麥斯特森大夫開始考慮用電療法。這種方法就跟電腦出了問題，不去分析問題在哪裡，而是直接重新開機。這種治療法重新接起腦中的連結路徑，略過任何引起問題的「病毒」，甚至讓它永遠消失。也因爲如此，電療法不適合用在年紀輕的病患身上。

「後來用了電療法嗎？」我問，因為我在檔案上沒有看見相關的紀錄。

「沒有。當時我認為已經沒有其他選擇了，可是某天早上，就在我們做心理戲劇表演的時候奇蹟發生了。」

他停了一下，重新點燃菸斗。

「你們如何進行心理戲劇表演？」

「有些部分只是機械式的背誦跟暖身而已。奇蹟發生的這一次，我們要求所有的病患排隊模仿花朵，鬱金香、水仙花、雛菊，什麼花都可以。每個病患都把自己想像成一種朵花。這是艾爾第一次參加團體活動，他用手臂畫著大圈圈，點著頭。」他表演著艾爾的動作，看起來不像花，比較像大象。「當心理治療師問他表演的是什麼，他說：『紫蘿蘭（譯註：脂粉氣的男子）』。」

我沒說話，我對我們所談論的男孩充滿同情。

「當然，我們第一個反應就是，艾爾的父親就是這麼看待他的，認為他是個娘娘腔。」麥斯特森醫生用手帕擦拭著眼鏡。「這種指控對年幼又脆弱的艾爾來說相當嚴厲，不過他所指的花還有另外一層意義。」他重新戴上眼鏡，定神的看著我。「妳知不知道艾爾對色彩聯想的敏感度？」

「知道一些。」

「紫蘿蘭也代表一種顏色。」

「是的，非常深的紫色。」我同意。

「當妳混合代表憂鬱的藍色跟代表憤怒的紅色，這就是艾爾的顏色。他說從他靈魂釋放出的就是這種顏色。」

「這也是一種慈悲的顏色。」我說：「總之，是很沉重的顏色。」

「艾爾．杭特總是一付心事重重的樣子，史卡佩塔醫生。妳知道他認爲自己有感應的能力？」

「不完全知道。」我不安的說。

「他覺得自己可以未卜先知，有心理感應能力。承受的壓力越大就越覺得自己有這方面的能力，他認爲自己可以知道別人在想什麼。」

「眞的可以嗎？」

「他的直覺很強，」他的打火機又滅了，「想法也經常很有道理，不過，這就是問題所在。他因此認爲能感受到別人的想法跟感受，可以預知他們下一步會做什麼，然後，就像我在電話裡跟你說的，他會沉溺在所有的想像中，迷失在別人的想法裡。他的自我意識很薄弱，就像水一樣隨著容器的形狀變換自己的形狀。換句話說，他把世上所有事情都當成自己的事情。」

「那是種危險的做法。」我說。

「沒錯，也害死了他。」

「你說他對別人的一切感同身受？」

「一點也沒錯。」

「可是資料上的診斷結果跟你說的不同。」我說：「瀕臨精神分裂式的邊緣人格對別人是漠不關心的。」

「問題是，他對別人的感受也都是想像來的，史卡佩塔醫生。艾爾將自己行爲異常的現象，怪罪於對別人的感受過於強烈，甚至相信自己可以感受到別人心中的痛苦。事實上，他是個徹底孤立的人。」

「大都會醫院的人都說他任職護士期間，對病人非常體貼。」我提出。

「這是當然的，」麥斯特森大夫反應道：「他是負責急診室的病人。如果他負責長期住院的病患，就絕對待不下去。艾爾可以很體貼，前提是他不需要眞正接觸了解那個病人。」

「這也是他可以念到碩士學位，卻不能適應心理治療的原因。」我說。

「十分正確。」

「他跟父親的關係如何？」

「非常不融洽，甚至帶著虐待性。」他回答。「杭特老先生是個嚴厲的人。他的教子方式就是不打不成器。艾爾沒有能力面對這種高壓教育，這把他逼到母親的懷裡，但是在母親的懷裡，他對自我形象也越來越困惑。我想妳應該知道，很多同性戀男子的父親都是粗壯的男人，開著大卡車，載著槍，車上還插著政治立場鮮明的旗幟。」

我想到馬里諾，他有個已成年的兒子。我這才突然想到馬里諾從來沒提過他那住在外面的獨子。

我問道：「你是說艾爾．杭特是個同性戀？」

「我只是認爲他太沒安全感了。他的自卑感太強，使得他無法正常面對別人，更沒辦法發展正常的親密關係。據我了解，他也沒有同性交往的經驗。」他看著遠處，吸著菸斗。我無法判讀那種表情。

「那天的戲劇表演發生了什麼狀況？麥斯特森醫生。你所說的奇蹟是什麼？就是他表演了紫蘿蘭，就這樣嗎？」

「那只是開場，」他說：「奇蹟是，他在大家的圍觀下，表演了一場與父親的對話。當內容變得越來越激烈，我們一位診療師坐到他對面，扮起他的父親。當時，艾爾已經處於一種恍惚狀態，無法分別事實跟想像，最後他的憤怒爆發了。」

「他憤怒的情況是什麼樣子？會使用暴力嗎？」

「他號啕大哭，哭得無法自已。」麥斯特森回答。

「他的『父親』對他說了什麼？」

「其實都是尋常的諷刺跟苛責。艾爾對苛責極度敏感，史卡佩塔醫生，這就是他困惑的根源，他以爲自己對別人的事情很敏感，其實說穿了，他只對自身的事情敏感。」

「有替艾爾安排固定的社工人員嗎？」我繼續翻閱著資料，發現其中沒有填入任何一個治療師的名字。

「當然。」

「是誰呢?」檔案中少了幾頁。

「我剛才提到的治療師。」他淡淡的說。

「心理戲劇表演的那一位?」

他點點頭。

「他還在醫院裡工作嗎?」

「不在了。」麥斯特森醫生說:「吉姆沒跟我們一起了……」

「吉姆?」我打斷道。

他將菸斗裡的餘灰倒出來。

「他姓什麼?住在哪裡?」我問。

「很遺憾,吉姆·包尼斯幾年前死於車禍。」

「幾年前?」

麥斯特森醫生再次擦拭他的眼鏡。「我想大概是八、九年前。」

「怎麼發生的,在哪裡?」

「我記不得詳細的情形了。」

「眞不幸。」我說,我的語氣像是已經對這件事情不感興趣了。

「艾爾．杭特是你偵辦那件案子的嫌犯之一嗎？」

「兩件案子，是兩件謀殺案。」

「兩件。」

「讓我回答你的問題吧！誰是嫌疑犯，跟我並沒有關係，那是警察的事情。我之所以要蒐集艾爾．杭特的資料，是因爲我需要證明他的個人記錄中具有自殺傾向。」

「這會是個需要懷疑的問題嗎？史卡佩塔醫生，他不是上吊自殺的嗎？難道除了自殺外，會有其他因素？」

「他死亡時的穿著有些異常，只有一件襯衫和四腳內褲。這種情形不得不令人多所聯想。」

我盡量用平常的語氣回答。

「妳是在暗示自瀆窒息的可能？」他意外的抬起眉毛。「因爲自慰而引發的意外死亡？」

「我想盡量排除這種可能性。」

「妳怕他父母會抗議妳把這種死因塡入死亡證明中？」

「我的理由很多。」

「妳眞的懷疑他的死因並不單純？」他皺眉。

「不，」我回答，「我想他是自殺的，麥斯特森醫生，那就是他走向地下室的理由。他拆皮帶的時候，可能順便將褲子脫了下來。他是用皮帶吊死自己的。」

「也許我應該爲妳澄清另一件事，史卡佩塔醫生。艾爾從來沒有暴力傾向，據我所知，他唯一可能傷害的人，是他自己。」

我相信他所說的，也相信他還隱瞞我很多事情。他所謂的不記得跟他說話內容的含糊其詞，都是另有原因的。吉姆．包尼斯讓我想到吉吉。

「艾爾在這裡待了多久？」我改變話題。

「我記得是四個月。」

「他有沒有在你們的精神犯罪科工作過？」

「瓦哈拉沒有精神犯罪科，只有一個叫『後走廊』的地方，那是專門爲那些會傷害自己的病患設的，但是我們不收精神罪犯。」

「艾爾待過『後走廊』嗎？」

「從沒這個必要。」

「謝謝你寶貴的時間。」我起身。「請你將這份資料做一份備份寄給我。」

「那是我的榮幸。」他大方的微笑，但沒有注視我。「如果我還能做什麼的話，別忘了打電話來。」

我穿過長廊步向大廳的時候，心中一直犯嘀咕，但是我的直覺是不要問起法蘭奇，甚至不要提到他的名字。後走廊，會傷害自己的精神病患去的地方。艾爾．杭特說他曾在精神犯罪科跟病人交談過。那是出於他的想像，還是他弄錯了？瓦哈拉沒有精神犯罪科，不過很有可能法蘭奇是被關在後走廊的病患。或許法蘭奇病情轉好，被送到了一般病房，然後艾爾剛好進了瓦哈拉，兩人因此認識？法蘭奇殺了母親的事情是否也是出於幻想？還是他希望自己可以那麼做？

法蘭奇用一根木柴把他媽媽打死。凶手用金屬管子打死了蓋利・哈博。

我回到辦公室的時候，天色已經黑了，清潔工來過又走了。

我坐在桌前面對電腦開始做事。幾個指令後，螢幕出現了吉姆・包尼斯的檔案。

九年前的四月二十一後，他在艾伯馬利縣死於一場車禍，死因是「頭部重創」。他的血液酒精濃度是〇・一八，比合法指數高了兩倍。警方還在他車上發現兩種痲醉藥物，顯然吉姆・包尼斯有物質濫用方面的問題。

電腦分析室裡的古老縮影機放在黑色的桌上，像一尊佛像似的供在那裡，我對視聽器材研究本領向來不高。在不耐的瀏覽過縮影資料後，終於找到了我要的那一卷。我把影片安裝在機器上，滿室漆黑中一行行模糊的小字經過我的眼簾。等我找到那個案子的時候，眼睛已經開始酸痛了。我轉著旋鈕，影片流轉聲吱吱響著，終於警察的手寫報告出現在螢幕正中央。星期五晚上十點四十五分左右，包尼斯駕著一九七三年份的BMW，駛於六十四號向東的州際公路上。他的右輪出了柏油路，方向盤回過了頭，結果撞上分隔護欄，整輛車子飛起來。我轉動影片，看到了法醫的調查。一位名叫布朗的醫生在欄內註明死者在案發當天下午被瓦哈拉醫院解雇，他是那裡的社工。他在五點左右離開瓦哈拉，據稱他當時非常憤怒。包尼斯死亡時仍然未婚，只有三十一歲。

法醫報告上出現了兩名目擊者的名字，他們一定接受了布朗醫生的詢問。其中一名是麥斯特森醫生，另一位是潔妮．山普小姐。

有時候辦一樁謀殺案會讓人感覺像迷了路。即使看起來可能性不大的一條街，你還是會順著它走走看。如果你運氣不錯，說不定繞著繞著就讓你找到了出路。一個死了九年的心理治療師跟貝蘿．邁德森與蓋利．哈博的被殺會有什麼關係？可是我卻覺得這中間有某個環節是相通的。

我並不想去盤問麥斯特森的員工，我敢打賭他已經警告過他們，如果我打電話過去，他們肯定都會很有禮貌的保持緘默。隔天早上，我繼續讓我的直覺引導我該如何往下走。我打了通電話到約翰．霍普金斯醫院，希望伊斯梅爾大夫在那兒。他眞的在，而且證實了我的推測。思德琳．哈博的胃中濃縮物以及她的血液證明她死前不久的確服用了大量的左旋美沙芬，每公升血液中含有八毫克。這個含量已經高到足以讓她致命，也代表這不是一場意外。她結束了自己的生命，而且刻意採取了一般藥物檢查無法測出的方式。

「她是否知道右旋美沙芬與左旋美沙芬兩者在一般性的藥物測驗中都會被認爲是右旋美沙芬？」我問伊斯梅爾大夫。

「在我印象中，我並沒有跟她討論過這方面的事情。」他說：「不過她向來對我們的治療方式跟用藥很有興趣，很有可能她是從我們的醫學圖書館查到相關的資料。我記得剛開始用左旋美沙芬的處方時，她確實問過一些問題。那是幾年前的事了，當時這種藥還處於實驗階段，她很好奇，也有些擔心……」

他繼續說著，但是我已經分神了。我永遠不能證實那瓶咳嗽藥是不是哈博小姐刻意留在我發現的地方，不過我有理由相信事情確是如此。她決意自殺，想死得有尊嚴而且不想單獨死去。

掛上電話之後，我替自己泡了一杯熱茶。我在廚房踟躕，偶爾看著窗外十二月的景色。那隻白子松鼠山米又跑到我的餵鳥器裡頭了。有一刻我們四眼相對，牠那毛茸茸的雙頰快速的嚼動著手上抓的穀子，白色的尾巴向著藍天捲成一個問號。我們是在去年冬天結識的。我站在窗前望著牠反覆試圖從樹幹上跳到餵鳥器上那塊給鳥用的狹小站立空間，牠失敗往下掉的時候，小小的手掌在空中猛抓。經過幾次以後，山米終於學會了。有時候我會出去丟一把花生給牠，到後來只要一陣子不見牠，我就感到無比的不安，直到牠又出現把餵鳥器上的穀子吃光時，我才感到安慰。

我坐在餐桌前，手上握著一疊紙跟一枝筆。我撥了通電話到瓦哈拉療養院。

「請找潔妮·山普小姐。」我沒有自我介紹。

「她是這裡的病人嗎？」接線小姐直接問道。

「不，她是那裡的員工……」我回答得有些混亂。「我想應該是，我好幾年沒見到潔妮了。」

「請稍等。」

相同的聲音又回來了。「我們的紀錄上沒有這個名字。」

該死，怎麼會這樣？我心想。法醫紀錄上明明在潔妮·山普旁邊註明了瓦哈拉的電話號碼。是布朗醫生寫錯了嗎？九年前的事情，九年中可能發生很多事情。山普小姐可能搬家了，也可能結婚了。

「很抱歉，」我說：「山普是她未婚時的姓氏。」

「妳知道她的夫姓嗎？」

「眞糟糕，我應該知道的……」

「潔．威爾遜？」

我頓住了，無法給予肯定的答覆。

「我們有個員工叫潔．威爾遜，」對方說道：「她是這裡的心理治療師，可以等一下嗎？」她很快回來了，「是的，她未婚時是叫山普，但是她週末休假，星期一早上八點會來上班，妳要不要留話？」

「能不能告訴我現在怎麼聯絡她？」

「醫院不允許我們給外人員工家裡的電話。」她有些懷疑了。「如果妳可以給我妳的姓名跟電話，我可以聯絡她，再請她打電話給妳。」

「恐怕我不會待在這裡很久。」我故意讓自己的聲音帶著失望。「下次我再來的時候再試著跟她聯絡好了。我會寫信來，是寄到妳們醫院吧？」

「是的，妳可以這麼做。」

「請問地址是？」

她給了我地址。

「她丈夫的大名是？」

對方沉默片刻。「我記得是思吉。」

大概是萊思里的暱稱。「所以我會在信上署名思吉．威爾遜太太，或是萊思里．威爾遜太太。」我含混的說，好像我正把這個名字寫下來似的。「謝謝妳。」

查號台告訴我在夏綠村有一個萊思里．威爾遜，有一個L.P.威爾遜，還有一個L.T.威爾遜先生。我開始撥電話。當我打到L.T.威爾遜家中，一個男人告訴我「潔妮」出去買東西，一個鐘頭之內會回到家。

我知道一個陌生人在電話上是問不出什麼答案的。潔妮．威爾遜一定會堅持要我去找麥斯特森醫生談，如果是這樣，一切就泡湯了。但是，如果是一個活生生的人突然出現在妳門口，就會比較難拒絕她，特別是這個陌生人自我介紹是首席法醫，而且還有證件可供證明。

潔妮．山普．威爾遜穿著牛仔褲和一件套頭紅毛衣，看起來一點都不像三十歲。她有著暗棕色的頭髮、友善的雙眼，鼻尖還有一搓雀斑。她把頭髮梳成馬尾，綁在後面。大門裡的客廳有兩個小男孩，他們正坐在地毯上看卡通。

「妳在瓦哈拉醫院工作多久了？」我問。

她遲疑了一下。「呃，大約十二年。」

我眞是鬆了一口氣，還幾乎發出呼氣聲。九年前吉姆．包尼斯在的時候，還有在那之前的兩年，當艾爾．杭特還是那裡的病人的時候，潔妮．山普都在瓦哈拉。

她直挺挺的站在門口。車道上除了我的車外只有一輛車，這表示她先生不在家，好極了。

「我正在調查貝羅．邁德森跟蓋利．哈博的命案。」我說。

她張大了眼睛。「妳想要問我什麼？我並不認識他們……」

「我可以進來嗎？」

「當然，對不起，請進。」

我們來到她的廚房。她的廚房鋪著塑膠地板，用的是松木櫥櫃，整理得非常乾淨。一盒盒的早餐玉米片整齊的排在冰箱上面，廚檯上立著一些玻璃罐，裡面分別是餅乾、米跟義大利麵。洗碗機正在運轉，我還聞到了烤箱裡飄來的蛋糕味。

我試著釐清她心中的疑慮。「威爾遜女士，艾爾．杭特在十一年前是瓦哈拉的病患，並且曾經是本案的嫌疑犯，他認識貝羅．邁德森。」

「艾爾．杭特？」她顯得困惑。

「妳記得他嗎？」

她搖頭。

「妳說妳在瓦哈拉待了十二年？」

「事實上是十一年半。」

「艾爾．杭特在十一年前是瓦哈拉的病人。」

「但是他的名字聽起來眞的很陌生……」

「他上個星期自殺了。」我說。

現在她看起來更困惑了。

「在他死前不久，我曾跟他談過話。負責照顧他的社工在九年前死於一場車禍，他叫吉姆．包尼斯，我需要問妳關於他的事情。」

她的臉頰開始紅起來。「妳認爲他的自殺跟吉姆有關？」

我無法回答這個問題。「吉姆．包尼斯在出事前幾個鐘頭剛遭到瓦哈拉的解雇，」我說，「妳的名字，我應該說妳的本名出現在法醫紀錄上。」

「當時這件事存有一些疑點，」她結巴的說：「不知道吉姆是自殺還是死於一場意外，後來一個醫生，還是驗屍官……我不記得了，總之有個男人打電話給我。」

「布朗醫師？」

「我不記得他的名字了。」她說。

「他爲什麼要找妳談呢？威爾遜女士。」

「我想可能是因爲我是最後幾個看到吉姆的人之一。我猜那位醫生打到我們櫃檯，貝娣再請他跟我談的。」

「貝娣？」

「她是當時的櫃檯小姐。」

「我需要請妳告訴我關於包尼斯遭解雇的始末。」她起身去看蛋糕好了沒有的時候，我這麼說。

當她走回來的時候，看起來已經不那麼不安了，事實上，她看起來有點憤怒。她說：「史卡佩塔醫生，也許我們不應該在人死後還說他壞話，但是吉姆不是個好人。他在瓦哈拉闖了大禍，他早就應該被開除才對。」

「闖了什麼大禍？」

「病人不斷的告他的狀，但是病人的話很難採信，妳不知道他們說的到底是眞是假。麥斯特森醫生跟其他心理醫生偶爾聽到他們抱怨，卻一直無法證明，直到一天早上有人看見他做的事。那一天早上，就是他被解雇的那一天。」

「就是妳看到的？」我問。

「是的。」她望著別處，緊閉著嘴。

「發生什麼事？」

「我走進大廳，正好爲了某件事要去找麥斯特森醫生，貝娣突然叫住我。她在前面櫃檯工作，當接線生，我剛提過……湯米、克雷，你們兩個安靜一點！」客廳裡的打鬧聲更大了，電視轉台的聲音更吵了。

威爾遜太太疲累的走出去管孩子。我聽到打屁股的聲音，在那之後電視就鎖定一台了，卡通人物似乎正以機關槍彼此掃射著。

「我說到哪裡？」她問，一面回到餐桌前。

「妳說到貝娣。」我提醒她。

「哦！對。她來到我面前，告訴我說吉姆的媽媽打電話來，長途的，好像有什麼重要的事。我後來一直不知道那通電話是爲何打來，總之，貝娣要我幫她叫吉姆聽電話。吉姆正在做心理戲劇指導，他們正在宴會廳。妳知道，瓦哈拉原來是個飯店，它有個宴會廳，以前是用來辦週末舞會、派對的。廳裡面有座舞台，本來是樂隊演奏的地方。我從舞台後面繞過來，當我看到吉姆正在做的事情，我簡直不敢相信自己的眼睛。」潔妮．威爾遜的眼睛因憤怒而發亮。「我就愣在那裡，吉姆站在舞台上，背對著我，他身邊圍著五、六個病人。那些病人都坐在椅子上，背對著吉姆，所以他們看不到他對那個病人所做的事情。那是一個年輕女孩，她叫蕾塔，大概只有十三歲。蕾塔被她的繼父強暴後，從此不說話成了啞巴。吉姆逼她重演受害情節。」

「強暴？」我平靜的問。

「那個混蛋，對不起，但是我一想到就冒火。」

「可以理解。」

「他後來辯駁他沒做什麼不對的事，該死的傢伙，簡直一派胡言。他否認一切，可是我都是親眼看到的。我知道他做了什麼，他想扮演她繼父的角色，蕾塔怕極了僵在椅子上，動也不敢動。他面對著她，身體傾向她，還在她耳邊講話。藉著宴會廳的傳音功能，我什麼都聽到了。蕾塔雖然才十三歲，可是發育得非常成熟。吉姆問她：『他就是對妳做這個吧，蕾塔？』他一面摸著她，一面問她。他猥褻她，就跟她繼父一樣。我逃開了，他不知道我看到了一切。幾分鐘以後，麥斯特森醫生跟我當面質問他。」

我開始了解麥斯特森醫生爲什麼不願意跟我談吉姆．包尼斯，也開始意識到艾爾．杭特的檔案中少掉幾頁的原因了。這件事情一旦公開，即使事隔多年瓦哈拉一樣會名譽掃地。

「妳認爲吉姆．包尼斯以前也做過同樣的事嗎？」我問。

「從病患之前的控訴證明他也做過。」潔妮．威爾遜的眼睛仍然因震怒發光。

「都是女的？」

「不一定。」

「也有男病患對他控訴？」

「有一個年輕男孩說過，可是沒有人認眞看待過這件事情。他本身就有性方面的心理問題，過去他好像遭過性侵害。這樣的人是吉姆最常下手的對象，畢竟沒有人會相信那個可憐孩子的話。」

「妳記得那個病人的名字嗎？」

「天啊！」她皺眉。「好久以前了。」她努力回憶著。「法蘭克……法蘭奇。對了。我記得有些病人叫他法蘭奇，可是我不記得他姓什麼了。」

「當時他幾歲？」我感覺自己的心臟狂跳。

「我不知道，十七、八歲吧！」

「妳記得有關他的事情嗎？」我問：「這很重要，非常重要。」

計時器響了，她起身把烤箱關了，又順便去看看她的孩子。當她回來的時候眉頭蹙著。她說：「我依稀記得他在『後走廊』待了一陣子，那是他剛入院的時候。之後他轉到二樓的男生病房，我是他的治療師，負責教他們一些簡單的生活技巧。」她的食指輕觸著下巴。「我記得他的手工很不錯，做了很多的皮帶，還喜歡打毛線，這一點很特別。大部分的男病患都不喜歡打毛線，也不要打毛線，他們只喜歡做皮件，或是菸灰缸一類的。他很有創意，技巧也很好。他還有一個特質就是非常愛乾淨，總是把自己的工作區域打掃得一塵不染，地板上有任何一點小殘屑，他都會撿起來。好像東西不乾淨，他就會很困擾似的。」她停下來，抬眼看我。

「他從何時開始抱怨吉姆．包尼斯？」我問。

「我到瓦哈拉工作不久後就聽到了。」她略顯遲疑的想了一下。「我想他是在剛到一、兩個月就開始抱怨吉姆了，而且好像是說給另一個病患聽的，事實上……」她美麗的拱形眉毛再度蹙在一起，「是那名病患再轉述給麥斯特森醫生的。」

「妳記得那名病患的名字嗎？法蘭奇把他的事情說給誰聽？」

「不記得了。」

「會是艾爾．杭特嗎？杭特在十一年前的春夏兩季待過哈瓦拉。」

「我不記得艾爾．杭特……」

「他們的年齡應該很接近。」我補充道。

她的眼睛望著我，帶著天真的好奇：「法蘭奇的確有個朋友，也是一個青少年。我記得他，金髮，對，是個金髮男孩，非常害羞，很安靜。我不記得他叫什麼了……」

「艾爾·杭特是金髮沒錯。」

沉默。

我試著提醒她：「他也很安靜，很害羞……」

「哦，我的天！」她再次叫道：「我敢說那就是他了！他上星期自殺了？」

「是的。」

「他跟妳提過吉姆嗎？」

「他提過一個叫吉吉的人。」

「吉吉，」她重複這個名字，「哦，我不知道……」

「法蘭奇後來怎麼了？」

「他並沒在醫院待很久，只待了兩、三個月。」

「他回家了嗎？」我問。

「我想是吧！」她說。「他的母親好像有什麼問題。法蘭奇跟父親住在一起，他還小的時候母親就棄他而去。總之，我記得他家裡的情況很悲慘，其實，所有瓦哈拉的病患幾乎都是如此。」她深深嘆了一口氣。「眞是的，我已經好多年沒想起這些事了，法蘭奇……」她搖頭。

「眞不知道他後來怎麼了。」

「妳一點都不知道？」

「一點都不知道。」她望著我許久，突然她感覺到了什麼，我看到她的眼睛後面藏著驚恐。「兩個人被殺了，妳認為法蘭奇……。」

我沒說話。

「他不是個有暴力傾向的人，至少在我跟他接觸的時候，他不是。事實上，他還滿溫和的。」

她等待我的答案，我沒有回應。

「我是說，他對人很體貼，對我也很有禮貌。他很細心的觀察我所教的，而且我說什麼，他都會去做。」

「這麼說，他很喜歡妳。」我說。

「他打了一條圍巾給我，紅、白、藍色，我幾乎完全忘記了，現在才想起來。我把它擺哪裡了？」她的尾音拖得長長的。「我一定是送給舊衣回收中心了，我不知道。法蘭奇，我想當時他有些暗戀我。」她不安的乾笑著。

「威爾遜太太，法蘭奇長什麼樣子？」

「高高的、瘦瘦的，暗色頭髮。」她閉上眼睛。「好久了。」她張開眼，再次望著我。「他長得不醜，但也不是特別好看。如果他長得很醜或很好看，我對他的印象也許會更深刻一點。所以，我應該說他長得很平凡。」

「你們醫院會不會有他的相片？」

「沒有。」

又是一陣沉默。然後她忽然像發現什麼的看著我。

「他會結巴。」她緩緩的說。

「什麼？」

「我記得他有時候說話會結巴。當他特別興奮或緊張的時候，他會結巴。」

吉吉。

艾爾．杭特說的正是法蘭奇所說的話。當法蘭奇告訴杭特，包尼斯對他做的事時他很難過、很憤怒，所以他結巴了。他每次一對杭特談到吉姆．包尼斯就開始結巴，於是他說成吉吉。

我一離開潔妮．威爾森的房子，立即奔向第一個看到的公共電話。馬里諾這個混球竟然去打保齡球了。

14

星期一隨著陰晦的雲層湧過來。灰雲籠罩著整個藍脊山丘，使得瓦哈拉療養院暫時隱身。風不斷撲向馬里諾的車。等他把車子停妥在療養院停車場時，細碎的雪花開始落在擋風玻璃上。

「媽的！」我們跨出車子時他咒罵道：「眞是夠了！」

「不會積雪的。」我向他保證，抹去臉上的雪片。我們低頭迎風，在凝結的沉默中走進療養院入口。

麥斯特森醫生正在大廳等候，藏在他微笑後面的是一張硬冷如石的臉。當我面前的兩個男人握手望著彼此時，簡直就像劍拔弩張的兩隻貓。我並沒有介入讓場面變得和諧，因爲我也厭煩了這位心理醫生的遊戲。他明明有我們想要的資料，但要他完整的提供出來，除了祈禱他良心發現之外，就只有靠法庭下的命令。他可以二選一。我們毫不遲疑隨他走進辦公室，這一次他把門帶上了。

「這次要我怎麼幫助你們？」他一坐下就開門見山的問。

「我們需要更多資料。」我回答。

「當然可以，但是史卡佩塔醫生，我必須對妳說，」他說話的方式好像馬里諾不存在似的，「關於艾爾．杭特的事我都說了，我不知道還能說什麼才能幫助妳辦案。妳也看過他的檔案了……」

馬里諾打斷他。「我們來此，無非是想活絡一下你的記憶，」他取出菸，「而且，我們不只對艾爾．杭特有興趣。」

「我不明白。」

「我們對他的朋友更感興趣。」馬里諾說。

「哪一位朋友？」麥斯特森醫生冷冷的問。

「還記得法蘭奇這個名字嗎？」

麥斯特森醫生開始擦他的眼鏡，我發現這是他用來拖延時間的伎倆。

「艾爾在這裡的同時，有個名叫法蘭奇的男孩也在這裡。」馬里諾提醒道。

「我的腦裡現在是一片空白。」

「管你空白不空白，告訴我們法蘭奇是誰。」

「我們隨時都有三百名病患在瓦哈拉，警官，」他答道：「我沒辦法記得每一個待過這裡的人，尤其是那些短期病患。」

「所以，你是在告訴我，法蘭克在這裡待的時間並不長？」馬里諾說。

麥斯特森大夫伸手取菸斗。他說漏嘴了，我從他眼中看到怨怒。「我沒那麼說，警官。」他緩緩的把菸草塞進菸斗裡。「但是，如果你能給我更多這位法蘭奇的資料，我也許會有一點線索。他除了是個『男孩』以外，你還能告訴我什麼嗎？」

我插嘴道：「顯然地，艾爾．杭特在這裡的時候有個朋友，這位朋友的名字叫法蘭奇。這是艾爾自己跟我提起的。我們認爲他這位朋友剛入院的時候待過『後走廊』，後來才轉到不同樓層，他也就是在那裡認識了艾爾。根據描述，法蘭奇是個高瘦的男孩，暗色的頭髮，喜歡打毛線，這一點在別的男病患身上很少看到。」

「艾爾．杭特是這麼跟妳說的？」他還是一樣冷淡的問。

「法蘭奇還是個特別愛乾淨的人。」我迴避掉他的問題。

「恐怕一個愛打毛線的病患也不會引起我特別的注意。」他重新點燃菸斗。

「他還有一項特質，就是在緊張的時候，說話會結巴。」我控制自己的不耐，繼續說著。

「嗯，這個人有痙攣性的言語障礙，也許我們可以從這方面開始。」

「我告訴你我們可以從哪方面開始，你少裝模作樣就可以開始了。」馬里諾衝動的說。

「是嗎？警官。」麥斯特森大夫給他一個不懷好意的微笑。「你的言行似乎有些不當。」

「對，對，你的言行才叫做不當。想不想嚐嚐法令的滋味？我可以把你整個人丟到監獄，給你一個妨礙辦案的罪名，聽起來如何？」馬里諾瞟他一眼。

「我對你的魯莽已經感到不耐。」他想強裝鎮定。「我對威脅向來沒什麼好感，警官。」

「我對跟我玩捉迷藏的人也沒什麼好感。」馬里諾還嘴道。

「誰是法蘭奇？」我嘗試再問一次。

「我眞的一時無法告訴妳。」麥斯特森回答。「但是如果妳可以耐心的等一下，我可以看看電腦檔案裡有什麼資料。」

「謝謝你。」我說：「我們就在這裡等。」

心理醫生才剛出門，馬里諾就開罵了。

「簡直是個混蛋。」

「馬里諾。」我有些不耐煩的說。

「這裡的年輕孩子根本不多，我敢打賭這裡七成五的病人都超過六十歲。所以年輕孩子一定會令你印象深刻，對不對？他一定知道法蘭奇是誰，搞不好還知道他穿的是幾號鞋子。」

「可能。」

「不是可能，是一定。我告訴你，那傢伙在裝傻。」

「如果你繼續用這種態度對他，他還會繼續裝傻下去，馬里諾。」

「媽的！」他站起來，走到麥斯特森書桌後的窗邊，打開窗簾望著晨景。「我最痛恨人家騙我，眞想揍扁他。這就是我討厭心理醫生的原因，就算他們的病人中有個殺人狂，他們也不在乎。他們還是會騙你，然後把那隻野獸抱到床上，用湯匙餵他吃飯，好像他是世上最純眞的天使。」

他稍停了一下，自言自語的說：「至少雪停了。」

我等他重新坐下來才開口。「我認爲用妨礙辦案的罪名威脅他有點過頭了。」

「至少讓他正經點了，不是嗎？」

「馬里諾，給他台階下。」

他望著窗簾覆蓋的窗子，靜靜抽著菸。

「我想他現在已經了解到合作是最佳途徑。」我說。

「我也不想再跟他玩貓捉老鼠的遊戲。再這樣浪費時間，法蘭奇腦裡又要多了幾個害人的主意，而且是像定時炸彈一樣隨時會爆發。」

這讓我想到我那位於寧靜社區的寧靜住家，想到蓋利．哈博的項鍊掛在我後院門把上，想到答錄機裡氣息沉重的聲音。「妳的頭髮是天生金黃，還是妳染的……」多奇怪，他爲什麼要這麼問我？這個問題對他很重要嗎？

「如果法蘭奇就是我們要找的凶手，」我深深吸一口氣，輕輕的說：「我無法想像爲什麼史巴拉辛諾會跟這些案子扯上關係。」

「到時候就知道了。」他回答，又點了一根菸，煩惱的望著房門。

「什麼叫做『到時候就知道了』？」

「一件事總是牽連著另外一件事。」他神祕的說。

「什麼事牽連著什麼事？馬里諾？」

他看了手錶一眼，罵道：「那傢伙跑到哪裡去了？去吃中飯了嗎？」

「希望他是在找法蘭奇的資料。」

「希望是。」

「什麼事牽連著什麼事？」我又問了一次。「你在想什麼？可不可以說清楚一點？」

「這麼說吧！」馬里諾回答：「我一直有一種強烈的感覺，如果不是因爲貝蘿寫的那本書，他們三個到今天仍會活著，可能連杭特也還會活著。」

「我無法像你這麼肯定。」

「你當然不行，妳老是用客觀的眼光看事情。」他望著我，揉揉他疲憊的雙眼，「我有一種感覺，我覺得史巴拉辛諾跟那本書是這些案子的關鍵因素。這些因素將凶手引向貝蘿，又牽扯上其他事情。接下來，那王八蛋殺了哈博。在那之後哈博小姐服下足以殺死一匹馬的藥量，一心想擻開癌症，離開她那搖籃一般的莊園。然後杭特又穿著內褲上吊了。」

我的腦海中出現橘色纖維的三葉形畫面，然後是貝蘿的手稿、史巴拉辛諾、杰普．布萊斯、帕丁那個好萊塢兒子、麥克提格太太，還有馬克。他們就像是一具身軀裡的肋骨和韌帶，但我無法把這些零碎部分重組成完整的身軀。

所有的人與事都指向法蘭奇，至於其中的原因我無法解釋。馬里諾說得對，一件事總是牽連著另外一件事。每件謀殺案件都有它自己的源頭，邪惡之事都其來有自。

「對這些事情之間的關聯性，你是否有什麼假設？」我問馬里諾。

「沒有，一點也沒有。」麥斯特森醫生一走進來，馬里諾就住口了。門又關上了。

看到他手上一疊資料，我感到滿意。

他毫無表情，也不看我們說道：「我沒找到任何叫做法蘭奇的病患，我想法蘭奇應該是個綽號。所以我按照入院日期、年齡跟種族抽出幾個檔案。這裡有六份白種男人的檔案記錄，其中不包括艾爾．杭特的資料。他們的年齡都在十三到二十四歲之間。」

「你讓我們自己看，你只要坐在椅子上，輕鬆抽菸斗就好了。」馬里諾降低了敵意，可是沒有改變很多。

「為了保護病人的隱私，我先介紹他們的病歷，如果你看到什麼特別感興趣的，我們再一起仔細看資料內容，這樣行嗎？」

「行。」我搶在馬里諾反駁前先同意了。

「第一份檔案，」麥斯特森醫生打開最上面的資料，開始說道，「十九歲，住在伊利諾州的高地公園市，一九七八年十二月入院，長期吸毒，特別是海洛因。」他翻了一頁。「身高五呎八，體重一百七十磅，棕髮棕眼，住院三個月。」

「艾爾是在隔年四月才住院的。」我提醒麥斯特森醫生。「他們在醫院的時間並沒有重疊。」

「是的，我想妳說對了，是我的疏忽，那麼就不用看他了。」他將檔案放到一旁。馬里諾快要爆發了，他的臉紅的像聖誕老人一樣，我給他一個警告眼神。

麥斯特森打開第二個檔案。「下一個。十四歲的男孩，金髮藍眼，五呎三吋，一百一十五磅，一九七九年二月入院，六個月後出院。他有退縮跟不連貫妄想，被診斷為患有錯亂型或稱為青春型精神分裂症。」

「你可不可以解釋一下你在說什麼東西？」馬里諾問。

「他的性格不定，對禮貌過分要求，在社交活動方面極度退縮，還有其他怪異的行爲，像是……」他停頓下來，翻了一頁，「他早上會去巴士站，卻沒到學校。有一次他被發現坐在一棵樹下，在筆記簿上畫著不成形的圖案。」

「這傢伙現在一定是紐約某個名畫家。」馬里諾諷刺道：「他的名字是法蘭克、法蘭克林，或是其他F開頭的字嗎？」

「不是。」

「下一個是誰？」

「下一個，二十二歲，從達拉威州來的，紅髮灰眼，五呎十吋，一百五十磅，一九七九年三月入院，六月出院。醫生診斷爲器質性妄想徵候群，患病原因是間歇性的癲癇症跟長期的吸食大麻。病徵是情緒多變，以及在妄想發作時試圖閹割自己。」

「情緒多變是什麼意思？」馬里諾問。

「焦慮、躁進、憂鬱。」

「這種多變的情緒是在他想把自己變成女高音之前，還是之後？」

麥斯特森師醫生開始不耐煩了，我一點也不怪他。

「下一個。」馬里諾下令道。

「第四份記錄是一個十八歲的男孩，黑髮棕眼，五呎九吋寸，一百四十二磅。一九七九年五月入院，被診斷爲患有偏執性精神分裂性。他的病歷……」他翻過一頁，伸手取菸斗，「……包括無理的憤怒跟焦慮，對性別認同產生懷疑，非常害怕自己被認爲是同性戀。他的精神病是在一個同性戀者跟蹤他到男生廁之後爆發的。」

「等一下。」馬里諾如果不叫停，我也會叫停。「我們需要好好討論這一個。他在瓦哈拉多久？」

麥斯特森燃起菸斗，花了一點時間讀資料。「十個星期。」

「所以當時杭特也在這裡。」馬里諾說。

「正確。」

「你說他被跟蹤到男廁所之後精神病就發作了，到底發生了什麼事？」馬里諾問。

麥斯特森醫生翻著資料，推了推眼鏡回答道：「他妄想上帝叫他做一些事。」

「什麼事？」馬里諾從椅子上直起身子關切道。

「這裡寫得不是很詳細，只說他的言行開始變得怪異。」

「他患的是偏執性精神分裂症？」馬里諾問。

「是的。」

「你可以解釋一下嗎？這種病還有什麼其他症狀？」

「一般而言，」麥斯特森醫生說：「這種病會使患者妄想他們能跟上帝或神明通話。他們還會妄想嫉妒，跟別人的交往總是無法輕鬆自如，喜歡辯解爭吵，有時候會有暴力傾向。」

「他從哪裡來的？」我問。

「馬利蘭州。」

「媽的！」馬里諾低聲咒道。「他跟雙親一起住嗎？」

「跟他父親一起住。」

我說：「你確定他患的病是偏執型，而不是未分類型的？」

兩者之間的差別很重要。未分類型的精神分裂症患者經常呈現錯亂行為，換句話說，他們沒有能力計畫犯罪行為，又避免自己被逮捕。我們要找的人有組織能力，能計畫並執行犯罪且逃過偵查。

「我很確定。」麥斯特森醫師回答。他暫停一下溫和的說：「這名患者的名字，很巧就叫法蘭克。」他把資料交給我。馬里諾跟我大致的看了一下。

法蘭克．愛森．俄姆斯，可以暱稱為法蘭奇。一九七九年七月底離開瓦哈拉。之後不久，根據麥斯特森醫師的記載，俄姆斯逃離了他位在馬利蘭州的家。

「你是怎麼知道他逃家的？」馬里諾抬頭看著心理醫生。「他出院以後的事情，你是怎麼知道的？」

「他的父親打電話告訴我的，他很難過。」麥斯特森醫生說。

「然後呢？」

「我無能為力，我想沒有任何人可以做什麼。法蘭克已經到了法定的成熟年齡了。」

「你知道有人叫他『法蘭奇』嗎？」我問。

他搖頭。

「吉姆．包尼斯呢？他不是法蘭克．俄姆斯的治療師嗎？」我問。

「對。」麥斯特森不情願的回答。

「法蘭克．俄姆斯跟吉姆．包尼斯是不是相處得不好？」

他略顯遲疑。「根據他人的供稱，我想是吧！」

「什麼樣的供稱？」

「性方面的供稱，史卡佩塔醫生，這樣妳夠滿意了吧！天啊！我是在幫忙，我希望你們記住這一點。」

「嘿！」馬里諾說：「我們記得，好嗎？我們不會召開記者會的。」

「所以法蘭克認識艾爾．杭特。」我說。

麥斯特森醫生又猶豫了，他的表情緊繃。「對，是艾爾向我們指控包尼斯的。」

「賓果！」馬里諾叫道。

「艾爾是怎麼指控包尼斯的？」我問。

「他向另一位治療師抱怨。」麥斯特森醫生回答，聲音裡帶著防衛。「一次療程中，他也向我說過。我們問了法蘭克，他拒絕回答。他是個充滿憤怒又很退縮的年輕人，我無法從他那裡問出艾爾所說的事情。法蘭克不合作，控訴無法得到伸張。」

馬里諾跟我都沉默了。

「我很抱歉。」麥斯特森醫生說道，他顯得十分窘迫不安。「我無法告訴你們法蘭克現今的下落，我知道的都說了。上次他父親與我連絡，也已經是七、八年前的事情。」

「你們怎麼會連絡上？」我問。

「俄姆斯先生打電話給我。」

「爲什麼？」

「他想知道法蘭克有沒有跟我聯絡。」

「有嗎？」馬里諾問。

「沒有。」麥斯特森醫生回答。「很遺憾，我從來沒得到法蘭克的任何消息。」

「俄姆斯先生怎麼會突然找你問法蘭克的事？」我進一步問。

「他想找他兒子，希望知道我有什麼線索。因爲他的母親死了，我是說，法蘭克的母親。」

「她在哪裡死的？怎麼死的？」

「自由港，緬因州，我不太清楚細節。」

「自然死亡嗎？」我問。

「不。」麥斯特森醫生說，迴避我們的眼光。「我確定不是。」

馬里諾用不了多久就查出眞相了。他打電話給緬因州自由港警察局，根據他們的紀錄，一九八三年一月十五日的下午，威瑪．俄姆斯太太被一名闖空門的「竊賊」毆打致死。她購物回家時，那名竊賊已經在房子裡了。俄姆茲太太享年四十二歲，是個嬌小的女人，藍眼，染成金髮。案子至今未破。

我毫不懷疑所謂「竊賊」是誰，馬里諾也不懷疑。

他告訴我：「或許杭特眞的有特異功能也不一定。他們倆離開醫院都那麼久了，他還能知道法蘭克把自己的媽媽給殺了。」

我們傻傻的望著山米在餵鳥器周圍跳躍。馬里諾載我從療養院回來之後，我請他進來喝咖啡。

「你確定法蘭克這幾年從沒在杭特的洗車店工作過？」我問。

「我不記得在他們的紀錄上看過法蘭奇或是法蘭克·俄姆斯這個名字。」他說。

「說不定他改名字了。」我說。

「如果他眞殺了自己的媽媽，爲了怕警察找上他，很可能會改名字。」他端起咖啡。「問題是我們沒有他最近的外貌特徵，像洗車大師那種地方流動率極高，工作人員總是進進出出的，有的做了兩天、一星期、一個月就走了。妳知道有多少白人是瘦瘦高高，又一頭黑髮的嗎？實在太難過濾了。」

我們已經很接近，可是又還很遙遠，這簡直要把我們逼瘋了。

「我們已經知道那根纖維跟洗車店有關係。」我困惑的說：「貝蘿去過杭特的洗車店，所以杭特大概認識凶手。你了解我的意思嗎？馬里諾，杭特知道法蘭奇殺了媽媽，是因爲杭特跟法蘭奇在出院之後仍保持著連絡。法蘭奇有可能在洗車店工作過，甚至可能是最近的事情。或許在貝蘿開車送洗的時候，法蘭奇就開始盯上她了。」

「他們一共有三十六個洗車工人，除了十一個以外，其他都是黑人。在那十一個人當中，有六個是女人。這樣還剩下多少？五個？其中的三個不到二十歲，也就是說法蘭克在精神病院的時候，他們才八、九歲，所以都不可能是。剩下的三個人又因爲其他條件，都不符合我們所要找的。」

「什麼其他條件？」我問。

「比方說他們是過去兩個月才開始受雇。貝蘿開車送洗的時候，他們根本還沒在那裡工作。更不要說他們的外貌特徵了，一點都不相近。有一個傢伙是紅頭髮，另一個是侏儒，大概跟妳一樣高。」

「謝了。」

「我會繼續調查。」他說道。山米松鼠正以他那粉紅眶的眼睛望著我們，馬里諾轉身背著牠。「妳怎麼辦？」

「什麼我怎麼辦？」

「妳部門的人知道妳仍然回去工作嗎？」馬里諾問。

他用一種懷疑的眼光望著我。

「所有事情都在控制之中。」我說。

「我不覺得，醫生。」

「我覺得就好。」

「我……」馬里諾不肯放過我，「我覺得妳處理得不太好。」

「這幾天，我不會進辦公室。」我堅決的解釋道：「我要追出貝蘿的手稿。愛斯瑞吉要我去做這件事，或許你所謂事情的關聯性就在手稿上。」

「不要忘記我爲妳訂的規則。」他離開桌子。

「我一直很小心。」我安撫他。

「那兔崽子沒再騷擾妳吧？」

「對。」我說。「沒電話，沒出現，什麼都沒有。」

「讓我提醒妳，那兔崽子也不是天天打電話騷擾貝蘿。」

我不需要他提醒，也不想聽他再說什麼。「如果他打來，我會說：『哈囉！法蘭克，最近還好嗎？』」

「嘿！不要開這種玩笑。」他走到玄關回頭。「妳是開玩笑的，沒錯吧？」

「當然是。」我微笑，拍拍他的背。

「我是說眞的，醫生，千萬不可以那樣做。用答錄機就好不要接電話……」

我才一開門，馬里諾整個人都僵掉了，他的雙眼充滿驚恐。

「幹ＸＸ……」他跑出門外，下意識的取槍，像瘋子一樣到處張望。
當我看出去，我震驚得無法言語。大火傳來的熱與爆裂的聲響驚動了冬日的空氣。馬里諾的新車在夜空下成了一團火球。火焰跳著舞，伸著長舌想把弦月給吞噬。
我抓著馬里諾的袖子，拖他回屋內，這時車的警報器響了，油箱轟地爆炸。客廳的窗子突然被照亮，一團火衝向天空，點燃起前院的黃楊木。
「我的天啊！」我在停電的同時叫道。
馬里諾巨大的黑影在地毯上來回走動，像是一頭發狂的蠻牛。他朝著手中的無線電大叫。
「幹死那混蛋！幹死那混蛋！」

馬里諾的愛車只剩下一團焦黑，卡車將其拖走後，我送馬里諾離開。他堅持要留下來陪我，我堅持外面的幾輛巡邏車已經足夠。他堅持我應該住進旅館，我堅持不肯。他有他的車要處理，我也有我的事要處理。我的屋前現在成了水鄉澤國，空氣中還瀰漫著刺鼻的氤氳。路邊的信箱現在看起來像一根燃盡的火柴，我還損失了六棵黃楊木跟同等數量的別種樹木。說得更精準一點，雖然我很感激馬里諾的關心，現在我卻需要獨處。
已經過了午夜。我在燭光中換下了衣裳，電話響了。法蘭奇的聲音像毒氣一樣飄入我的臥房，污染著我所吸入的每一口空氣，腐壞了我原本清幽的家。
我坐在床沿痴傻的望著答錄機。我的喉嚨有東西卡著，心臟直撞著肋骨。

「……我眞希望可以留下來觀賞，那景象是不是美極……極……極了，凱？夠壯觀吧？我不喜歡妳帶其他男……男……男人到妳家。現在妳知道了，現在妳知道了。」

答錄機停了，留言燈亮了。我閉上眼，慢慢的、深深的呼吸。燭火的影子在牆上舞動。我不敢相信，這一切怎麼會發生在我身上？

我知道我該怎麼做，就跟貝蘿．邁德森所做的一樣。我好奇自己是否和貝蘿發現車門上心型刻痕後，逃離洗車店一樣的恐懼。我的雙手猛烈顫抖，我打開床邊櫃子的抽屜取出電話簿。訂好旅館之後，我打了通電話給班頓．衛斯理。

「不要這麼做，凱。」他像猛然驚醒一樣。「不，絕不可以。聽我說，凱……」

「我沒有選擇了，班頓。我打給你，只是想讓人知道我的行蹤罷了。如果你想要，你可以通知馬里諾，但是不要管我。手稿……」

「凱……」

「我一定要找到，我想它就在那裡。」

「凱！妳的想法不正確！」

「聽著，」我提起聲音，「我能怎麼辦？在這裡等著那傢伙找上門，還是等他引爆我的車子？我留下來就是死路一條。難道你不懂嗎？班頓？」

「妳有保全系統，妳有槍。妳人在車上的話，他無法引爆妳的車。哦……馬里諾來電話告訴我晚上的事情了。警方確定是有人用破布沾了汽油，塞進油箱裡。他們找到了他入侵的痕跡，他是先打開……」

「天啊！班頓，你完全沒聽懂我的意思。」

「聽著，妳聽著，請妳聽我說，凱。我會找人掩護妳，找人跟妳一起行動，好嗎？我們一名女探員……」

「晚安，班頓。」

「凱！」

我掛上電話，他立刻又打來，我沒有接。

我只是麻木的聽著他在答錄機上大力的反對。剛才的景像又回到腦海，使我的頸子充血。馬里諾車上的火焰被一條條蛇形的水柱猛烈的攻擊，發出嘶嘶的喘氣聲。當我看到車庫前一具小小的焦屍時，我終於崩潰了。馬里諾車子爆炸的那一剎那，山米松鼠一定是瘋狂的在電線上跳躍著，牠想找個安全的地方，可是牠的腳掌卻踩著高壓電線。兩萬瓦的電力忽然穿過牠小小的身軀，把牠燒成灰也把保險絲燒斷了。

我將牠鏟到一個鞋盒裡，埋入了我的玫瑰花園。在曙光中看著牠焦掉的屍體，這已經超過了我能忍受的範圍。

我已經整理好行李，供電還沒恢復。我下樓倒了一杯白蘭地，猛抽著菸直到自己停止顫抖。我的手槍在防風燈的照映下閃閃發光。我沒睡覺，走出大門後也刻意不看前院的那片荒蕪。皮箱撞擊著我的大腿，髒水濺上了我的腳踝，我衝上車。我在寧靜的街上行駛，連一輛巡邏車都沒有見到。

五點剛過我抵達機場，直接走向女生廁所，拿出手槍，取出子彈，將其塞到行李箱中。

15

正午我穿過空橋，來到了陽光普照的邁阿密國際機場。

我買了一份《邁阿密前鋒報》跟一杯咖啡，在一盆棕櫚樹旁找到一張小桌子稍作休息。終於能脫下厚重的大衣，挽起衣袖。我身上已經溼透了，汗水不停的從背上滑落。長久的睡眠不足使我雙眼灼熱、頭痛極了，打開報紙，眼前的新聞一點也沒讓我的狀況好轉。頭版的左下角有一張照片，是一群消防隊員拿著水管澆著馬里諾著火的車子。伴隨著弧形水柱、層層濃煙以及燃燒樹叢的是以下的文字：

警車爆炸

里奇蒙消防隊員正搶救著一名刑警著火的車子。事情發生在寧靜的住宅區，當時這輛福特LTD型車中無人，沒有造成傷亡，警方懷疑是人為縱火。

幸好文中沒提到馬里諾的車是停在誰家門前，又是爲什麼遭到襲擊，謝天謝地。不管怎樣，我母親看到這張照片一定會打電話給我。「凱，我希望妳能搬回邁阿密，里奇蒙聽起來是個很糟糕的地方。邁阿密新蓋的法醫大樓好漂亮，好像電影裡面的摩登建築。」她一定會這麼說。奇怪的是，我母親從不了解每年邁阿密的殺人、槍擊、販毒、種族紛爭、強暴、強盜案要比整個維吉尼亞州加上華盛頓特區來得更多。

過陣子我會打電話給媽媽。請原諒我，主啊，我現在實在不想跟她說話。

我熄掉香菸，拿起隨身物品沒入一波波穿著清涼服飾、手拿免稅提袋跟滿口外國腔調的人群中。提領行李時，我將手提袋緊緊壓在身側。

我一直處於緊繃狀態，直到幾個鐘頭後我開著租來的車子行駛在七里橋上時，整個人才鬆懈下來。墨西哥灣在一邊，大西洋在另一邊，我想起上次來到基韋斯特島的時光。東尼跟我來看過家人幾次，但是沒有一次來過這裡。我很確定上次我是跟馬克一起來的。

他十分熱愛沙灘、海洋跟陽光，甚至可以說是崇拜。上天對他的熱忱也給予善意的回應，對他一直特別的眷顧。當時他跟我來探望家人，是在哪一年，那個星期中發生過什麼事，我都不記得了，但是我卻能清楚的想起他寬大的白色游泳褲，以及他牽著我踏在溼涼的沙灘上時，手中傳過來的暖意。我回憶起他雪白的牙齒、古銅的膚色，挑選鯊魚的銳牙跟貝殼時那種朝氣，和他眼光中毫不隱藏的快樂，而我就帶著寬緣帽站在那裡看著他微笑。我最不能忘懷的，就是曾經那麼愛一個叫馬克．詹姆斯的年輕人，甚過我愛這星球上的其他任何事物。

是什麼使他改變了？我難以相信他已經如愛斯瑞吉所說，步入了犯罪生涯。但是除了相信，我沒有其他選擇。馬克是個被寵壞的人，出身於高尚家庭，總以爲順境是理所當然的事，世界上最好的一面，都任由他享用。可是不論如何，他從未欺騙過人，也從未對人冷酷，我甚至沒看過他故施恩惠於那些環境不如他的人，或是玩弄那些愛慕他的人。他最大的罪惡就是不夠愛我。可是，從我這個平凡人的角度來看此事，是值得原諒的。但是我不能原諒他變成一個不誠實的人，不能原諒他腐化成一個不再值得我尊重跟仰慕的人。我不能原諒他不再是馬克。

剛過了美國海軍醫院，我沿著蜿蜒的北羅斯福濱海公路行駛。沒多久，我就來到了在基韋斯特島上迷宮似的道路。陽光將窄小的街道漆成白色，熱帶植物的陰影受風撩動，在路上跳著舞。沒有邊界的天空下，巨大的棕櫚樹與桃花心木張開綠色的手臂，懷抱著房子與商店。九重葛與木槿花紅紫相間的點綴著騎樓人行道跟陽台。我慢慢的開著，經過穿T恤跟涼鞋的人群，穿越了遊行似的單車隊伍。這裡幾乎沒有小孩，男人的比例也特別高。

海螺飯店是一棟粉紅色的假日酒店，樓下是開放空間，到處種植了熱帶植物。我訂房訂得很順利，因爲觀光季節要到十二月的第三個星期才開始。我將車子停在半滿的停車場，走進有點蕭條的大廳時，不禁想起馬里諾說的話。我這輩子從沒看過那麼多同性情侶，這外表看似健康的離島，的確是許多疾病的溫床。不論我往哪裡看，似乎都能看到瀕死的男人。我沒有感染愛滋或肝炎的困擾，很早以前，我就知道如何適應因工作而感染疾病的顧慮。我對同性戀也沒有偏見，年紀越大就越承認愛可以經由不同的方式來體驗。愛沒有對錯，只看當事人如何表達。

接待員將信用卡歸還給我，我請他告訴我電梯的方向，然後到我位於五樓的房間。我褪去內衣，爬到床上，一睡就是十四個鐘頭。

第二天的天氣還是跟頭一天一樣美麗。我穿得跟其他觀光客一樣，唯一不同的是我的手提包裡有一把上了膛的手槍。我給自己的任務是搜遍這座三萬人的島嶼，找出兩個名叫PJ跟華特的人。我從貝蘿八月底寫的信上得知，這兩個人是她的朋友，跟她同住一個屋簷下。我完全不知道他們同住的屋子可能在哪裡，我希望路易小館的人能告訴我。

我帶著在旅館禮品部所買的地圖，開始在街上行走。沿著度瓦街，我經過一間間的商店跟餐廳。這些餐廳都有陽台伸出街外，讓我想到紐奧良的法國區。我又經過一些畫廊跟賣奇花異草、絲質品、義大利巧克力的小店，在十字路口等了一會兒，望著海螺觀光公司的黃色車子來來去去。我開始了解貝蘿．邁德森為什麼不想離開基韋斯特島了。我每邁出一步，法蘭奇的威脅就離我更遠一點。當我左轉到南街時，他就遙遠得像里奇蒙嚴冬的氣候。

路易小館是一家白色的餐廳，座落於維南與華岱街口，過去是一棟民房。裡面的硬木地板一塵不染，鋪著粉紅桌布的餐桌排列得整整齊齊，桌上擺著新鮮的花束。我跟領位員走過冷氣開放的用餐空間，來到了陽台的位置。這裡的景致立刻令我陶醉，藍色的海緊接著蔚藍的天，棕櫚樹和一籃籃的盆花搧動空氣中海洋的氣息。大西洋幾乎就在我的腳下，幾艘白色的帆船就在幾呎之外。我點了萊姆酒跟奎寧水，想起了貝蘿的信，我好奇自己是否就坐在她寫那些信時所坐的位子。

幾張桌子都坐了人。我坐在靠欄杆的角落，覺得自己離人群好遠。我左邊有四級台階，往下走就是一個平台，一群穿著泳衣的年輕男女正在那裡圍著吧台聊天。我望著一個身材魁梧的拉丁裔男孩將菸蒂彈入水中，伸了個大懶腰。他又向酒保買了一杯啤酒。那名酒保一臉鬍子，看起來已經厭倦工作，而且不再年輕了。

我已經用完沙拉跟螺肉湯許久，那群年輕人才步下階梯吵吵鬧鬧的下水，往海邊的帆船游去。我買了單，走向那名酒保。他正躺在茅草棚下的椅子上讀著一本小說。

「要點什麼？」他十分不情願的站起來，把書塞到吧台下面。

「你賣香菸嗎？」我問：「裡面沒有香菸販賣機。」

「就賣這幾種。」他指著身後排列的幾條香菸，我選了其中一種。

他把剩下的菸塞回架上，敲了我兩塊錢，當我多丟了五十分當小費時，他也沒顯得特別高興。他的眼睛是一種不友善的綠色，他的臉因多年的日晒而枯皺，又厚又黑的鬍子已經參雜著白色。他看起來防衛心很重，令人難以接近，我懷疑他已經在基韋斯特島住了很多年。

「我可以問你一個問題嗎？」我說。

「妳已經問了。」他答。

我微笑。「你說對了，我是問了。現在我要問你另一個問題，你在這裡工作多久了？」

「五年了。」他拿了條抹布開始擦吧台。

「那麼你一定認識一個名叫絲卓的女孩。」我想到貝蘿信中提及她在這裡用的是另一個名字。

「絲卓？」他重複道，並且一面擦拭一面皺眉。

「那是個綽號。金黃色頭髮，很瘦，很漂亮，夏天時她幾乎天天下午都來這裡，坐在其中一張餐桌上寫東西。」

他停下擦拭的動作，用那雙陰冷的雙眼盯著我。「她跟妳是什麼關係？朋友嗎？」

「她是我的病人。」我不想說明也不想騙他，於是出現這樣的答案。

「啊？」他抬起濃密的眉毛。「病人？妳是她的醫生？」

「是的。」

「呵！這下子妳醫不好她了，眞可惜。」他坐下來靠在椅背上，等著看我的反應。

「我明白。」我說：「我知道她死了。」

「是啊！當我聽說的時候，眞是驚訝得不得了。警察兩個星期前來過，妳知道我的弟兄對他們怎麼說？他們都說這裡沒人知道絲卓的任何事。她是個很安靜、很好的女孩，來的時候都坐在那裡。」他指著一張桌子，離我剛才坐的地方不遠。「她老是坐在那個位置，只管自己的事。」

「你們有機會認識她嗎？」

「當然。」他聳聳肩。「我們會一起喝啤酒，她喜歡喝可樂娜加檸檬，但是沒有人跟她熟起來。這裡沒有人知道她是從哪裡來，只知道那是個會下雪的地方。」

「里奇蒙，維吉尼亞州。」

他繼續說道：「妳知道，這裡的人都是來來去去，基韋斯特島是個誰也不干涉誰的地方，有很多快餓死的藝術家住在這裡。絲卓跟其他我看過的人沒什麼不同，唯一的不同是其他的人不會遭到謀殺。眞倒楣！」他抓抓鬍子，搖搖頭。「很難相信，眞讓人意外。」

「這件事有很多未解之謎。」我點燃一根菸。

「是啊！其中一項就是妳爲什麼要抽菸？我以爲醫生比較懂健康之道。」

「這是個壞習慣，而我的確懂得健康之道。現在我想請你替我調一杯萊姆酒加汽水，因爲我這個醫生還喜歡小酌兩杯。我想要海地萊姆酒。」

「四年的還是八年的？」他在考驗我對酒的品味。

「二十五年的，如果你有的話。」

「沒有，離島買不到二十五年的，那眞是好喝，一喝就會順得令妳想掉淚。」

「那就給我你最好的。」我說。

他從身後取出一瓶酒，琥珀色的瓶身跟五顆星的牌子令我感到熟悉。海地萊姆酒，在酒桶中陳了十五年，就跟我在貝蘿廚房所發現的一模一樣。

「這已經很好了。」我說。

他突然像充了電似的站起來，臉上帶著微笑，靈活的打開酒瓶，完全不用量酒器的倒了一杯金黃色的海地酒，再加了點汽水，切下一片像是剛從樹上採下的新鮮青檸檬，在杯上小擠一下，然後優雅的掛在杯子邊緣。他的手往插在泛白牛仔褲袋的毛巾上擦了擦，抽了一張紙巾，終於將他的作品呈現在我面前。那眞是我喝過最好的萊姆酒加汽水，我也如實告訴他。

「這一杯，算店裡的。」他將我給的十塊錢紙幣推回來。「任何會抽菸又懂得品酒的醫生都算是我朋友。」他從吧台下面取出自己的香菸。

「我告訴妳，」他抖抖火柴，「我已經聽煩了那些反菸宣言，妳知道嗎？那些人讓你感覺自己是個罪犯。我呢？我只贊成各管各的事，那就是我的座右銘。」

「我完全懂你的意思。」我說。我們各自深深的吸了一口。

「他們總是喜歡替別人做決定，你知道嗎？老管你應該吃什麼、喝什麼，跟誰約會。」

「許多人確實非常專斷又殘酷。」我說。

「阿門。」

他又坐了下來，酒瓶狀的陰影罩著他，而我卻被太陽狠狠的烤著。「好吧！」他說：「所以妳是絲卓的醫生，妳想知道些什麼？」

「她死前有許多事情令人不解，」我說：「我希望她的朋友能爲我解答一些問題……」

「等等！」他打斷，從椅子上直起身子。「妳說妳是醫生，指的是什麼樣的醫生？」

「我驗過她……」

「什麼時候？」

「她死後。」

「哦！媽的！妳是說妳是專門驗死人的？」他不敢相信的叫道。

「我是個法醫。」

「我的老天爺！」他上下打量著我。「我永遠不會猜到這一項。」

我不知道他這是褒獎我，還是在貶我。

「他們都會派妳這樣的……妳剛怎麼說……法醫來追蹤線索嗎？」

「沒有人派我來，是我自己要來的。」

「爲什麼？」他問，他的眼神又充滿懷疑了。「妳從那麼遠的地方來。」

「我在乎她所發生的事情，非常在乎。」

「妳是說警方沒派妳來？」

「警方沒有權力派我到任何地方。」

「很好。」他笑。「這點我喜歡。」

我拿起我的酒。

「他們全都是霸道的混蛋，還自以爲是藍波。」他擰掉香菸。「他們來這裡，手上全戴著橡皮手套，天啊！我們的客人看了會怎麼想？他們去找布藍特，那是我們這裡的侍者，已經快死了，結果他們怎麼樣？那群該死的警察居然戴著口罩，離他十呎遠質詢他。我發誓，就算我知道貝蘿的事，也不會告訴他們。」

他提起的名字震撼了我。當我們彼此相望，我知道他已經了解自己說的話有什麼意義了。

「貝蘿？」我問。

他無聲的靠到椅背上。

我繼續逼問。「你知道她叫貝蘿？」

「我剛說了，警察問了很多問題，一直提到她的名字。」他不自在的燃起另一根菸，無法正視我的雙眼。我的酒保編謊的技巧很差。

「他們也跟你談過嗎？」

「沒有，我看他們那付德性就自動消失了。」

「爲什麼？」

「我說了，我不喜歡警察。我有一台舊跑車，從我年輕時候就有了。不知道爲什麼，每次我開那輛車出去，警察就一定找我麻煩，總是會找理由開罰單給我。自以爲有槍跟雷朋太陽眼鏡就威風了，又不是在演電視影集。」

「她在這裡的時候，你就知道了她的本名。」我低聲說：「你早在警方來以前，就知道她叫貝蘿．邁德森。」

「知道又怎麼樣？有什麼了不得的？」

「她對名字的事情很敏感。」我感性的說：「她不想讓這裡的人知道她是誰，她從不告訴別人，付錢的時候都用現金，以免信用卡、支票洩了這個祕密。她已經恐懼到了極點，她在逃命，她不想死。」

他睜大了眼睛望著我。

「請你務必告訴我，你所知道的一切。拜託你，我有一種感覺，你是她的朋友。」

他站起來，什麼也不說，從吧台後面出來，背著我收拾那些年輕人留下的空酒瓶跟垃圾。

我安靜的喝著酒，望著眼前的海洋。不遠處一艘船上，一個古銅色的年輕人正揚起藍色的船帆航向大海。風中的棕櫚樹葉低吟著，一隻黑色大狗正在沙灘上跳躍。

「祖魯。」我叫喚那隻狗。

酒保驟然停止手上的動作，抬頭看著我。「妳說什麼？」

「祖魯。」我重複道：「貝蘿在她的信中提過祖魯跟你的貓。她說路易小館的流浪動物吃的比人還好。」

「什麼信？」

「她在這裡寫過幾封信。她被殺後，我們在她的臥房找到這些信。她說這裡的人已經變得像她的家人，她認爲這裡是世上最美的地方。但願她不曾回到里奇蒙，但願她一直留在這裡。」

這些話雖然是從我口中說出，聽起來卻像是另外一個人說的，我的視線模糊了。不良的睡眠習慣、累積的精神壓力，還有萊姆酒加在一起，在我身上起了微妙的作用。太陽似乎蒸乾了我腦中剩下的一點點血。

當酒保回到了草棚，語帶感情的告訴我：「我不知道能告訴妳什麼，不過，是的，我是貝蘿的朋友。」

我轉向他，回答道：「謝謝！我認爲我也是她的朋友。」

他不安的低下頭，我發現那是因爲他的神情正在軟化。

「妳永遠難以區分誰是對的人，誰是不對的，」他說道：「尤其在這個時代。」

他話中的意義趕走了我的疲累。「曾有不對的人來問過你貝蘿的事嗎？除了警方以外的人？除了我以外？」

他替自己倒了一杯可樂。

「有過嗎？是誰？」我提高警覺的又問了一次。

「我不知道他的名字。」他喝了一大口可樂。「很英俊的年輕人，大概只有二十幾歲。暗色頭髮，穿得很好都是名牌，好像是從服裝雜誌裡走出來的人。這是兩個星期前的事情，他說他是個私家偵探，鬼扯一通。」

是帕丁參議員的兒子。

「他想知道貝蘿在這裡時，是住在什麼地方。」他說。

「你告訴他了嗎？」

「我根本沒跟他說話。」

「誰告訴了他嗎？」我堅持問道。

「大概沒有。」

「為什麼說『大概沒有』？還有，你到底要不要告訴我，你叫什麼名字？」

「『大概沒有』是因為知道答案的只有我跟一個兄弟。」他說：「我可以告訴妳我的名字，如果妳先說妳叫什麼。」

「凱·史卡佩塔。」

「很高興認識妳。我叫彼得，彼得・瓊斯。我的朋友都叫我ＰＪ。」

ＰＪ住在離路易小館兩條街的地方，他的家是一間完全被熱帶植物包圍的小房子。要不是他所說的那輛舊跑車就停在門前，我可能無法辨認出樹林裡有一棟房子。光看車子一眼，我就知道爲什麼警察總是盯上車主。那輛車子很像大城市裡被畫滿塗鴉的地鐵車廂，它用的是超大輪胎，車尾被頂得高高的，車身又畫滿了六〇年代特有的迷幻花紋。

「這就是我的寶貝了。」ＰＪ說道，並且充滿憐愛的在車蓋上輕敲了一下。

「的確很特別。」我說。

「我十六歲的時候就有它了。」

「你應該一輩子留著它。」我誠懇的說，同時撥開濃密的樹葉，跟著他走近陰涼的樹林內。

「只是個小破屋。」他抱歉的開了門。「樓上多一個房間，貝蘿就睡那裡。這幾天，我想我會再把它租出去，可是我對房客很挑剔。」

客廳裡堆滿了像是垃圾場裡撿來的家具：粉紅色的破沙發跟綠得很難看的舊椅子；幾盞不協調的檯燈，有海螺跟珊瑚形的；一張用一扇橡木門改裝的茶几。此外四處還散著上了漆的椰子、海星、報紙、鞋子、啤酒灌。空氣中有一種腐味。

「貝蘿怎麼發現你有房間出租的？」我問，並在沙發上坐了下來。

「是在路易小館。」他回答，同時打開幾盞燈。「最初幾天，她住在位於度瓦路上的酒洋飯店，那是一處挺高級的地方。我猜她大概算出如果要在這裡待上一陣子，那樣的地方很快會讓她的口袋空空。」他坐在椅子上。「大約是她第三次到路易吃中飯，通常她都會點一盤沙拉，坐在那裡看海。她那時還沒開始寫什麼只是坐著。那種消磨時間的方法不太尋常，我是指她花的時間，幾乎是整個下午。最後，我剛說了，大概是她第三次來的時候，她走下酒吧，靠著圍欄看風景。我開始替她感到難過。」

「爲什麼？」

他聳肩。「可能是因爲她看起來好迷惘、好沮喪。我看得出來，所以我就開始跟她說話，她顯得很不自在。」

「她不容易親近。」我同意道。

「很難跟她聊天。我問她幾個簡單的問題，像是『妳第一次來嗎？』，還有『妳從哪裡來？』一類的，有時候她根本不回答我，就像我這個人不存在似的。奇怪的是，似乎有某種力量叫我不要放棄，繼續陪著她。我問她要喝什麼，然後聊到各種酒，這才讓她感興趣，整個人開始放鬆。後來，我讓她嘗試吧台最叫好的幾種酒，一開始是可樂娜啤酒加青檸檬，她一下子就愛上了，然後是海地萊姆酒，就像我爲妳調的一樣，那是很特別的款待。」

「難怪她會放鬆下來。」我說道。

他微笑了。「妳說對了，我調得有點烈，於是我們開始聊其他話題，她就問我這附近哪裡可以找到出租房屋。我告訴她我有多的房間，如果她有興趣，晚上可以過來看。那是個星期日，星期日我都下班得很早。」

「結果她晚上眞的來了？」我問。

「這讓我很意外，我本來以爲她不會出現了，結果她來了而且居然還沒迷路。那時候華特也在家，他通常會待在廣場賣他的垃圾，一直到晚上才回來。他才進門沒多久，貝蘿就到了。我們三個就開始聊天，然後還一起去逛老街，最後到邁遢喬的酒吧。她是個作家，一聊起海明威就說個沒完。她很聰明，眞的很厲害。」

「華特在賣銀飾。」我說：「在馬婁里廣場。」

「妳怎麼知道？」ＰＪ訝異的問。

「貝蘿的信。」我提醒他。

有一度他顯得悲傷。

「她也提到邁遢喬酒吧，我感覺她很喜歡你跟華特。」

「是啊！我們三個在一起，可以喝掉一大堆啤酒。」他從地上撿起一本雜誌，扔在茶几上。

「你們兩個是她僅有的朋友。」

「貝蘿很特別。」他看著我。「她實在很特別，以前我從不認識像她這樣的人，以後大概也不會了。一旦你跨越她心中那道牆，你會發現她是很棒的人，聰明透頂了。」他又說了一遍，同時把頭靠在椅背上，抬頭望著油漆已經剝落的天花板。「我好喜歡聽她說話，她可以出口成章。」他彈彈指頭。「我想十年都想不出來的道理，她可以一語道破。我姊姊也是這種人，她在丹佛教英文，我對文字向來不敏銳。在我當酒保以前，我做的工作都是粗活，蓋房子、砌磚塊、木工，我是因爲華特來到這裡。我在密西西比的一個巴士站遇見他，兩人開始交談，一路坐到路易斯安那州。兩個月以後，我們兩個一起來到這裡，眞奇怪啊！」他看著我。「那已經是十年前的事情了，現在我所剩下的就是這間房子了。」

「你的生命還有很長的一段路，ＰＪ。」我輕聲說。

「嗯。」他又抬頭對著天花板，閉上了雙眼。

「華特呢？」

「上次我聽到，是在郎德岱爾。」

「我很遺憾。」

「這種事情總會發生，我能說什麼？」

接著是一陣沉默，我決定冒險看看。

「貝蘿在這裡的時候寫了一本書。」

「妳說對了。當她沒跟我們廝混的時候，她的確在寫書。」

「手稿失蹤了。」

他沒有回答。

「我相信你知道，你剛才提到的那位所謂的私家偵探，還有一些人都對這本書備感興趣。」

他保持緘默，閉著眼睛。

「我沒有理由叫你相信我，ＰＪ，但是我希望你聽我說，」我降低聲量說道：「我一定要找到那份手稿，貝蘿在這裡寫的手稿。我認爲她從基韋斯特島離開回里奇蒙的時候，並沒有將手稿帶走。你可以幫助我嗎？」

他睜開雙眼瞟向我。「我很尊重妳，史卡佩塔醫生。可是就算我知道，我爲什麼要違背諾言？」

「你答應過她永遠不說出手稿的下落嗎？」我問。

「這不重要，而且是我先問妳的。」他回答。

我深吸一口氣，低頭看著腳下污穢的金色地毯。

「我不知道我有什麼好理由能讓你違背對一個朋友的諾言，ＰＪ。」我說。

「鬼扯，如果妳沒有好理由，妳不會問我東西在哪裡。」

「貝蘿有沒有向你提過他？」我問。

「你是說那個威脅她的混蛋？」

「是的。」

「我知道這件事。」他忽然站起來。「我要喝啤酒，妳呢？」

「麻煩你了。」我認爲此時接受他的好意很重要，雖然我還因爲那杯萊姆酒而暈眩。

他從廚房回來，遞給我一瓶冰涼的可樂娜啤酒，一片青檸檬浮在長長的瓶頸上，眞好喝。

ＰＪ坐下來後，再度開口。「絲卓，我是說貝蘿，她簡直嚇死了。老實說，當我聽到這件事，我並不驚訝，我是說我也覺得很可怕，但是我真的不驚訝。我叫她長住下來，不要付房租了。華特跟我已經把她當妹妹看待，這眞是很奇妙的事。結果，最後連那豬頭也遺棄我。」

「對不起，我沒懂你的意思。」我對他突如其來的憤怒感到驚訝。

「我是說華特，他也離開我了。那是在我們聽到貝蘿被殺之後，他整個人變了，我不能說這全然是因爲貝蘿的死訊，我們的感情也有問題，但是這件事的確影響了他。他變得很遙遠，不願意再和我說話。有一天早上，他突然走了，就這麼走了。」

「什麼時候的事情？幾個星期前，警方來問話以後嗎？」

他點頭。

「這件事也影響了我，ＰＪ，」我說：「非常嚴重的影響了我。」

「怎麼可能？除了帶給妳一些煩人的工作，還能帶來什麼影響？」

「我正重蹈貝蘿的覆轍。」我簡直說不出口。

他喝了一口啤酒，沉重的眼神望著我。

「其實這一刻，我也是在逃命……理由和貝蘿一樣。」

「天啊！我被妳搞迷糊了。」他搖頭說道：「妳究竟在說什麼？」

「你有沒有看到今天報紙頭版的那張照片？」我問：「警車在里奇蒙被燒的那張？」

「有，」他困惑的說，「有點印象。」

「那是在我家門前，ＰＪ。那名刑警正在我家跟我談話，結果他的車子被縱火。這並不是第一件事，你懂嗎？他也盯上了我。」

「誰？」他問道，我覺得他知道答案。

「殺了貝蘿的人，」我很困難的吐出這幾個字。「也是殺了蓋利．哈博的那個人，就是你聽貝蘿提起過的那個人。」

「聽過很多次了，媽的，我眞不敢相信。」

「請你幫助我，ＰＪ。」

「我不知道怎麼幫妳。」他難過的站起來，反覆踱步。「那隻豬爲什麼要對付妳？」

「他嫉妒，他妄想，他有偏執性精神分裂症。他恨每個跟貝蘿扯上關係的人，我不知道原因，ＰＪ，但是我一定要查出他是誰，我一定要找到他。」我說。

「我不知道他是誰，也不知道他在哪裡。如果我知道，一定會把他揪出來，將他的頭扭斷。」

「我需要手稿，ＰＪ。」

「她的手稿跟這件事有什麼關係？」他抗議道。

於是我將實情一五一十的告訴他。我告訴他蓋利．哈博跟項鍊的事。我又說了恐怖電話跟纖維，還有我被控告偷竊貝蘿手稿的事。凡跟這件案子有關係的，我能想到的都說了，我的靈魂跟著這些事件發抖。我從來沒有跟警方或律師以外的任何人討論過這個案子的種種細節，這是第一次。當我說完，ＰＪ安靜的離開客廳，回來時提著一個軍用背包，放在我腿上。

「就在這裡了。」他說：「我跟上帝發誓過絕對不會這麼做，很抱歉，貝蘿。」他喃喃說道，「很抱歉。」

我打開帶子，小心的取出看起來至少上千頁的手稿和四張磁碟片，都用粗橡皮筋綁起來了。

「她交代過我，如果她發生什麼事，這些東西不能交給任何一個人，我也發過誓。」

「謝謝你，彼得，上帝一定會保佑你。」我說，然後我問了最後一個問題。

「貝蘿有沒有跟你提過一個叫做M的人？」我問。

他僵硬的望著啤酒。

「你知道這個人是誰嗎？」

「我自己。」他說。

「我不懂。」

「M是Myself（我自己）的簡寫，她寫信給她自己。」她說。

「我們找到兩封信，」我告訴他，「也就是她死後，我們在臥房地上找到的兩封信，上面提到你跟華特，信是署名給M。」

「我知道。」他再次閉眼。

「你怎麼知道？」

「當妳說到祖魯跟貓，我就知道妳讀過那些信了。那時我就知道妳沒有問題，也沒有對我說謊。」

「這麼說，你也讀過那兩封信？」我問，而且感到不可思議。

他點頭。

「我們找到的只是複印。」我說：「我們找不到正本。」

「那是因爲她把東西都燒了。」他說，深吸一口氣，試圖穩住自己。

「但是她沒有燒手稿。」

「沒有。她告訴我，接下來她不知道要去哪裡，也不知道如果她還繼續受到威脅，將會怎麼做。她說她會打電話給我，告訴我要把書寄到哪裡。如果我再也沒有她的消息，那麼我就要永遠保存這些手稿，不能給任何一個人。結果她沒打電話來，竟然沒打電話來！」他背向我，擦拭著眼睛。「這本書是她的希望，你知道，是她活著的希望。」他哽咽的說完：「她不曾停止希望生命會變得更好。」

「她究竟燒了什麼，PJ？」

「她的日記。」他回答。「我想應該可以叫做日記，就是她寫給自己的那些信。她說那是她給自己的心理治療，她不希望別人看到。那是非常私人的東西，是她最隱私的想法。她離開前，把所有的信都燒了，只留下兩封。」

「我看到的兩封？」我的聲音輕得不能再輕了。「爲什麼？爲什麼她沒燒那兩封？」

「因爲她想留給我跟華特。」

「當作紀念？」

「對。」他拿起啤酒，揉了揉眼睛。「那代表她的一部分，是她在這裡的生活記錄。她離開的前一天，拿這兩封信去複印，她留複印，正本送給我們，她說這樣我們三人就各持一份友情契約了。只要我們保存著這份契約，我們三人的心就永遠在一起。」

他送我走出門，我轉身擁抱他，藉以表達我深深的感激。

我走回旅館，火紅的夕陽及棕櫚樹陪伴著我。拖鞋的聲音在度瓦街的酒吧嘈雜作響，空氣中充滿了音樂、笑聲。我的步履輕快，即使身上的背袋相當的沉重。幾個星期以下，這是我頭一次感到快樂，幾乎是飄飄然。對於接下來在房間發生的事情，我完全沒有心理準備。

16

我並不記得我留了一盞檯燈。我以為是清潔人員來換被單跟菸灰缸後忘記把燈關掉。我鎖上門，輕快的唱著歌走向浴室，才赫然發現這房裡不只我一人。

馬克坐在窗邊，椅子下還有一只打開的皮箱。我的腿完全不知道該往哪個方向。他望著我完全不說話，這使我倍感威脅跟恐懼。

他穿著灰色的冬季西裝，一臉蒼白，看起來似乎是剛從機場過來。他的西裝袋就放在床上，是史巴拉辛諾派他來的。我想起手提包裡的槍，但是我知道即使在重要時刻，我也沒辦法把槍指向馬克．詹姆斯，扣下扳機。

「你怎麼進來的？」我僵直的站在那裡。

「我是你丈夫。」他從口袋裡取出另一把鑰匙。

「你這個混球。」我低聲說，心臟跳得更厲害了。

「凱，我來是因為班頓．衛斯理叫我來。」他從椅子上起身。

我無聲的盯著他從西裝袋裡取出一瓶威士忌，經過我走向吧台，取出冰塊放在杯子裡。他的動作緩慢且細膩，好像盡量不要再引起我的猜疑。他顯得很疲累。

「你吃過沒？」他給我一杯酒。

我經過他，若無其事般的把軍用背包跟手提包放在化妝檯上。

「我餓壞了。」他說道，將領子放鬆，拉下領帶。「媽的，我至少轉了四班飛機，從早餐到現在只吃了花生。」

我沒說話。

「我已經替我們叫了餐。」他低聲說：「等一下來就可以吃了。」

我走向窗邊，望著老街上方紫灰色的雲彩。馬克拉了張椅子，脫了鞋子雙腳架在床沿。

「讓我知道妳什麼時候可以聽我解釋。」他晃動杯中的冰塊。

「我不會相信你說的任何話，馬克。」我冷冷的回答。

「沒關係，反正我的工作就是說謊，我現在已經是專家了。」

「對，」我對應道：「你已經成了專家了。你怎麼找到我的？我想不是班頓告訴你的。他不知道我住的是哪一家旅館，這座島上至少有五十家飯店跟無數的小旅社，你不會是剛好碰上。」

「是的，但是我只打了一通電話，就知道妳在這裡。」他說。

我被打敗了，受挫的坐到床上。

他從外套口袋裡取出一張地方簡介。「面熟嗎？」他把簡介交給我。

這份地方簡介和馬里諾在貝蘿．邁德森的房裡找到的那份一模一樣。檔案裡有一份拷貝，我已經研究過那份拷貝好幾次，在我決定來基韋斯特島時，忽然想起上面的一些資料。它的一面是餐館、風景區跟商店的介紹，另外一面是市街地圖，旁邊有一些廣告，包括了這一家飯店的廣告，這就是我會到這裡的原因。

「幾次連絡失敗後，班頓終於找到了我。」他說：「他很難過，告訴我妳已經走了，然後我們一起討論要怎麼追蹤妳。班頓的檔案資料裡有一張貝蘿帶回去的地方簡介，他認爲妳一定研究過，甚至可能複印一份作爲存檔。我們假設妳會用這份資料作指南。」

「你在哪裡拿到這個的？」我把簡介還他。

「機場，剛好這家旅館是唯一刊登廣告的旅館。我一打電話，他們就告訴我妳有訂房。」

「好吧！若我是逃犯，大概不會太成功。」

「會一敗塗地。」

「我的確是這麼來到這家旅館，如果這樣說能讓你感到滿意。」我生氣的承認。「我反覆研究過貝蘿的文件，我記得有那張簡介，我記得在上面看過度瓦街的旅館廣告。我對它印象深刻，因爲我好奇貝蘿剛到這裡的時候，是不是住在這裡。」

「結果呢？」他端起杯子。

「沒有。」

他起身爲我們加酒，這時有人敲門。我吃驚的看著馬克突然從他外套後面掏出一把九釐米手槍。他舉起槍從窺視孔看了一眼，然後將槍收回開了門。我們的晚餐到了，馬克付給她現金，她露出燦爛的微笑：「謝謝你，史卡佩塔先生，希望你喜歡我們的牛排。」

「你爲什麼要佯裝我丈夫？」我要求回答。

「我會睡地板上，我絕不讓妳一個人待在這裡。」他將加蓋的菜餚移到窗邊，動手拔出酒的橡皮塞。他脫下外套扔在床上，將槍放在梳妝檯上，他隨時可以拿到，而且離我的背包不遠。

我等到他坐下來用餐後，才開始問他槍的事情。

「槍是個醜怪物，可是它或許是我目前唯一的朋友。」他回答，切著牛排。「同理，我猜想妳也帶了妳的點三八手槍，可能正在背包裡。」他看了那個軍用背包一眼。

「老實告訴你，在我的手提包裡。」我憎恨的說：「你又怎麼知道我有支點三八手槍？」

「班頓告訴我的，他還說妳最近才拿到攜帶槍枝的許可證明，他想妳這陣子都不會讓槍離身了。」他喝了一口酒。「不錯。」

「班頓有沒有告訴你我穿幾號衣服？」我問。我勉強吃東西，即使我的肚子根本裝不下。

「那個不用他說，我知道妳穿八號，妳還是像大學一樣漂亮，甚至更漂亮了。」

「不要再跟我裝蒜，請直接告訴我你怎麼知道班頓·衛斯理的名字，又怎麼會跟他提到我。」

「凱。」他放下叉子，望著我爆怒的雙眼。「我認識班頓的時間比妳認識他還久。妳還猜不出來嗎？真的要我全部說明白？」

「對，到天空上寫幾個大字把真相說明白，馬克，我已經不知道要如何相信你了。我不知道你是誰，我不信任你，事實上，此刻我非常怕你。」

他靠入椅子，用罕見的認真態度說：「凱，我很抱歉讓妳感到害怕，也很遺憾妳不信任我。

這是很正常的，因爲這世界上很少人眞正知道我是誰，有時候連我自己都不知道。過去我不能告訴妳眞相，但是現在已經沒關係了。」他頓了一下。「在妳認識班頓以前，班頓是我在FBI的老師。」

「你是聯邦調查局探員？」我不敢相信的說。

「沒錯。」

「不。」我的腦子全亂了。「不！這次我絕不相信你，該死的！」

他靜靜的站起來，走到床頭撥了一個電話。

「來。」他望著我。

他把電話交給我。

「哈囉？」我馬上聽出對方的聲音。

「班頓。」我說。

「凱，妳沒事吧？」

「馬克在這裡。」我回答。「他找到我了，是的，班頓，我沒事。」

「太好了，有馬克在，妳就安全了。我想他會對你解釋一切。」

「我想他會的，謝謝你，班頓，再見。」

馬克從我手中拿過聽筒，掛斷了電話。當我們回到桌前，他望著我許久才說話。

「珍過世後，我就辭掉了律師事務所的工作，到現在我還不知道自己爲什麼那麼做，但是理由是什麼，已經不重要了。我在底特律出一陣子任務後，就成了臥底特派員。我爲歐度夫與布吉事務所工作的事情全是假的。」

「別告訴我史巴拉辛諾也是調查局探員。」我顫抖的說。

「當然不是。」他回答，眼神轉向別的地方。

「他涉入了什麼案子？馬克？」

「他的小惡包括欺騙貝蘿．邁德森，在她跟其他幾個客戶的版權合約上做了手腳。此外，就如我之前所說，他在操控她，利用她對付蓋利．哈博，將新聞炒熱好從中撈一筆，這在他來說已不是頭一遭。」

「所以你在紐約告訴我的是實情。」

「當然不包括每一件事，我不能什麼都告訴妳。」

「史巴拉辛諾事先知道我會去紐約嗎？」幾個星期來，我的腦子裡一直縈繞這個問題。

「知道，一切是我的布局，我故意引妳去，才可以從妳這裡知道更多消息，也才能安排妳跟他交談。他知道妳不會願意和他談，所以我自願把妳帶到他面前。」

「天啊！」

「我以爲所有情況都在控制當中，一直到我們進了餐廳，才發現事情急轉直下。」馬克說道。

「爲什麼？」

「因爲他派帕丁跟蹤我。我老早就知道他找了帕丁聽他差遣，這樣帕丁在等待戲劇、電視廣告跟內褲平面廣告找上門之前，才有能力付房租。顯然史巴拉辛諾也開始懷疑我了。」

「那麼他爲什麼要派帕丁，難道他不怕你會認出他？」

「史巴拉辛諾不知道我認得出帕丁。」他說：「重點是，當我在餐廳看到帕丁，我就知道史巴拉辛諾是派他來確認我是眞的跟妳見面，他想調查我在做什麼，就如同他派了杰普·布萊斯去調查妳在做什麼一樣。」

「杰普·布萊斯不會也是快餓死的演員吧？」

「不是，上週我們在紐澤西逮捕了他，短期內他不會再出來煩人了。」

「你認識岱斯納的事情也是一篇謊言吧！」

「他是個有名的人，但是我從沒見過他。」

「你到里奇蒙看我，也是你的布局之一吧？」我強忍著眼淚。

他再度爲我們斟滿酒。「我不是從特區開車順便經過妳那裡的，我是專程從紐約飛過去的。史巴拉辛諾派我去探妳的口風，他想知道關於貝蘿案的所有細節。」

我靜靜的飲酒，試著讓自己恢復平靜。

然後我問了：「他也涉入了這樁謀殺案嗎？馬克？」

「剛開始我也懷疑，」他回答，「我原以爲是史巴拉辛諾與蓋利·哈博的遊戲玩得太過火了，使得蓋利憤而殺了貝蘿。結果蓋利也被殺了，而我又一直找不出史巴拉辛諾涉案的證明。我猜想史巴拉辛諾之所以一直想知道貝蘿案的詳情，是因爲他已經緊張到有些神經質了。」

「他是擔心警方會懷疑他，然後把他在合約上的詐騙行爲掀出來？」我問。

「也許，但我還知道他眞的很想要貝蘿的手稿，畢竟手稿現在的價値水漲船高，不過除此之外還有什麼目的，我不清楚。」

「他跟檢察長的官司進行得如何？」

「已成了媒體關注的焦點，」馬克回答，「史巴拉辛諾憎恨愛斯瑞吉，他希望看到愛斯瑞吉受到羞辱，甚至想逼他丟官。」

「司考特．帕丁前不久來過這裡。」我告訴他。「他也在打聽貝蘿的事情。」

「有趣。」他只這麼說，又吃下一口牛排。

「你跟史巴拉辛諾多久了？」

「兩年多了。」

「我的天啊！」

「調查局很小心的把我安排在他身邊。我化名爲保羅．貝克到他那裡求職，之後又假裝急功好利一步步接近他，取得他的信任。當然，他調查過我的身家背景，當他發現其中有漏洞，他直接問我。我承認我用的是假名字，因爲我參加了聯邦保護證人計畫，我很難把細節說清楚。總之，史巴拉辛諾相信我之前在別州犯了罪，由於我答應配合作證，於是聯邦調查局給了我一個全新的身分。」

「你有沒有犯過法?」我問。

「沒有。」

「愛斯瑞吉說你有。」我說:「他說你坐過牢。」

「我不驚訝他會這麼說,凱。警方一向跟聯邦調查局合作密切,在所有文件上,妳所認識的馬克·詹姆斯是個惡貫滿盈的壞蛋,是個觸犯法律、執照遭吊銷、坐了兩年牢的律師。」

「我猜史巴拉辛諾跟歐度夫與布吉法律事務所的關係也是個幌子?」我問。

「是的。」

「爲什麼?馬克,他不過是擅於炒新聞,爲什麼你們要花這麼大的工夫盯他?」

「我們相信史巴拉辛諾爲黑手黨洗錢,凱,那些錢是販毒得來的。我們還認爲他參與了賭場的犯罪組織,連政客、法官跟其他律師都參與了,組織龐大到難以想像。我們得到情報已有一段時間,但是對方都是熟知法律的律師跟法官,辦起案來特別棘手。所以我奉命去臥底調查,我越查越發現案情非常複雜,於是我的任務期從三個月變成六個月,又變成好幾年。」

「我不明白,他所屬的事務所是完全合法的,馬克。」

「紐約是史巴拉辛諾個人的王國,他在那裡相當有力量。歐度夫與布吉對他了解不深,我也從來沒替那個事務所工作過,他們甚至不知道我的名字。」

「但是史巴拉辛諾知道,」我挑戰他,「我聽過他叫你馬克。」

「是的,他知道我的本名。如我所說,調查局非常的小心,他們徹底改寫了我的生命,把馬克·詹姆斯變成一個妳不認得的人，當然也是妳不會喜歡的人。」他的臉變得陰沉。「史巴拉辛諾同意在妳面前叫我馬克，其他時候我是保羅，我爲他工作。有一陣子我甚至住在他家裡，當他忠心的兒子，至少他是這麼想。」

「我知道歐度夫與布吉從來沒聽過你這個人，」我坦白說：「我打到他們在紐約跟芝加哥的分公司，他們都不認識我所要找的人。我又打電話給岱斯納，他也不認識你。我可能不是一個好逃犯，但你也不是一個好間諜。」

他有一陣子沒說話。

終於他開口了。「後來調查局把我叫回去，因爲我把事情處理得險象環生。凱，妳出現在我的辦案過程中，使我的情緒受到了影響，我很笨。」

「我不知道應該做何反應。」

「喝酒，欣賞基韋斯特島上的月亮，這就是最好的反應。」

「可是，馬克，」我已經毫無指望的被他所控了，「有一件很重要的事情我不了解。」

「有許多事情妳不了解，凱。我們已經分開很久了，這之間發生了很多事，一個晚上也說不清楚。」

「你說史巴拉辛諾要你來探我的口風，他怎麼知道你認識我？是你告訴他的？」

「我們聽說貝蘿遭殺害後，他曾在一次對談中提到妳的名字，他說妳是此案的法醫，維吉尼亞州的首席法醫。我急了，我不要他騷擾妳，於是我決定由我自己出面處理比較好。」

「感謝你的好意。」我諷刺的說。

「妳應該感謝。」他凝視著我。「我告訴他我們以前交往過，我要他把妳交給我，他同意了。」

「整件事就是這樣？」我說。

「應該是這樣，可是我想我的動機中還有其他複雜的情緒。」

「複雜的情緒？」

「我想再見到妳。」

「我聽過你說這話。」

「我沒騙妳。」

「難道你現在不是在騙我？」

「我對天發誓我現在絕對沒騙妳。」他說。

我突然發覺自己只穿著一件運動上衣跟短褲，我的皮膚溼黏，頭髮一團亂。我告離走進廁所，半個小時後我穿著自己最喜歡的絨袍出來，馬克已經在床上睡著了。他打著鼾。不過當我一坐到他身邊，他便睜開眼睛。

「史巴拉辛諾是號危險人物。」我的手指溫柔的順著他的頭髮。

「毫無疑問。」馬克倦怠的說。

「他派帕丁來過，我不知道他如何得知貝蘿曾經到過這裡。」

「因為貝蘿從這裡打過電話給他。凱，他一直知道她在這裡。」

我點頭，心裡一點也不意外。貝蘿一直很依賴史巴拉辛諾，但是她後來一定開始有些不信任他，否則她會把手稿交給他，不會交給一個叫PJ的酒保。

「如果他知道你在這裡，會怎麼樣？」我輕聲問：「如果史巴拉辛諾知道你跟我同在這個房間，說著這樣的話會怎麼樣？」

「會很嫉妒。」

「說眞的。」

「如果他逃得過這次，那麼他大概會把我們兩個人都殺了。」

「他逃得過嗎？」

他把我拉到懷裡，對著我的脖子低聲說：「絕無可能。」

隔天早上，太陽叫醒我們。我們再次做愛，然後在彼此的臂彎相纏直到十點鐘。馬克起來洗澡、刮鬍子，我望著窗外的大白天。基韋斯特島從來沒有那麼鮮豔的顏色，跟那麼燦爛的陽光。我想在這裡買個小屋，跟馬克纏綿一輩子；我要重新騎童年後就沒碰過的腳踏車；我要再開始打網球；我要戒菸；我要跟家人重新建立關係，露西可以常來我家；我要欣賞太陽在海上的舞蹈；我要為一個名為貝蘿．邁德森的女人禱告，她的死為我的生命注入了新的意義，教我可以重新再愛。

在房裡吃過中餐後，我從袋子裡取出貝蘿的手稿，馬克用難以置信的眼光看著我。

「那一疊就是了嗎？」他問。

「對，就是這一疊了。」我說。

「妳怎麼找到的，凱？」他從桌前起身。

「她留給一個朋友。」我答道。接著我們把枕頭鋪在背後，把手稿放在兩人中間，然後我告訴他ＰＪ跟我說的事情。

白天變成了晚上，除了把髒盤子放到門外，換來一些新的三明治跟零嘴之外，我們不曾走出房門。幾個小時之間，我們幾乎沒有交談，只忙著一頁頁讀著貝蘿的一生。這本書寫得非常好，我不只一次落下眼淚。

貝蘿是風雨中的一隻小鳥，儘管她的羽翅是那麼鮮豔美麗，她的生命卻是坎坷多難。她的母親早逝，父親再娶，繼母對她非常嚴苛。她無法接受現實的生活，便藉由寫作創造自己的世界。就像聾啞人士在藝術上常有過人的天分，盲人在音樂上常有傑出的才華一樣，貝蘿的寫作能力相當傑出。她用筆所創造出來的，是個可聞、可嚐、可感受到的自由天地。

她與哈博姊弟的關係錯綜複雜。自從他們一起住在河邊那棟大宅院起，三人就像三種造成風暴的因素突然結合了。蓋利．哈博爲貝蘿買了那棟宅院，還做了全面的裝修。有一晚，就在我睡過的那個房間裡，他奪走了她的童貞，那年她只有十六歲。

隔天早上，她沒有下來吃早餐，思德琳．哈博上樓去看她，她發現貝蘿以嬰兒的姿態蜷伏在床上不停哭泣。哈博小姐無法接受她著名的弟弟竟然強暴了他們心目中的女兒，於是她決定採取否認的態度。她沒對貝蘿說過一個字，也沒有介入這件事。到了夜晚，她只是靜靜的關上房門。

貝蘿持續遭到性侵害，週而復始。一直到她長大了些，次數才漸漸變少，而且那位普立茲獎得主終於因為長期酗酒跟嗑藥，成了性無能患者。他從得獎作品得到的鉅額版稅也經不起他這樣的揮霍，終於山窮水盡了。這時他向他的朋友喬瑟夫．麥克提格求救。麥克提格不僅伸出了援手，還讓哈博重新富裕到有能力買一箱箱最好的威士忌，毒癮發作的時候也能立刻得到滿足。

根據貝蘿所述，她搬走後哈博小姐畫了火爐上方那幅油畫，不知是故意還是潛意識驅使，她畫的是一個被奪走童貞的女孩，想永遠折磨哈博。他酗酒的情形更為嚴重，寫作時間更少，而且患了失眠症。他成了考匹柏酒館的常客，他姊姊也鼓勵他常去，因為那樣子她就有機會跟跟貝蘿通電話。後來三人關係的最重大衝擊，就是貝蘿受了史巴拉辛諾的慫恿違反與哈博簽下的合約。

這是她重新面對生命的方法，她還寫道：「這樣做可以留住我的好友思德琳的美麗，就像用書頁夾住一朵絢麗的野花。」貝蘿在哈博小姐發現患有癌症後不久就動筆寫書了。她們對彼此的感情濃不可分。

自然地，書上也提到貝蘿以前所寫的作品，以及她的靈感來源。早期的作品也摘錄了進來，我想這就是為什麼我們會在她臥房找到早期手稿的原因。當然我不能確定，沒有人能確定貝蘿當時在想什麼。但是我知道這本書寫得極好，而其內容足以讓蓋利．哈博戰慄，令史巴拉辛諾垂涎。

但是我花了整個下午都沒看到關於法蘭奇的描述，她沒有寫到生命中最後一段的折磨。我想這件事一定已經嚴重到令她無法承受的地步，所以她無法提及。還有一種可能，就是她希望這一切會隨著時間消逝。

我已經快看完了，這時馬克的手突然放在我手臂上。

「什麼事？」我的眼睛幾乎離不開稿子。

「凱，看看這裡。」他說著將其中一頁放在我正在閱讀的文字上。

那是第二十五章的開頭，我已經讀過這一頁了。我愣了一下，才發現自己沒看到什麼。這是一張拷貝，不像其他都是原始手稿。

「妳不是說這是唯一的一份稿子嗎？」馬克問我。

「我一直以為是。」我也迷惑了。

「我懷疑她曾經複印過整份稿子，結果將其中一頁放錯位置了。」

「看起來似乎是如此。」我猜想著。「那麼那份拷貝呢？我們至今還沒發現。」

「我不知道。」

「你確定史巴拉辛諾沒有？」

「如果他有，我會知道。我趁他不在時曾徹底搜過他的辦公室，也找過他家裡。再說，他應該會告訴我，他過去一直很信任我。」

「我們最好去找ＰＪ。」

ＰＪ今天休假。他不在路易小館也不在家。我們終於在邋遢喬酒吧找到他，當時他已經半醉了。我抓著他的手到一張桌前。

我匆匆的替他們介紹了一下。「這是馬克．詹姆斯，我的朋友。」

ＰＪ點點頭，舉起他的啤酒瓶做敬酒狀。他眨著眼睛，好像想看得更清楚一點，然後公開的稱讚我的男伴很有魅力。馬克似乎無動於衷。

我提高聲音，努力賽過酒客跟樂團的嘈雜叫道：「貝蘿的手稿，她在這裡的時候有沒有複印過一份？」

他灌了一口啤酒，一邊隨音樂搖擺身子一邊說：「不知道，她沒跟我提過。」

「有這種可能嗎？」我繼續問：「會不會在她複印信給你們的時候，順便也複印了她的書？」

他聳聳肩膀，汗珠從太陽穴流下來，滿臉通紅。ＰＪ不只喝醉了，還嗑了藥。

馬克只是個旁觀者，於是我重新問了一遍。「她去複印的時候，有沒有帶著手稿一起出去？」

「……就像兩個寶貝……」ＰＪ跟著音樂粗聲高唱，手敲擊著桌沿。

「ＰＪ！」我大聲叫。

「幹嘛？」他抗議道，眼睛還是盯著舞台。「這是我最喜歡的歌。」

於是我靠著椅背，等著他把歌唱完。表演好不容易暫停，我又重複了問題。ＰＪ把瓶中剩下的啤酒喝完，以令人吃驚的清晰語氣說：「我只知道那天她帶了軍用背包出去好嗎？袋子是我拿給她的，方便裝她的雜物。然後她就去了複印店，所以她是帶了背包出去，沒錯。」他拿出香菸。「她有可能把稿子放在裡面，也有可能把整本書印了一份，我只知道她給我的那份，我不知什麼時候已經交給妳了。」

「昨天。」我說。

「對，昨天。」他閉著眼睛，又在桌沿打拍子。

「謝謝你，ＰＪ。」我說。

我們走的時候，他絲毫不管我們。我們終於在人堆中殺出一條通路，直奔夜晚清新的空氣。

「這算是徒勞無功吧？」馬克在我們回旅館的路上說道。

「我不確定。」我說：「但是我認爲貝蘿的確有可能在複印信件的同時，也印了一份書稿。我無法想像她能把整份原稿就這樣交給ＰＪ，自己手上沒有留底。」

「見到他以後，我也無法想像貝蘿會這麼做。ＰＪ不像是個可信賴的人。」

「他是的，馬克，只是他今晚有點昏頭了。」

「應該說是失魂落魄。」

「可能是我突然出現造成他如此。」

「如果貝蘿複印了她的手稿，並且把副本帶回了里奇蒙，」馬克說：「那麼殺她的凶手一定把副本偷走了。」

「法蘭奇。」我說。

「也許這就是他也把蓋利．哈博殺掉的原因。我們的朋友法蘭奇妒火中燒，想到哈博夜晚摸進貝蘿的房間就令他瘋狂。哈博成爲考匹柏常客這一點也在貝蘿的書中出現過。」

「我知道。」

「法蘭奇可能讀了這一段，知道如何找出他的行蹤。」

「有什麼比在無人之處襲擊一個半醉半醒，走出車子正要回家的人更容易的事呢？」我說。

「我很意外他沒打算把思德琳．哈博一起殺了。」

「也許他會。」

「沒錯，只是他沒這個機會。」馬克說：「她替他省了這個麻煩。」

我們牽起手，陷入沉默，兩人之間只剩下腳步聲。微風拂著樹梢，我希望此刻可以留住，不用再面對現實。當我們步入房間，一起喝酒時我終於提出現實的問題。

「再下來呢？馬克？」

「華盛頓特區。」他別開臉望著窗外。「明天就要走了，他們要派給我別的任務。」他深呼吸。

「任務結束之後，我也不知道會怎麼樣。」

「你自己想要怎麼樣呢？」我問。

「我不知道，凱。誰知道他們會怎麼安排我？」他看著外面的黑夜。「我知道妳不會離開里奇蒙。」

「不會，我不能離開里奇蒙，不是現在，我的工作就是我的生命，馬克。」

「工作一直是妳的生命。」他說：「我的工作也是我的生命。這麼說，這之間幾乎沒有商量的餘地。」

他的話、他的臉龐讓我的心碎了。我知道他完全說對了，當我再度開口時淚水竟先滾了出來。

我們緊緊的擁抱對方，直到他在我的手臂上睡著。我小心起身不吵醒他，來到窗前。我坐著抽菸，腦子反覆想著事情直到天微亮。

我在淋浴間待了很久，讓熱騰騰的水撫慰著我。等我稍微恢復情緒走出潮溼的浴室，馬克已經起床點好早餐了。

「我要回里奇蒙了。」我坐到他身邊，堅定的對他說。

他皺眉頭。「這不是很好的主意，凱。」

「我找到了手稿，而你又要離開了，我不想一個人在這裡等著法蘭奇、司考特．帕丁，甚至史巴拉辛諾本人出現。」我解釋道。

「他們還沒找到法蘭奇，妳回去太冒險了，我會安排人在這裡保護妳。」他反對道：「也許妳應該去邁阿密，那裡應該會好一點，妳可以跟家人住一段時間。」

「不。」

「凱……」

「馬克，法蘭奇可能已經離開里奇蒙了，警方可能幾個星期，甚至永遠都不會找到他。那麼我應該怎麼辦，一輩子躲在佛羅里達嗎？」

他躺回枕頭上，一語不發。

我握著他的手。「我不允許我的生命跟工作就這樣被迫中斷，而且我拒絕再受任何屈辱。我會打電話給馬里諾，要他來機場接我。」

他雙手緊握我的手，深深凝視著我。「跟我到華盛頓，或者妳可以到匡提科一段時間。」

我搖頭。「我不會有事的，馬克。」

他將我拉得更近。「我無法不想到貝蘿的遭遇。」

我也是。

我們在邁阿密機場吻別。我從他身邊快步走開沒再回頭。接下來，我只有在亞特蘭大轉機時是清醒的，其他時間我都在飛機裡睡覺，我的身心都已經疲累到極點。

馬里諾到登機門接我。有一度他似乎感受到我的情緒，於是便耐心又安靜的陪著我走。聖誕節的裝飾跟店裡的聖誕商品更加深了我的沮喪，我對過節沒有期待，只想知道何時可以再見到馬克，但是又深知沒有答案。更糟糕的是，我們在領行李的地方，痴痴的望著轉盤走了一個小時，這給了馬里諾對我嘮叨的大好時機。最後，我終於去登記行李遺失。在塡過一張鉅細靡遺的申請表後，我駕車離開機場，馬里諾開著另一輛車在後面跟著我。

下雨的夜晚使得我家前院的殘破景象顯得模糊。我們停下車，馬里諾告訴我，他們還未查到法蘭奇的下落。他一點兒也不馬虎的用手電筒搜尋房子四周，看看有沒有破掉的窗子或是其他被人破壞的跡象。他帶我進門，將每個房間的燈打開檢查所有衣櫃，甚至連床下都看過。

我們走進廚房，兩個人都想喝咖啡，但是馬里諾的無線電響了。

「二一五，一〇三三……」

「媽的！」馬里諾罵道，並從夾克口袋取出無線電。

一〇三三是求救代號。廣播聲像是在空中穿梭的子彈，警車如噴射機一樣的集體出動了。一名警員在離我住處不遠的便利商店遭到攻擊，顯然他遭到槍擊了。

「七〇七，一〇三三。」馬里諾朝著對講機大叫他收到了，然後快速往大門走去。

「他媽的！居然是華德思，他還只是個孩子。」他一邊咒罵，一邊跑向雨中，最後他回頭叫道：「把門鎖上，我馬上派兩名警察過來！」

我在廚房來回踱步，然後坐下來喝著純威士忌。大雨像打鼓一樣拍打著屋頂跟玻璃窗。我的行李遺失了，點三八手槍在裡面。我忘了告訴馬里諾，我累得把這件事情遺漏了。我感到神經過敏無法入睡，於是開始翻貝蘿的手稿，幸好我沒把手稿放在托運行李內。我啜著酒等待警察的到來。

快到午夜時門鈴響了，我幾乎從椅子上跳起來。

我從大門窺視孔看了一眼，以爲來的是馬里諾派的警察，但是我看到的卻是一個蒼白的年輕人，穿著深色雨衣跟一頂制服帽。他看起來又溼又冷，胸前抱著一本工作簿。

「是誰？」我叫道。

「亞美加行李運送公司，機場派來的。」他回答。「我把妳的行李送來了，小姐。」

「謝天謝地。」我解除了保全，將門打開。

他將行李放到我的玄關，我突然籠罩在極度的恐懼中。因爲我想起一件事，我在行李遺失申請表上塡的是辦公室的地址，不是我家的地址！

17

他的帽簷下是暗色頭髮。當他對我說：「小姐，請妳在這裡簽名。」眼睛並沒有正視我。他把簽名板交給我，我的腦海響起許多聲音。

「他們來得很晚，因為航空公司把哈博先生的行李弄丟了。」

「妳的頭髮是天生的金黃色，還是染的？凱？」

「他們都走了。」

「去年我們看過和這根橘色纖維完全一樣的纖維，那是來自一樁雅典劫機案。朗受託研究波音七四七在希臘雅典被劫後，所留下的微物證據……」

「是在送行李的小弟把東西送來以後發生的。」

我從他戴著棕色皮手套的手裡接過筆。

我用一種連我自己都不認得的聲音使喚他：「請你幫我打開行李，我要確定我的東西都在才簽名。」

他蒼白的面容流露出一絲困惑，眼睛張得更大了些。他一彎下腰，我立即用簽名板攻擊他的喉嚨，他沒有機會阻擋。然後我像發狂動物似的奔竄。

我跑到餐桌，聽到他的腳步緊隨而來。我衝進廚房，心臟猛烈的撞擊肋骨。在塑膠地板上的雙腳幾乎就要不聽使喚。我把冰箱旁邊的滅火器拔起來，他一進來廚房，滅火器的乾粉就朝他臉上噴去。他摀著臉，手上的長刀掉落地上。我又從爐火上抓起炒菜鍋，當網球拍往他腹部痛擊。他努力要呼吸，我又狠狠再敲了一次，這次打的是他的頭。我聽到鍋底使軟骨碎裂的聲音，他的鼻子斷了，大概也掉了幾顆牙。他跪下來猛力咳嗽，滿臉乾粉看不到方向，突然一隻手抓住我的腳踝，另一隻手準備拿刀子。我把平底鍋朝他丟去，將刀子踢開，逃出廚房，我的臀部撞到桌子的尖角，肩膀又碰到門框。

一陣混亂和抽噎中，我終於從行李中抓到手槍，匆忙塞了兩顆子彈。這時候他已經出現在我面前了。我聽到了雨聲跟他喘息的聲音，他手上的尖刀離我的喉嚨只有幾寸，我第三次按扳機，終於射出子彈。震耳的槍爆聲中，子彈穿過了他的腹部，將他往後推了幾呎，躺了下來。他掙扎要坐起來，眼睛瞪著我，臉上沾滿了血。他再次舉刀，而且開口想說什麼。我耳鳴了，雙手顫抖著握緊槍，將第二顆子彈射進他的胸部。我聞到槍火的嗆鼻味夾雜著鮮血的腥味，法蘭克·俄姆斯的眼睛漸漸失去了光亮。

我崩潰了，風雨仍然拍打著房子，法蘭克的血染遍了橡木地板，我號啕大哭，身體劇烈發抖。電話響了五聲以後，我才開始移動。

我只能說：「馬里諾，哦！天啊！馬里諾！」

法蘭克．俄姆斯的屍體從太平間移走後，我才回到辦公室。他的血流滿了不鏽鋼台，流到了水管，流進了城市惡臭的污水道裡。殺了他並不令我惋惜，我只惋惜他曾經活在這個世界。

「整件事看起來是這樣的，」馬里諾邊看著我埋首處理山一般高的文件，邊對我說道：「法蘭奇在去年十月來到里奇蒙，至少，那是他租下瑞迪街住處的時間。幾個星期後，他找到一個運送遺失行李的工作。亞美加跟機場有長期的合作關係。」

我沒說話，我正在拆一封看似無關緊要的信件。

「為亞美加工作的人都開自己的車。法蘭奇的車在一月的時候出了問題，那輛八一年水星牌老車的變速器壞了，他沒有錢修理，可是沒有車又不能工作，於是他找艾爾．杭特幫忙。」

「他們倆個在這之前有連絡嗎？」我問，我知道我的聲音帶著無奈跟倦怠。

「一定有。」馬里諾回答：「這個我不懷疑，班頓也是。」

「你如何做出這種假設？」

「首先，法蘭奇在一年半以前是住在賓州的柏特勒城，我們查過杭特老先生五年來的電話帳單……這傢伙什麼帳單都留，免得被查稅，結果發現法蘭奇住在賓州期間，杭特收到五通來自柏特勒的對方付費電話。在這前一年，還有其他對方付費電話是來自達拉威州的多佛城，又再一年以前，有六通對方付費電話是來自馬利蘭州的海格城。」

「確定是法蘭奇打的？」

「我們還在證實，但是我相信法蘭克偶爾會打電話給艾爾．杭特，大概把他殺母親的事也告訴他了。這就是艾爾．杭特知道所有細節的原因，他根本沒什麼特異功能，他只是轉述他那病態朋友說過的話罷了。結果，法蘭克越病態，他就離里奇蒙越近了。一年前，他來到我們這座可愛的城市，故事就這麼開始了。」

「法蘭克常到杭特的洗車店嗎？」

「根據幾個在那裡工作的人說，有一個跟法蘭克外貌特徵相符的人偶爾會去，這應該是一月時候的事情。我們在他家找到一張單據，顯示在二月的第一個星期，他修車花了五百元，應該是杭特借他的。」

「你知不知道貝蘿送車去洗的時候，他是否剛好也在洗車店？」

「我想的確是這樣。一月間，他送哈博的行李到麥克提格家，那是他第一次看到貝蘿。然後呢？兩個星期後，當他去找艾爾．杭特借錢的時候，他大概又看到了貝蘿。太巧了！他認爲這是天意。後來他可能在機場運送行李的時候，可能又看過她，說不定就是在貝蘿搭機去巴爾的摩跟哈博小姐會面的時候讓他看到。」

「你認爲法蘭奇曾跟杭特提過貝蘿嗎？」

「無法得知，但是如果有，我也不意外。這大概就是杭特上吊的原因，他知道凶案會發生，他的朋友將對貝蘿下手。後來連哈博也被殺了，杭特八成有很強的罪惡感。」

我稍稍移動疼痛的身體，翻動桌上的文件，尋找一枚幾秒鐘前還在我手上的日期圖章。我全身痠痛，而且考慮要做右肩的X光檢查。至於心理上的問題，我認爲沒有人能幫得上忙。我覺得自己很不對勁，不知道是哪裡，只知道自己無法安坐，無法放輕鬆。

我說：「法蘭克看過貝蘿幾次，在麥克提格家、在洗車店、在機場都看到她，這會讓他妄想兩個人緣分匪淺。」

「這個神經病以爲上帝特意安排他跟那位漂亮的金髮女郎相識。」

這時蘿絲走進來，將粉紅色的電話留言單交給我，我把它塞進紙堆裡。

「他的車是什麼顏色？」我拆開另一封信。警方到達時，我看到法蘭克的車停在我家門前，但是警車上的紅燈閃爍不停，讓我忘記了細節。

「深藍色。」

「貝蘿的鄰居都沒看過一輛深藍色水星牌老車？」

馬里諾搖頭。「黑夜裡，如果他不開前燈的話，那種顏色的車基本上不會引起注意。」

「這倒是。」

「至於他襲擊哈博的時候，可能是他將車停在半路上，再徒步走到現場。」他頓了一下。「他車子前座的椅墊已經破掉了。」

「你說什麼？」

「他用一條毯子蓋住破洞，那條毯子是他從某架飛機偷拿的。」

「橘色纖維就是這麼來的？」我問。

「還要經過檢驗確定，可是應該八九不離十了。那條毯子上有橘紅色的線條，法蘭克要去貝蘿家前，必定坐在那條毯子上。這也解釋了劫機案的那條纖維，一定是有旅客用了跟法蘭克一樣的毯子，沾上纖維，又轉搭被劫的那架飛機。結果那個可憐的軍人被殺後，纖維又掉落在他身上。你能想像轉機之間能轉送多少纖維嗎？」

「很難想像。」我說，眞想知道爲什麼所有的垃圾文件都會寄給我。「這大概也說明了法蘭克身上爲什麼有那麼多不同類的纖維。他在行李區工作，一天到晚在機場走動，甚至還會到飛機裡面，當然會黏上很多微塵。」

「亞美加公司有制服。」馬里諾說：「咖啡色的，戴諾纖做成的布料。」

「很有趣。」

「妳知道，」他望著我。「妳射殺他的那晚，他就穿著制服。」

我不記得了，我只記得他的暗色雨衣，跟他那張被噴滿白粉又沾滿血的臉。

「好吧！」我說：「馬里諾，你說的我都了解。但是有一點我不明白，法蘭克怎麼知道貝蘿的電話？她的電話號碼不在接受公開查詢的資料內。他又怎麼知道貝蘿在十月二十九號從基韋斯特島飛回里奇蒙？他又如何得知我何時回來？」

「從電腦上查的。」他說：「所有旅客的資料，包括行程、電話號碼、住址，都在電腦裡。我們猜測法蘭克大概會趁櫃檯人員不在的時候偷偷使用電腦，清晨或夜晚的時候也有可能。整個機場都是他的地盤，沒有人會注意到他在做什麼。他不太說話，作風低調，來去靜得像隻貓。」

「根據他的智商測驗結果，」我拿圖章沾印台，有些開玩笑的說：「他的智商比一般人高。」

馬里諾沒說話。

「他的智商一百二十。」我說。

「是，是！」他不耐煩的說。

「我只是想讓你知道。」

「妳還眞相信那些數字是不是？」

「不乏可相信的成分。」

「那又不是什麼金科玉律。」

「不是，智商測驗的結果不是什麼金科玉律。」我同意道。

「我應該高興不知道自己的智商有多少。」

「你可以測驗看看，馬里諾，永遠不會太晚。」

「希望比我打保齡球的成績高，我只能這麼說。」

「不太可能，除非你的保齡球打得很爛。」

「我上次的確打得很爛。」

我取下眼鏡，揉揉眼睛。我頭痛欲裂，而且我知道它永遠不會消失。

馬里諾繼續說下去。「班頓和我猜測法蘭奇是從電腦上取得貝蘿的電話號碼，並且開始監視她的行動。當貝蘿在七月發現車子的刮痕逃往邁阿密後，法蘭奇便從電腦上得知這件事……」

「知道他是什麼時候刮車的嗎？」我插嘴道，將垃圾桶又拉近了些。

「貝蘿去巴爾的摩與哈博小姐碰面時，都會把車子寄放在停車場。上次她見哈博小姐的時候是七月初，一個星期後，她發現了刮痕。」

「所以車子停放在停車場時，法蘭奇趁機刮車。」

「妳認爲呢？」

「我認爲可能性很高。」

「正是。」

「後來貝蘿逃到基韋斯特島，」我繼續拆信，「法蘭克不斷的在電腦中尋找她的回程，所以他知道她什麼時候回來。」

「十月二十九日晚上，」馬里諾說：「法蘭克都計畫好了，一切很簡單，他能自由領取旅客的行李，於是當行李上了輸送帶，他便開始尋找有貝蘿名牌的行李。沒多久貝蘿便申訴她咖啡色的旅行袋遺失了。」

他不用說，我就知道法蘭克也用同樣的手段對付我。他監視我從佛羅里達州回來的日期，偷走我的行李，然後出現在我家門口，我讓他進門。

州長一個星期前請我吃飯，我錯過了。我猜費爾丁代我去了，於是我把請帖扔進垃圾桶。

馬里諾告訴我警方在法蘭克·佴姆斯住處所找到的東西。

從他的臥房裡，警方找到貝蘿的旅行袋，裡面有她的血上衣跟內衣褲。他床邊用來充當桌子的箱子上，有許多暴力的色情雜誌，還有一袋打鳥用的小子彈，他就是用這種小子彈塞滿水管，然後以此襲擊蓋利．哈博的頭部。同樣的，箱子裡還找出貝蘿的另一份電腦磁片，依然用厚紙板夾起來保護著。此外還找到貝蘿手稿的備份，其中包括第二十五章第一頁的原始手稿。貝蘿複印的時候確實放錯位置了。班頓的理論是法蘭奇習慣在床上閱讀貝蘿的書，同時玩弄著殺害貝蘿後所得來的衣物。有此可能，但我能確定的是貝蘿始終沒有反擊的機會。法蘭克出現在她家門口，提著她的旅行袋，自稱是送行李的。就算她想到曾在麥克提格家看過他送哈博的行李過去，也不會生疑。我也沒有生疑，直到我把大門打開。

「要是她沒讓他進門就好了……」我喃喃自語。我的拆信刀跑哪裡去了？眞該死！

「她毫不懷疑，」馬里諾說道，「法蘭奇面帶微笑，穿了亞美加的制服，手上又有旅行袋，袋裡又有她的書稿。她鬆了口氣，甚至感到慶幸。她開門解除保全，請他進門……」

「但是她爲什麼又要立刻重新設定保全，馬里諾？我也有保全系統，我也碰過幾次送貨人員。如果有聯邦快遞的人來，而我又設定了保全，我會先解除，開門讓他進來。可是我絕不會馬上設定，因爲快遞人員馬上要離開，難道我又要解除一次，等他走了再設定一次？」

「妳有沒有把鑰匙留在車上的經驗？」馬里諾若有所思的望著我。

「那跟這個有什麼關係？」

「妳只要回答我的問題就好。」

「當然有。」我找到拆信刀了，在我的腿上。

「怎麼發生的？一些新的車種都有防止忘記鑰匙的設備。」

「對，但我還是會不假思索的把鑰匙留在車上，鎖上門，接著發現鑰匙就掛在插孔上。」

「我覺得貝蘿也是這樣。」馬里諾說。「她一定極依賴保全系統，保持全天候設定。每次一帶上門，她就會下意識的設定保全。」他遲疑片刻，望著我的書架。「奇怪的是，她會把槍粗心的留在廚房流理檯上，卻知道要設定保全。這代表她的內心眞的是一片混亂，一切令她緊張失控。」

我好不容易整理出一疊毒物反應報告和一疊死亡證書。當我看到顯微鏡旁堆積如山的微物報告，心裡馬上又沮喪起來。

「天啊！」馬里諾終於抱怨了。「妳可不可以坐好，聽我說完。妳這樣快把我逼瘋了。」

「這是我回來的第一天。」我提醒他。「我沒辦法，看，這麼亂！」我揮揮手。「好像我走了一年，至少要花一個月才能追上進度。」

「妳只需要忙到晚上八點，到那時候所有事情就會重新上軌道。」

「謝了！」我斷然說道。

「妳的手下很優秀，即使妳不在他們也運作如常，那有什麼不好？」

「一點也沒有不好。」我點了一根菸，將更多的文件推到一邊，尋找菸灰缸。

馬里諾從桌邊拿起菸灰缸送到我跟前。

「並不是說這裡不需要妳。」

「沒有人是不可取代的。」

「對，我就知道妳會這麼想。」

「我什麼也沒在想，我現在很不專心。」我從左手邊的架子上取出記事簿。蘿絲已經把我下個星期的約會都取消了，之後就是聖誕節。我突然很想哭，不知道爲什麼。

他傾身過來彈彈菸灰。「貝蘿寫的是什麼樣的書？」

「會讓你心碎，又讓你歡喜的書。」我說道，我的眼睛都溼了。「了不起。」

「是嗎？那我希望能發行成冊，那會讓她繼續活著，妳懂我的意思？」

「我完全了解你的意思。」我深深吸一口氣。「馬克會想辦法，史巴拉辛諾不可能再控制貝蘿的作品了。」

「除非他在獄中控制，我猜馬克已經把信的事情跟妳說了。」

「是的。」我說。「他告訴我了。」

馬里諾在貝蘿家找到過書信。這些書信在馬克讀完貝蘿的手稿後，有了新一層的意義：

很有趣，貝蘿。喬願意幫助蓋利，我真的很高興當初能介紹他們認識。

不，我一點也不覺得奇怪，喬是我認識最慷慨的人。我期待聽到更多好消息。

這麼簡單的一個段落有很多含意，也許連貝蘿也沒看出這一點。我不認爲貝蘿知道當她提到喬瑟夫．麥克提格時，已經接近了史巴拉辛諾的犯罪領域，其中包括幾家洗錢用的人頭公司。馬克相信，擁有大量金錢跟土地的麥克提格先生對史巴拉辛諾的不法行爲一點也不陌生。他援助瀕臨破產的哈博，事實上是爲了掩飾洗錢。史巴拉辛諾從沒看過貝蘿的手稿，他很憂慮貝蘿會在不知情的狀況下揭發什麼，所以急著要拿到稿子，其出發點不僅是貪財而已。

「貝蘿被殺那天，他大概會視爲自己的幸運日。」馬里諾說：「從此他可以監控書的內容，貝蘿也沒辦法抗議。凡有對他不利的地方都可以刪掉，然後把書賣了大撈一票。在他炒熱了那些新聞以後，誰不會想買那本書？眞不曉得他會做到什麼程度，說不定把哈博的屍體照片都賣給八卦雜誌……」

「幸好史巴拉辛諾始終沒拿到杰普．布萊斯拍的照片。」我說。

「不管怎麼樣，連我都會去買貝蘿的書，我至少有二十年沒買過書了。」

「眞丟臉。」我說：「閱讀是很棒的事，你應該多嘗試。」

蘿絲又進來了，我們都抬起頭。這一次她抱著一個長長的白紙盒，上面綁著高級的紅緞帶。她試圖在我桌上找到一塊可以放下的空位，最後終於投降，直接交到我手上。

「怎麼會……」我喃喃的說，腦筋一片空白。

我退離桌子，將這份突如其來的禮物放在腿上，打開緞帶。蘿絲與馬里諾在旁邊觀看。盒子裡面是用綠紙裹住的兩打長梗玫瑰，鮮豔奪人如紅色的寶石。我低頭，閉上眼睛享受它們的芳香，然後打開上面一張白色的小卡片。上面寫著：

越是逆境，人越堅強。越是堅強，越要滑雪。聖誕節在阿思本山上過，來與我同享吧！

我愛妳！

馬克